очарование

Элизабет Хойт

Обольстить грешника

РОМАН

ИЗДАТЕЛЬСТВО
Астрель
МОСКВА
ВКТ Владимир

УДК 821.111(73)
ББК 84 (7Сое)
Х70

Серия «Очарование» основана в 1996 году

Elizabeth Hoyt

TO SEDUCE A SINNER

Перевод с английского Е.П. Ананичевой

Компьютерный дизайн Ж.А. Якушевой

В оформлении обложки использована работа, предоставленная агентством Fort Ross Inc.

Печатается с разрешения издательства Grand Central Publishing, New York, New York, USA и литературного агентства Andrew Nurnberg.

Подписано в печать 31.08.10. Формат 84x108 1/32.
Усл. печ. л. 16,8. Тираж 5000 экз. Заказ № 2449и.

Хойт, Э.

Х70 Обольстить грешника : роман / Элизабет Хойт; пер. с англ. Е.П. Ананичевой. – М.: АСТ: Астрель; Владимир: ВКТ, 2010. – 318, [2] с. – (Очарование).

ISBN 978-5-17-069001-5 (ООО «Издательство АСТ»)
ISBN 978-5-271-30628-0 (ООО «Издательство Астрель»)
ISBN 978-5-226-02990-5 (ВКТ)

Мелисанда Флеминг уже несколько лет тайно мечтает завоевать сердце неотразимого Джаспера Реншо, виконта Вейла, и, скрывая ревность, следит, как он одну за другой меняет возлюбленных. Когда накануне свадьбы Джаспера бросает невеста, Мелисанда храбро предлагает ему в жены себя, хотя и понимает, что виконт не станет хранить ей верность.

Но Вейл околдован Мелисандой — в холодной, чопорной красавице он неожиданно нашел страстную любовницу. Совсем потеряв голову от любви, он решается открыть перед ней душу...

УДК 821.111(73)
ББК 84 (7Сое)

Пролог

Как-то раз в неведомой чужой стране шел домой с войны солдат. Война эта велась целыми поколениями. Она началась так давно, что сражавшиеся уже не помнили, из-за чего они воевали. Потом наступил день, когда солдаты посмотрели на тех, с кем они воевали, и поняли, что не знают, почему их надо убивать. Офицерам потребовалось немного больше времени, чтобы прийти к такому же выводу, но, поскольку солдат было больше, обе воюющие стороны тут же сложили оружие. И был объявлен мир.

Так вот, наш солдатик шагал по пустынной дороге домой. Но война длилась столько лет, что у него не осталось дома, куда бы он мог идти, и поэтому он шел в никуда. Но за плечами у него был мешок с едой, над его головой светило солнце, а дорога, выбранная им, была прямой и ровной. Он был доволен своей судьбой. Звали его Веселый Джек...

Из «Веселого Джека»

Глава 1

Джек шел по дороге, весело насвистывая, ибо на всем свете не было более беззаботного человека...

Из «Веселого Джека»

Лондон, Англия
Май 1765 года

Не может случиться в жизни мужчины большего невезения, чем быть брошенным невестой в день свадьбы, думал Джаспер Реншо, виконт Вейл. Но быть брошенным в день свадьбы и к тому же страдать от тяжелого похмелья после пьянки накануне вечером... Это можно назвать рекордом по невезению.

— Мне так ж-ж-жаль! — рыдала мисс Мэри Темплтон, эта самая невеста, таким душераздирающим голосом, что можно было подумать: с человека снимали скальп. — Я никогда не хотела обманывать вас!

— Тише, — сказал Джаспер. — Я тоже так думаю.

Ему страшно хотелось обхватить руками разрывавшуюся от боли голову, но это был явно самый драматический момент в жизни мисс Темплтон, и он чувствовал, что его жест не будет соответствовать важности происходящего.

Хорошо еще, что ему удалось сесть. В церковной ризнице, куда они вошли, был только один стул с прямой спинкой, которым он совсем не по-джентльменски завладел.

Мисс Темплтон, казалось, не возражала.

— О Бог мой! — воскликнула она, обращаясь, видимо, к нему, хотя там, где они находились, она могла бы взывать к самому Всевышнему, а не к нему. — Я ничего не могла с собой поделать, честно, не могла. Слабость, имя тебе женщина! Слишком трудно сердцу устоять перед ураганом страсти!

«Ураган страсти?» — подумал Джаспер, но вслух пробормотал:

— Без сомнения.

Он жалел, что утром не успел пропустить стаканчик-другой вина. Это могло бы прояснить его мысли и помочь ему понять, что именно пытается сказать его невеста, — кроме того факта, что она больше не желала становиться четвертой виконтессой Вейл. А он, несчастный тупой осел, шатаясь, встал с постели этим утром, не ожидая ничего худшего, чем скучная брачная церемония и следующий за ней длинный свадебный завтрак. Но у дверей церкви его встретили мистер и миссис Темплтон, первый был мрачен, а другая — подозрительно взволнованна. Кроме них там была его миленькая невеста с мокрым от слез личиком, и он, где-то в глубине своей черной и мрачной души, понял, что сегодня ему не попробовать свадебного пирога.

Он подавил вздох и посмотрел на свою бывшую невесту. Мэри Темплтон была хорошенькой. Темные блестящие волосы, ярко-синие глаза. Свежий цвет лица и приятно округленные груди. Он не возражал бы и против более пышной груди, уныло подумал Джаспер, глядя, как она расхаживает перед ним.

— О, Джулиус! — воскликнула мисс Темплтон, протягивая свои хорошенькие пухлые ручки. Какой неудобной была эта маленькая ризница: драма мисс Темплтон требовала больше места. — Если бы только я не так любила тебя!

Джаспер заморгал и подался вперед: должно быть, он что-то пропустил, потому что совершенно не помнил этого Джулиуса.

— А, Джулиус... — пробормотал он.

Она повернулась и широко раскрыла свои серо-голубые глаза. Они действительно были великолепны.

— Джулиус Фернвуд. Викарий из городка, того, что рядом с имением папы.

«Значит, меня бросили ради какого-то викария?» — понял Вейл.

— О, если бы вы видели его добрые карие глаза, его светлые волосы и степенные манеры, думаю, вы бы чувствовали то же, что и я.

Джаспер поднял брови. Невероятно.

— Я люблю его, милорд! Я люблю его всем моим бесхитростным сердцем.

И неожиданно — он даже испугался — она упала перед ним на колени, подняв к нему хорошенькую заплаканную мордашку и сжимая на пышной груди мягкие белые ручки.

— Пожалуйста! Пожалуйста, умоляю вас, освободите меня от этих жестоких уз! Верните мне мои крылья, чтобы я могла улететь к моей истинной любви, любви, которую я буду носить в своем сердце, даже если меня принудят выйти за вас замуж, бросят в ваши объятия, заставят переносить вашу животную похоть, заставят...

— Да-да, — поспешил перебить ее Джаспер, чтобы она не успела изобразить его совсем уж отвратительным в своей похоти животным. — Я вижу, что не могу сравниться с праведником, этим светловолосым викарием. Я покидаю поле матримониального сражения. Пожалуйста, отправляйтесь к своей истинной любви. Мои поздравления, и все прочее.

— О, благодарю вас, милорд! — Мэри схватила его руки и замусолила их поцелуями. — Я вечно буду вам благодарна, навеки останусь у вас в долгу. Даже если...

— Да-да. Если когда-нибудь мне потребуется светловолосый викарий или жена викария, и так далее, и тому подобное, я буду об этом помнить. — С неожиданным вдохновением Джаспер запустил руку в карман и вынул горсть монет достоинством в полкроны. Их предполагалось после венчания разбросать в толпе, собравшейся у церкви. — Вот, возьмите, вам на свадьбу. Желаю вам большого счастья с... мистером Фернвудом.

Он высыпал монеты ей в ладони.

— О! — Глаза мисс Темплтон раскрылись еще шире. — О, благодарю вас!

В последний раз приложившись мокрыми губами к его руке, она выбежала из ризницы. Возможно, она подумала, что дар стоимостью в несколько фунтов был сделан под влиянием минуты, и если она здесь задержится, то он может пожалеть о своей щедрости.

Джаспер вздохнул, достал большой льняной носовой платок и вытер руки. Ризница была совсем маленькой, со стенами из того же старинного серого камня, что и вся церковь, в которой он собирался венчаться. Вдоль стен тянулись потемневшие полки, заставленные всякими церковными предметами: старинными подсвечниками, бумагами, Библиями и оловянными блюдами. В высоком маленьком оконце с ромбовидными рамами виднелось синее небо с единственным пушистым белым облачком, не спеша проплывающим по нему. Теперь в этой уединенной ризнице можно было побыть одному. Джаспер положил платок в карман жилета, заметив, что одна из пуговиц едва держится, — не забыть бы сказать об этом Пинчу. Джаспер положил локти на стол, что стоял рядом с его стулом, обхватил руками голову и закрыл глаза.

Пинч, его слуга, научился чудесным образом снимать головную боль после ночных чрезмерных возлияний. Скоро он поедет домой и, выпив этот напиток, возможно, завалится спать. Проклятие, но голова у него так болела, что он еще не был готов выйти из церкви. У ризницы послышались голоса, отдававшиеся эхом в каменном сером куполе церкви. Судя по звукам, мисс Темплтон встретила некоторое сопротивление ее романтическим планам со стороны своих родителей. Улыбка мелькнула в уголках губ Джаспера. Вероятно, ее отец был не так сильно увлечен светлыми волосами, как она. В любом случае он охотнее встретился бы с французами, чем с ее семьей и гостями, ожидавшими снаружи.

Джаспер вздохнул и вытянул свои длинные ноги. Пропали труды целых шести месяцев. Именно столько заняло его ухаживание за мисс Темплтон. Месяц — на то, чтобы найти подходящую девицу: из хорошей семьи, не слишком молодую, не слишком старую и достаточно симпатичную, чтобы с ней спать. Три месяца длилось старательное ухаживание: флирт на балах и в салонах, катание в его карете, покупки сладостей, цветов и разных безделушек. Затем задавался вопрос, был получен удовлетворительный ответ и невинный поцелуй в девственную щечку. А потом оставалось лишь сделать оглашение, многочисленные покупки и всяческие приготовления к предстоящему счастливому браку.

Что же все-таки произошло? Казалось, она во всем соглашалась с его планами. Ни разу, до сегодняшнего утра, не высказывала никаких сомнений. А когда он подарил ей золотые с жемчугом серьги, то даже, можно сказать, пришла в неописуемый восторг. Так откуда же взялось это неожиданное желание выйти замуж за светловолосого викария?

Такая проблема, как потеря невесты, никогда не появилась бы у его старшего брата, Ричарда, доживи он до того дня, когда ему потребовалось бы искать себе виконтессу. А в нем было что-то отталкивающее прекрасный пол — по крайней мере когда дело касалось брака. Нельзя не упомянуть, что меньше чем за год это был второй случай, когда он получал отказ. Правда, первый раз это была Эмелин, которая, честно говоря, была скорее сестрой, чем возлюбленной. Хотя если бы он попытался...

Скрип открывшейся двери перебил мысли Джаспера. Он открыл глаза.

На пороге в нерешительности стояла высокая стройная женщина. Это была подруга Эмелин, чье имя Джаспер так и не смог запомнить.

— Простите, я разбудила вас? — спросила она.

— Нет, я просто отдыхаю.

Она кивнула, быстро оглянулась и закрыла дверь, оставшись с ним наедине, что было крайне неприлично.

Джаспер поднял брови. Она никогда не производила на него впечатление женщины, склонной к драматизму, но его способность разбираться в подобных ситуациях была явно недостаточной.

Она стояла очень прямо, расправив плечи и слегка вздернув подбородок. Она не относилась к числу красавиц, черты ее лица было трудно запомнить — вероятно, поэтому он сейчас не мог вспомнить ее имени. Ее светлые волосы неопределенного оттенка, между белокурыми и каштановыми, были собраны в пучок на затылке. Глаза весьма обычные, карие. Коричневато-серое платье с обычным квадратным вырезом открывало почти плоскую грудь. Как заметил Джаспер, кожа у нее была прекрасная: прозрачно-белая, чуть голубоватая, можно сказать — мраморная. Приглядись он получше, то, без сомнения, заметил бы под бледной нежной кожей тонкие вены.

Но он не приглядывался, он просто смотрел на нее. Она стояла не шевелясь под его взглядом, но на ее высоких скулах появился слабый румянец.

Видя ее смущение, хотя совсем малозаметное, Джаспер почувствовал себя скотиной. Поэтому его слова прозвучали довольно резко.

— Я могу вам чем-то помочь, мэм?

На его вопрос она ответила вопросом:

— Это правда, что Мэри отказалась выйти за вас замуж?

Он вздохнул:

— Оказалось, она отдала свое сердце викарию и простой виконт ей больше не нужен.

Она не улыбнулась.

— Вы не любите ее.

Он развел руками:

— Печальная истина, хотя, признаваясь, я выгляжу негодяем.

— Тогда у меня есть для вас предложение.

— Да?

Она сжала руки и еще больше выпрямилась.

— Вы не могли бы жениться вместо нее на мне?

Мелисанда Флеминг старалась стоять спокойно и смотреть в глаза лорда Вейла пристально и без малейшего намека на девичье смущение. Да она и не была девушкой. Она была женщиной двадцати восьми лет, старше возраста флердоранжа и весенних свадеб. И надо признаться, без каких-либо надежд. Но как известно, надежда — упрямая вещь, почти несокрушимая.

То, что она сейчас предложила, казалось ей самой невероятным. Лорд Вейл был богатый человек. Мужчина с титулом, в расцвете сил. Короче, мужчина, который мог выбрать любую из кокетливых девиц моложе и красивее ее. Даже если только что от него сбежала невеста к викарию без гроша в кармане.

Поэтому Мелисанда приготовилась встретить смех, презрение или, что еще хуже, жалость.

Но лорд Вейл просто смотрел на нее. Возможно, он ее не расслышал. Его прекрасные синие глаза немного покраснели, и, судя по тому, как он держался за голову, когда она вошла, Мелисанда поняла: накануне он слишком бурно праздновал предстоящее вступление в брак.

Он сидел, развалившись на стуле, вытянув перед собой мускулистые длинные ноги, занимая намного больше места, чем следовало бы. И смотрел на нее потрясающе яркими сине-зелеными глазами. Даже покрасневшие, они светились, но только их и можно было назвать единственно красивым в его внешности. У него было длинное лицо с глубокими складками у рта и морщинами вокруг глаз. Нос тоже был длинен и тоже великоват. Полуопущенные веки создавали впечатление, что он непрерывно борется со сном. А его волосы... Вот волосы были хороши — вьющиеся и густые, приятного рыжевато-каштанового цвета. Любому другому мужчине они придавали бы мальчишеский, даже, может быть, женственный вид, но не ему.

Сегодня она чуть не пропустила день его свадьбы. Мэри была ее дальней родственницей, с которой она разговаривала всего раз или два в жизни. Но Гертруда, невестка Мелисанды, утром почувствовала себя нездоровой и настояла, чтобы Мелисанда представляла их ветвь семьи. Так она оказалась здесь и только что совершила самый безрассудный поступок в своей жизни.

Какая странная вещь — судьба!

Наконец Вейл пошевелился. Он потер лицо большой сухощавой рукой и сквозь раздвинутые длинные пальцы посмотрел на нее.

— Какой я идиот... вы должны извинить меня... но я никак не могу вспомнить ваше имя.

Естественно. Она всегда относилась к людям, которые топчутся по краям, никогда не становясь центром толпы, никогда не привлекая к себе внимания.

В этом он был полной ее противоположностью.

Она набрала в грудь воздуха и сжала пальцы, чтобы скрыть нервную дрожь. Это ее единственный шанс, и она должна не упустить его.

— Я Мелисанда Флеминг. Мой отец, Эрнест Флеминг, происходил из нортумберлендских Флемингов. — Ее семья была старинной и весьма уважаемой, и она не считала нужным распространяться об этом: если он раньше не слышал о них, то бесполезно заверять его в своей респектабельности. — Отец умер, но у меня есть два брата, Эрнест и Гарольд. Моя мать была эмигранткой, из Пруссии, и она тоже умерла. Может быть, вы помните, что я подруга леди Эмелин, которая...

— Да-да. — Он поднял руку, словно отмахиваясь от ее заверений. — Я знаю, кто вы, я только не знаю...

— ...моего имени.

Джаспер кивнул:

— Правильно. Как я и сказал — идиот.

Мелисанда сглотнула.

— Могу я узнать ваш ответ?

— Видите ли, — он потряс головой и рассеянно помахал длинными пальцами, — вчера я слишком много выпил и сейчас немного растерян из-за побега мисс Темплтон. Потому мои умственные способности не отвечают предъявляемым к ним требованиям, вероятно, поэтому я не вижу причины, по которой вы хотите выйти за меня замуж.

— Вы виконт, милорд. Ложная скромность вам не к лицу.

Губы его большого рта сложились в слабую улыбку.

— Для леди, предлагающей джентльмену свою руку, вы довольно злы на язык.

Она почувствовала, как краснеют ее шея и щеки, и с трудом удержалась, чтобы не открыть дверь и не сбежать.

— Почему, — тихо спросил он, — из всех виконтов на свете вы выбрали в мужья именно меня?

— Вы благородный человек. Я знаю это от Эмелин. — Мелисанда осторожно шагнула вперед, так же осторожно выбирая слова. — Судя по тому, что помолвка с Мэри была короткой, вам не терпится жениться, не так ли?

Он задумчиво склонил набок голову.

— Действительно, создается такое впечатление.

Она кивнула:

— А я хотела бы иметь собственный дом, а не жить на щедроты моих братьев. — Отчасти это было правдой.

— У вас нет собственных денег?

— У меня прекрасное приданое и, кроме того, есть собственные деньги. Но незамужняя леди едва ли может жить одна.

— Действительно.

Джаспер пристально разглядывал ее, явно довольный тем, что она стоит перед ним как просительница перед королем. Спустя некоторое время он кивнул и поднялся во весь свой рост, отчего ей приходилось теперь смотреть на него снизу вверх. Может быть, она и была высокой женщиной, но он был выше ее.

— Простите меня, но я должен быть откровенен, чтобы в дальнейшем избежать всяких недоразумений. Я хочу настоящего брака. Брака, который бы, по милости Божьей, дал нам детей, зачатых на супружеской постели. — Он одарил ее очаровывающей улыбкой, и его бирюзовые глаза чуть заметно блеснули. — Вы тоже хотите этого?

Она выдержала его взгляд и, даже не решаясь надеяться, ответила:

— Да.

Он наклонил голову.

— В таком случае, мисс Флеминг, имею честь принять ваше предложение заключить с вами брачный союз.

Она чувствовала стеснение в груди, и в то же время казалось, что-то трепещет и бьется в ее груди, стремясь вырваться на свободу и радостно закружить по комнате.

Мелисанда протянула ему руку:

— Благодарю вас, милорд.

Он озадаченно улыбнулся, глядя на ее протянутую руку, а затем, вместо того чтобы пожать ее в знак заключения сделки, наклонился к ней, и Мелисанда почувствовала прикосновение его мягких теплых губ. Она подавила волну желания, пробужденного этим прикосновением.

Он выпрямился.

— Остается только надеяться, что вам еще захочется поблагодарить меня после нашей свадьбы, мисс Флеминг.

Она открыла было рот, чтобы ответить, но он уже отвернулся от нее.

— Боюсь, у меня ужасно болит голова. Я заеду к вашему брату через три дня. По крайней мере дня три я должен изображать брошенного влюбленного, как вы думаете? Более короткий период может дурно отразиться на мисс Темплтон.

Иронически улыбаясь, он тихо закрыл за собой дверь.

Мелисанда облегченно опустила плечи. Некоторое время она смотрела на дверь, а затем оглядела комнату. Не с таким тесным и грязноватым местом она хотела бы связать крутой поворот в своей жизни. И все же, если только последние четверть часа не были сном наяву, именно отсюда жизнь потекла совсем в неожиданном направлении.

Она посмотрела на тыльную сторону ладони. Никаких следов от его поцелуя. Она знала Джаспера Реншо, лорда Вейла, несколько лет, но он еще никогда не прикасался к ней. Она прижала руку к своим губам, закрыла глаза, воображая, как это было бы, если бы он коснулся ее губ. При этой мысли дрожь пробежала по ее телу.

Затем Мелисанда снова выпрямила спину, разгладила уже разглаженные юбки и провела пальцами по волосам — убедиться, что все в порядке. Выходя из ризницы, она наступила на что-то жесткое. На каменном полу лежала серебряная пуговица. Она закатилась под ее юбки, и Мелисанда обнаружила находку, когда отступила в сторону. Она подняла пуговицу и медленно повертела ее в руке. На серебре была выбита буква «В». Мелисанда спрятала пуговицу в рукав и вышла из церковной ризницы.

— Пинч, ты когда-нибудь слышал, чтобы человек, потерявший одну невесту, в тот же день нашел другую? — лениво спросил Джаспер, нежившийся в большой, сделанной специально для него металлической ванне.

Пинч, его камердинер, в дальнем углу комнаты перебирал в шкафу одежду. Не оборачиваясь, он ответил:

— Нет, милорд.

— Думаю, я первый за всю историю Лондона, кто сделал это. А потому следует установить памятник в мою честь. Детишки будут приходить и глазеть на меня, а их няни станут убеждать их не следовать по моим неверным стопам.

— Вот именно, милорд, — невозмутимо ответил Пинч.

Голос у Пинча был ровный, звучный, невозмутимый, и говорил он таким тоном, каким и положено говорить слуге, принадлежащему к высшей касте слуг, хотя внешне он не очень походил на слугу высшего класса. Пинч был крупный мужчина. Очень большой мужчина. С плечами широкими, как у вола, руками, которые могли бы без труда накрыть обеденную тарелку, с шеей, по толщине равной бедру Джаспера, и головой в виде большого лысого купола. На кого Пинч и был похож, так это на гренадера, тяжелого пехотинца, которые в армии пробивали бреши во вражеских рядах.

Так случилось, что именно гренадером Пинч и был, когда служил в армии его величества. Но это было до того, как он слегка разошелся во мнениях со своим сержантом, в результате чего провел день в колодках. Тогда-то Джаспер и увидел его впервые: в колодках, стойко переносившим удары гнилых овощей, летевших ему в лицо. Эта картина произвела такое впечатление на Джаспера, что после освобождения Пинча он немедленно предложил ему место своего денщика. Пинч охотно принял это предложение. Спустя два года, когда Джаспер продал свой патент офицера, он выкупил и Пинча, и Пинч вернулся вместе с ним в Англию как его камердинер.

Пока что дела обстоят вполне удовлетворительно, размышлял Джаспер, вынимая из ванны ногу и стряхивая капли с большого пальца.

— Ты отослал то письмо мисс Флеминг? — Он написал несколько вежливых слов о том, что через три дня, если она за это время не сообщит, что передумала, он заедет к ее брату.

— Да, милорд.

— Хорошо-хорошо. Я думаю, все получится. У меня такое предчувствие.

— Предчувствие, милорд?

— Да, — сказал Джаспер. Он взял щетку на длинной ручке и потер большой палец. — Как тогда, две недели назад, когда я поставил полгинеи на ту гнедую с длинной шеей.

Пинч кашлянул.

— По-моему, эта гнедая захромала.

— Разве? — Джаспер махнул рукой. — Не важно. Нельзя сравнивать леди с лошадьми, ни в коем случае. Важно то, что уже три часа как мы помолвлены, а мисс Флеминг все еще не отказала мне. Уверен, это производит на тебя впечатление.

— Положительный признак, милорд, но, позвольте заметить, мисс Темплтон ждала до самой свадьбы, чтобы отменить помолвку.

— А, но в данном случае это самой мисс Флеминг принадлежит идея брака.

— В самом деле, милорд?

Джаспер сделал паузу и перестал скрести левую ногу.

— Но я бы не хотел, чтобы это вышло за стены этой комнаты.

Пинч напрягся.

— Да, милорд.

Джаспер поморщился. Черт, он оскорбил Пинча.

— Не следует ранить чувства дамы, даже если она сама бросилась к моим ногам.

— Бросилась, милорд?

— Образно говоря, да. — Джаспер взмахнул щеткой на длинной ручке, облив водой стоявшее рядом кресло. — У нее, кажется, создалось впечатление, что мне необходимо жениться, и она этим воспользовалась.

Пинч удивился:

— И вы не вывели ее из этого заблуждения?

— Пинч, разве я не говорил тебе, что никогда не надо возражать леди? Это не по-джентльменски и к тому же пустая трата времени — они все равно будут верить в то, во что им хочется верить. — Джаспер потер щеткой нос. — Кроме того, должен же я когда-то жениться. Жениться и, подобно всем моим благородным предкам, продолжить наш род. Бесполезно надеяться, что этого можно избежать. Ребенок мужского пола, предпочтительно хотя бы с некоторым количеством мозгов в голове, должен стать следующим носителем имени древнего рода Вейлов. Таким образом, это обеспечит мне несколько месяцев развлечений и ухаживания за другой девушкой.

— Значит, с вашей точки зрения, одна девушка вполне может заменить другую, милорд?

— Да, — ответил Джаспер, но тут же спохватился: — Нет. Черт бы тебя побрал, Пинч, с твоей судейской логикой! В ней есть что-то такое... Не знаю, как это выразить. Она совсем не такая леди, которую я бы выбрал, но когда она стояла там, такая смелая и в то же время недовольная мной, как будто я спорил с ней... Хотя, думаю, я был довольно любезен и даже очарователен. Если только это не было запоздалой реакцией на виски, выпитое накануне.

— Естественно, милорд, — проворчал Пинч.

— Между прочим, я пытаюсь сказать: надеюсь, эта помолвка благополучно приведет меня к браку. Иначе очень скоро я приобрету репутацию тухлого яйца.

— Да, милорд.

Джаспер, нахмурившись, смотрел в потолок.

— Пинч, ты ведь не согласен со мной, когда я сравниваю себя с тухлым яйцом?

— Нет, милорд.

— Спасибо.

— Пожалуйста, милорд.

— Мы можем только молить Бога, чтобы мисс Флеминг не встретила за эти недели, оставшиеся до свадьбы, какого-нибудь викария. Особенно светловолосого.

— Именно так, милорд.

— Знаешь, — задумчиво проговорил Джаспер, — думаю, я никогда не встречал викария, который бы мне нравился.

— Именно так, милорд.

— У них, кажется, обычно не бывает подбородка. — Джаспер потрогал свой довольно длинный подбородок. —

Вероятно, это такое требование ко всем английским священнослужителям. Как ты думаешь, это возможно?

— Возможно, да. Но нет, это маловероятно.

— Гм...

Пинч переложил стопку белья на верхнюю полку шкафа.

— Вы будете сегодня дома, милорд?

— Увы, нет. У меня еще есть дела.

— Ваше дело касается того человека, который сидит в Ньюгейтской тюрьме?

Джаспер перевел взгляд с потолка на своего камердинера. К обычно бесстрастному выражению на лице Пинча добавился чуть заметный прищур глаз, что у Пинча выражало беспокойство.

— Боюсь, что да. Скоро суд, и Торнтона наверняка приговорят к повешению. Когда его не станет, с ним умрет и все, что было ему известно.

Пинч подошел к нему с большой купальной простыней.

— Всегда считалось, ему есть что рассказать, — заметил Джаспер, выходя из ванны и закутываясь в простыню.

— Да, так всегда считалось, — подтвердил мистер Пинч.

Все так же прищурясь, он наблюдал, как Джаспер вытирается.

— Простите меня, милорд, я не люблю говорить о том, чего не следует говорить на моем месте...

— Но ты все равно скажешь, — проворчал Джаспер.

Камердинер, словно не слыша его, продолжал:

— Однако меня беспокоит, что вы становитесь просто одержимы этим человеком. Он известный лжец. Что заставляет вас думать, что теперь он скажет правду?

— Ничего. — Джаспер отбросил полотенце и, подойдя к стулу, на котором лежала его одежда, начал одеваться. — Он лжец, насильник, убийца, и только Богу известно, кто еще. Только дурак поверит его слову. Но я не могу допустить, чтобы его повесили до того, как я попытаюсь узнать от него правду.

— Боюсь, он играет с вами ради собственного развлечения.

— Бесспорно, ты, как всегда, прав, Пинч, — сказал Джаспер, не глядя на своего камердинера, поскольку в это время он натягивал через голову рубашку. Он встретил Пинча после истребления Двадцать восьмого полка у Спиннерс-Фоллс. Пинч не участвовал в той битве. И у него не было потребности выяснить, кто предал полк. — Но это не имеет значения. Я должен идти.

Пинч принес ему башмаки.

— Хорошо, милорд.

Джаспер сел, надевая башмаки с пряжками.

— Не расстраивайся, Пинч. Этот человек не проживет и недели.

— Как скажете, милорд, — тихо отозвался Пинч, приводя ванну в порядок.

Джаспер в молчании закончил одеваться и подошел к туалетному столику, чтобы зачесать назад волосы.

Пинч расправил его камзол.

— Надеюсь, вы не забыли, милорд, что мистер Дорнинг снова просил вашего присутствия на землях Вейлов в Оксфордшире.

— Черт! — Дорнинг был управляющим его землями и несколько раз обращался к нему с просьбой помочь разрешить земельные споры. А он все отказывал этому бедолаге из-за свадьбы, а вот теперь... — Дорнингу придется подождать несколько дней. Я не могу уехать, не переговорив с братом мисс Флеминг и самой мисс Флеминг. Пожалуйста, напомни мне о нем еще раз, когда я вернусь.

Джаспер нырнул в свой камзол, схватил шляпу и вышел из комнаты, прежде чем Пинч успел что-либо возразить. Он сбежал с лестницы, кивнул дворецкому и вышел из дверей своего лондонского дома. У дома его ожидал один из конюхов с Белл, крупной гнедой кобылой. Джаспер поблагодарил конюха и сел в седло, успокаивая шарахнувшуюся в сторону лошадь. Улицы были полны народу, и лошадь шла медленным шагом. Джаспер направлялся на запад, туда, где над невысокими строениями возвышался купол собора Святого Павла.

Шумный многолюдный Лондон ничем не был похож на далекие дикие леса, где все и началось. Он хорошо запомнил высокие деревья и водопады: шум ревущих потоков воды не мог заглушить крики умирающих солдат. Прошло почти семь лет с тех пор, как он, капитан армии его величества, сражался в североамериканских колониях с французами. Двадцать восьмой пехотный полк возвращался после победы у Квебека, цепочка солдат растянулась вдоль узкой тропы, вот тогда-то на них и напали индейцы. Солдаты не успели занять оборонительную позицию. Меньше чем через полчаса весь полк со своим полковником погиб, а Джаспер и еще восемь человек были схвачены. Их повели к индейскому лагерю вайндотов и...

Даже теперь ему было невыносимо вспоминать об этом. Время от времени тени этого прошлого зримо вставали перед ним, будто он видел их краем глаза. Он много думал об этом: прошлое умерло и похоронено, но не забыто. Полгода назад, выйдя через балконные двери бального зала на террасу, он увидел Сэмюела Хартли.

Хартли, в прошлом капрал, был одним из немногих, кто выжил в той бойне. Он рассказал Джасперу, что некий предатель в их полку выдал расположение полка французам и их индейским союзникам. Джаспер вместе с Хартли нашел долго разыскиваемого убийцу, который выдавал себя за одного из павших у Спиннерс-Фоллс — Дика Торнтона. Джаспер так и называл его — Торнтоном, хотя он был уверен, что это не настоящее его имя. Сейчас он находился в Ньюгейте по обвинению в убийстве. Но в ту ночь, когда Джаспер с Хартли его поймали, Торнтон утверждал, что предателем был не он.

Джаспер сжал коленями бока Белл, объезжая тележку, груженную фруктами.

— Купите сладкую сливу, сэр, — предложила ему стоявшая рядом с тележкой хорошенькая темноглазая девушка. Она кокетливо изогнула бедро, протягивая ему фрукты.

Джаспер одобрительно усмехнулся:

— Могу поспорить, она не такая сладкая, как твои яблочки.

Смех девушки еще слышался ему, когда он ехал по запруженной людьми улице. Он мысленно вернулся к своему делу. Как совершенно справедливо заметил Пинч, Торнтон отъявленный лгун, и все же Хартли никогда не сомневался в вине Торнтона. Джаспер усмехнулся. Что с него взять, Хартли был занят своей новой женой, леди Эмелин Гордон, первой невестой Джаспера.

Джаспер поднял голову и увидел, что подъезжает к Скиннер-стрит, которая вела прямо к Ньюгейт-стрит. На дороге возвышались вычурные внушительные ворота тюрьмы. После Большого пожара тюрьму перестроили и украсили подходящими к месту статуями, изображавшими мир и милосердие. Но чем ближе к тюрьме, тем более зловещей становилась атмосфера. Воздух, казалось, потяжелел от запахов человеческих экскрементов, болезней, гниения и отчаяния.

В одной из арочных опор находилось помещение смотрителя. Джаспер спешился в наружном дворе.

Стражник, прислонившийся к двери, выпрямился.

— Снова к нам, милорд?

— Как фальшивое пенни, Макгинис.

Макгинис тоже был ветераном армии его величества и потерял глаз в какой-то чужой стране. Голова у него была перевязана скрывавшей дыру тряпкой, но она сползла и стал виден красный шрам. Он кивнул и крикнул в сторожку:

— Эй, Билл! Снова приехал лорд Вейл. — Он повернулся к Джасперу: — Билл выйдет через пару минут, милорд.

Джаспер кивнул и дал стражнику полкроны — гарантия того, что, вернувшись, он найдет свою лошадь там же, где ее оставил. При первом же посещении этого ужасного места он сообразил, что щедрый подкуп стражников намного упрощает дело.

Вскоре из караульного помещения появился Билл, коренастый невысокий человечек с копной густых седых волос. В правой руке он держал знак своей должности — большое железное кольцо с ключами. Невысокий человечек повел плечом в сторону Джаспера и направился через двор к главному входу в тюрьму. Тяжелая, огромная тюремная дверь была покрыта резьбой с изображением наручников и украшена библейской цитатой: «Venio sicut fur» — «Я прихожу как вор». Билл оттолкнул плечом стоявших у входа охранников и ввел Джаспера внутрь.

Здесь воздух был еще тяжелее — застоявшийся и неподвижный. Билл провел Джаспера длинным коридором, и они снова вышли из здания. Затем пересекли большой двор, где заключенные бродили кругами или собирались в кучки, словно мусор, выброшенный волной на особенно отвратительный берег. Они прошли еще через одно небольшое здание, а потом Билл повел его по лестнице, кончавшейся камерой для приговоренных к смертной казни. Она располагалась под землей, словно для того, чтобы осужденные получили представление об аде, где им скоро предстоит остаться навсегда. Мокрые ступени были стерты ногами множества страдальцев.

В подземном коридоре было довольно темно — узники покупали свечи за собственные деньги, а цены были высокие. Какой-то мужчина напевал тихую тоскливую погребальную мелодию, время от времени повышая голос. Кто-то кашлял, два голоса тихо ссорились, но в целом здесь стояла тишина. Билл остановился перед камерой, в которой находились три человека. Двое играли в карты при дрожащем свете единственной свечи. Третий стоял, прислонившись к стене около решетки, и выпрямился, завидев их.

— Славный денек, не правда ли, Дик? — окликнул его Джаспер, подойдя ближе.

Дик Торнтон наклонил набок голову.

— Не знаю. Как я могу знать?

Джаспер тихонько прищелкнул языком.

— Прости, старина. Забыл, что ты не видишь здесь много солнца.

— Чего вам надо?

Джаспер вгляделся в человека за решеткой: среднего роста, с приятным, но не запоминающимся лицом. Единственное, что выделяло его, — огненно-рыжие волосы. Торнтон, черт его подери, прекрасно знал, что ему надо: Джаспер не раз говорил ему об этом.

— Надо? Да ничего. Просто я проезжал мимо и увидел прекрасные виды Ньюгейта.

Торнтон усмехнулся, но по его лицу пробежала странная судорога, которую он не мог скрыть.

— Наверное, вы считаете меня каким-то придурком.

— Совсем не считаю. — Джаспер оглядел рваную одежду Дика, затем опустил руку в карман и вынул монету в полкроны. — Я думаю, ты сто раз насильник, врун и убийца, но только не придурок. Ты ошибаешься, Дик.

Торнтон, глядя, как Джаспер вертит в руках монету, облизнул губы.

— Так зачем вы пришли?

— О! — Джаспер поднял голову и рассеянно посмотрел на грязный потолок. — Я недавно вспоминал, как мы, Сэм Хартли и я, поймали тебя на крыше в верфях. Шел страшный дождь, Помнишь?

— Как не помнить.

— Тогда, может быть, вспомнишь и еще кое-что: ты поклялся тогда, что предатель не ты.

Глаза Торнтона хитро блеснули.

— Нечего и клясться. Я не предатель.

— В самом деле? — Джаспер отвел взгляд от потолка и посмотрел Торнтону в глаза. — Видишь ли, я все-таки думаю, что ты лжешь.

— Если я лгу, тогда я умру за мои грехи.

— Ты и так умрешь меньше чем через месяц. В законе говорится: «Приговоренные должны быть повешены в течение двух дней после вынесенного приговора». Боюсь, они очень строги в этом отношении, Дик.

— Ну, это если меня приговорит суд.

— Приговорит, — тихо сказал Джаспер. — Не сомневайся.

Торнтон помрачнел.

— Тогда зачем я должен вам что-то говорить?

Джаспер пожал плечами:

— Тебе осталось жить еще несколько недель. Почему бы не провести их с набитым желудком и в чистой одежде?

— За чистый камзол и я скажу тебе кое-что, — проворчал один из играющих в карты.

Джаспер не обратил на него внимания.

— Так как же, Дик?

Рыжеволосый Дик смотрел на него с ничего не выражающим лицом. Он подмигнул и неожиданно прижался лицом к решетке.

— Ты хочешь знать, кто выдал нас французам и их друзьям-скальпоснимателям? Ты хочешь знать, кто залил землю кровью там, у этих проклятых водопадов? Посмотри на людей, которых поймали вместе с тобой. Среди них ты найдешь предателя.

Джаспер отшатнулся, как будто его ужалила змея.

— Это невозможно.

Торнтон с минуту смотрел на него, затем разразился резким лающим смехом.

— Заткнись! — раздался в соседней камере мужской голос. Однако Торнтон продолжал издавать эти странные звуки, и все это время его широко раскрытые глаза злобно смотрели в лицо Джаспера. Джаспер отвечал таким же упорным взглядом. Он понял: ложь или двусмысленная полуправда, больше он ничего не получит от Дика Торнтона. Ни сегодня, ни когда-либо еще. Он выдержал взгляд Торнтона и преднамеренно уронил монету на пол. Она закатилась в коридор — слишком далеко от камеры. Торнтон прекратил смех, но Джаспер уже повернулся и вышел из этого проклятого подвала.

Глава 2

Вскоре Джек увидел сидевшего на обочине старика. Его одежда превратилась в лохмотья, ноги были босы, и он сидел с таким видом, как будто весь мир лежал на его плечах.

— О, добрый господин, — жалобно сказал нищий, — не найдется ли у вас корочки хлеба?

— У меня есть и кое-что еще, отец, — ответил Джек.

Он остановился, развязал свой мешок и вынул из него половину мясного пирога, аккуратно завернутую в платок. Он поделился со стариком, а также принес ему оловянную кружку с набранной из протекавшего неподалеку ручья водой, и получился у них замечательный обед...

Из «Веселого Джека»

В этот вечер Мелисанда сидела за обедом, состоявшим из вареной говядины, вареной моркови и вареного гороха. Это были любимые блюда ее брата Гарольда. Во главе длинного стола из темного дерева сидел Гарольд, а на противоположном конце его жена Гертруда. В комнате, освещенной всего лишь несколькими свечами, было полутемно, и в углах сгустились тени. Они, конечно, могли бы позволить себе и восковые свечи, но Гертруда была экономной хозяйкой и считала подобную трату излишней. Гарольд ее полностью одобрял. Мелисанда часто думала, что Гарольд и Гертруда идеально подходят друг другу: у них были одинаковые вкусы и мнения и они оба были довольно скучными людьми.

Она смотрела на свою порцию сероватой говядины и думала, как ей сказать брату и его жене о соглашении, заключенном с лордом Вейлом. При этом она осторожно отрезала маленький кусочек мяса, взяла его в руку и опустила ее под стол. Холодный носик прикоснулся к руке, и мясо исчезло.

— Мне так жаль, что я не была на свадьбе Мэри Темплтон, — со своего конца стола заметила Гертруда. Ее широкий чистый лоб портила ямочка между бровей. — Или, вернее, на несостоявшейся свадьбе, ибо я уверена: ее мать, миссис Темплтон, была бы мне признательна за мое присутствие. Многие, очень многие говорят, что я приношу успокоение и утешение людям в те минуты, когда счастье изменяет им, а миссис Темплтон именно сейчас изменило счастье, не правда ли? Можно даже сказать, что судьба обошлась с миссис Темплтон ужасно.

Она откусила крохотный кусочек вареной моркови и взглянула на мужа в ожидании подтверждения своим словам.

Гарольд кивнул. Он унаследовал от отца тяжелые челюсти и жидкие светло-каштановые волосы, скрытые сейчас седым париком.

— Эту девушку надо посадить на хлеб и воду, чтобы она образумилась. Отказаться от виконта! Глупость, вот это что. Глупость!

Гертруда подтвердила:

— Я думаю, она сошла с ума.

Гарольд оживился: его всегда патологически интересовали болезни.

— А безумие у них в роду?

Мелисанда почувствовала толчок в ногу и, опустив глаза, увидела выглядывавший из-под стола черный носик. Она отрезала еще кусочек говядины и опустила его под стол. И носик и мясо исчезли.

— Не знаю, есть ли безумие в этой семье, но я бы не удивилась, если бы было, — ответила Гертруда. — Да, совсем не удивилась бы. Вот в нашей семьи не было безумных, но Темплтоны... Боюсь, они не могут сказать этого о себе.

Мелисанда очень жалела Мэри: ведь та всего лишь слушалась своего сердца. Думая о Мэри, она собирала вилкой горошины на краю своей тарелки. Чья-то лапа тронула ее колено, но на этот раз она оставила это без внимания.

— Я думаю, Мэри Темплтон влюблена в этого викария.

Глаза Гертруды чуть не выскочили из орбит, как две вареные ягоды крыжовника.

— А я думаю, что это не так. А ты как полагаешь, мистер Флеминг? — обратилась она к своему мужу.

— Разумеется, этого просто не может быть, — уверенно заявил Гарольд. — У девчонки был вполне подходящий жених, а она променяла его на викария. — Он задумчиво пожевал губами. — По моему мнению, Вейл просто отделался от нее. Она могла занести безумие в его родословную. Нехорошо. Совсем нехорошо. Ему лучше поискать себе жену где-нибудь в другом месте.

— Что касается этого... — кашлянула, прочищая горло, Мелисанда. Она не знала, как начать. Впрочем, лучше поскорее покончить с этим.

— Я хочу кое-что сказать вам обоим.

— Да, дорогая? — отозвалась Гертруда, не глядя на Мелисанду, она пилила кусок говядины на своей тарелке.

Мелисанда набрала в грудь воздуха и решила говорить напрямую — как еще сделать подобное признание? Ее левая рука лежала на колене, и она чувствовала подбадривающее прикосновение теплого язычка.

— Сегодня мы с лордом Вейлом приняли совместное решение. Мы собираемся пожениться.

Гертруда выронила нож.

Гарольд поперхнулся вином.

Мелисанда поморщилась:

— Я подумала, что вам надо знать.

— Ты выходишь замуж? — медленно проговорила Гертруда. — За лорда Вейла? Джаспера Реншо, виконта Вейла? — уточнила она, как будто в Англии мог быть еще один лорд Вейл.

— Да.

— А... — Гарольд взглянул на жену. Гертруда смотрела на него, потеряв дар речи. Он повернулся к Мелисанде: — А ты уверена? Может быть, ты не так поняла его или...

Он не закончил фразы. Едва ли можно спутать предложение вступить в брак с чем-то еще.

— Я уверена, — сказала Мелисанда тихо, но отчетливо. Она говорила спокойно, но ее сердце пело. — Лорд Вейл сказал, что приедет к тебе через три дня, чтобы обо всем договориться.

— Понятно... — Гарольд оцепенело смотрел на вареную английскую говядину в тарелке, будто она превратилась в испанского тушеного кальмара. — Тогда прими мои поздравления, дорогая. Желаю тебе счастья с лордом Вейлом. — Он заморгал и растерянно посмотрел на нее. Он никогда по-настоящему не понимал ее, бедняга, но она знала, что брат беспокоится за нее. — Если ты уверена...

Мелисанда улыбнулась ему. Как бы мало ни было у них общего, Гарольд был ее братом и она любила его.

— Уверена.

Он кивнул, но вид у него был обеспокоенный.

— Тогда я сообщу лорду Вейлу, что буду рад принять его.

— Спасибо тебе, Гарольд. — Мелисанда аккуратно сложила на своей тарелке вилку и нож. — А теперь извините меня, сегодня был длинный день.

Она вышла из-за стола, уверенная, что, как только она выйдет из комнаты, Гарольд и Гертруда начнут обсуждать произошедшее. Сопровождаемая торопливым постукиванием когтей по деревянному полу, она вышла в тускло освещенный коридор — здесь тоже господствовала экономия Гертруды.

Их изумление вполне понятно. Мелисанда не проявляла никакого интереса к замужеству уже много лет, с той давней неудачной помолвки с Тимоти. Странно было теперь вспоминать, какой несчастной чувствовала она себя, когда Тимоти бросил ее. Боль утраты была невыносима. Ее чувства так обострились, что ей казалось: еще немного — и она умрет. У нее болела грудь, кровь стучала в висках. Ей ни за что не хотелось бы пережить такую агонию еще раз.

Мелисанда завернула за угол и поднялась по лестнице. После Тимоти у нее было несколько поклонников, но ничего серьезного. Гарольд и Гертруда, вероятно, давно смирились с тем, что она проживет с ними всю оставшуюся жизнь. Она была им благодарна за то, что они никогда не проявляли своего неудовольствия по этому поводу. В отличие от многих старых дев она не чувствовала себя обузой или лишней в их доме.

Комнате ее была наверху, справа за поворотом. Она закрыла за собой дверь, и Маус, ее маленький терьер, вскочил на кровать, покрутился на месте и, посмотрев на нее, улегся на покрывало.

— Утомительный день и для вас, сэр Маус? — спросила Мелисанда.

При звуке ее голоса песик поднял голову — его черные глаза-бусинки выражали внимание — и насторожил маленькие ушки, одно белое, а другое коричневое. В камине угасал огонь, и она зажгла от него несколько свечей, расставленных в маленькой спальне. Мебели в комнате было мало, но каждая вещь выбрана с большим вниманием. Кровать узкая, но с изящными резными золотисто-коричневыми спинками. Скромное покрывало чисто белого цвета аккуратно закрывало простыни из тончайшего шелка. Перед камином стояло только одно кресло, но с позолоченными подлокотниками и сиденьем, богато расшитым золотом и пурпуром. Здесь было ее убежище. Здесь она скрывалась от всего мира, и здесь она могла быть сама собой.

Мелисанда подошла к письменному столику и посмотрела на лежавшую на нем стопку бумаги. Она уже почти закончила перевод волшебной сказки, но...

В дверь постучали. Маус соскользнул с кровати и злобно залаял на дверь, как будто в нее ломились мародеры.

— Тише. — Мелисанда оттолкнула его в сторону и открыла дверь.

За дверью стояла горничная. Она сделал книксен.

— Пожалуйста, мисс, можно мне с вами поговорить?

Мелисанда удивленно подняла брови и, кивнув, отошла от двери. Девушка, не спуская глаз с тихонько ворчавшего Мауса, осторожно обошла собачку.

Закрыв дверь, Мелисанда посмотрела на горничную. Девушка была хорошенькой. С золотистыми волосами и свежими розовыми щечками, в довольно элегантном платье из зеленого пестрого ситца.

— Салли, не так ли?

Горничная снова сделала книксен.

— Да, мэм, Салли Сачлайк с нижнего этажа. Я слышала... — она перевела дыхание, зажмурилась и быстро-быстро заговорила: — я слышала, вы выходите замуж за лорда Вейла, мэм. И если вы это сделаете, то вы уедете из этого дома и будете жить с ним, и тогда вы будете виконтессой, мэм, и если вы будете виконтессой, мэм, то вам потребуется настоящая горничная для леди, потому что виконтессу надо причесывать и одевать, как это требуется, а, простите меня, они это делают теперь неправильно. Нет-нет, — девушка в испуге широко раскрыла глаза, как будто только что оскорбила Мелисанду, — сейчас у вас с волосами и одеждой все в порядке, но это не... не...

— ...годится для виконтессы, — сухо закончила Мелисанда.

— О да, мэм, если вы позволяете мне сказать так, мэм. И вот что я хотела попросить: я буду всегда вам благодарна — правда буду, — если вы возьмете меня с собой как вашу камеристку. Поверьте, вы не будете разочарованы, мэм. Нисколечко.

Салли замолкла. Она только смотрела, разинув рот, на Мелисанду, словно от тех слов, что она скажет, зависела ее судьба.

Да так оно и могло быть: различие в статусе горничной нижнего этажа и личной горничной леди было значительным.

Мелисанда кивнула.

— Мэм?

— Да. Ты можешь уехать со мной как моя камеристка.

— О! — Салли взмахнула руками, как будто хотела заключить Мелисанду в объятия, но не решилась и просто в восторге всплеснула руками. — О! Благодарю вас, мэм! О, благодарю вас! Вы об этом не пожалеете, честно, не пожалеете. Я буду самой лучшей из всех камеристок, каких вы видели.

— Не сомневаюсь. — Мелисанда открыла дверь. — Более подробно мы поговорим о твоих обязанностях завтра утром. Спокойной ночи.

— Да, мэм. Спасибо, мэм. Спокойной ночи, мэм.

Салли, продолжая приседать, вышла в коридор, повернулась и затем еще несколько раз присела перед закрытой дверью.

— Кажется, она довольно приятная девушка, — сообщила Мелисанда Маусу.

Маус фыркнул и снова вскочил на кровать.

Мелисанда похлопала его по носу и подошла к туалетному столику. На нем стояла маленькая оловянная табакерка. Мелисанда провела пальцем по ее помятой поверхности и достала пуговицу, спрятанную в рукаве. В свете свечи блеснула серебряная буква «В».

Она любила Джаспера Реншо долгих, долгих шесть лет. Это началось вскоре после его возвращения в Англию, когда она увидела его на каком-то вечере. Он ее, конечно, не заметил. Когда их представляли друг другу, взгляд его сине-зеленых глаз скользнул выше ее головы, и почти тотчас же он извинился и отправился флиртовать с миссис Редд, пользующейся дурной славой и славящейся своей красотой вдовой. Сидя у стены в ряду с дамами почтенного возраста, Мелисанда видела, как он, откинув назад голову, самозабвенно заливается смехом. У него была сильная шея, а губы широко расплывались в веселой улыбке. Он привлек ее внимание, но не более того, и она, вероятно, сочла бы его глупым, легкомысленным аристократом, если бы не то, чему она была свидетелем несколькими часами позже.

После полуночи, устав от развлечений, она уехала бы домой, но это испортило бы все удовольствие ее подруге леди Эмелин. Эмелин заставила ее приехать на этот бал, потому что прошло уже более года после разрыва Мелисанды с Тимоти, а она все еще была в подавленном настроении. Но шум, жара, толкотня и взгляды незнакомых людей — все это стало невыносимым, и Мелисанда вышла из бального зала. Она направлялась к комнате отдыха для дам, но внезапно услышала мужские голоса. Ей следовало бы повернуться и тихонько пройти по темному коридору к выходу, но один из мужчин повысил голос, он почти рыдал, и любопытство победило. Она заглянула за угол и увидела... ну, просто драму.

Молодой человек, которого она никогда раньше не видела, стоял, прислонившись к стене, в конце коридора. Он был в белом парике, с безупречно гладкой кожей лица, только на щеках горели красные пятна. Он был красив. Его голова была откинута назад, глаза закрыты, на лице написано выражение глубокого отчаяния. В руке он держал бутылку вина. Рядом с ним стоял лорд Вейл, но совсем другой лорд Вейл, не тот, который три часа назад флиртовал и смеялся в бальном зале. Этот лорд Вейл стоял молча и слушал.

Слушал, как рыдает другой мужчина.

— Обычно они приходили ко мне только в моих снах, Вейл, — со слезами говорил молодой человек. — Теперь они приходят, даже когда я не сплю. Я вижу в толпе лицо, и мне представляется, что это француз или один из дикарей, явившийся, чтобы снять с меня скальп. Я понимаю, это только кажется, но не могу убедить себя в этом. На прошлой неделе я ударил своего слугу и сбил его с ног только потому, что он испугал меня. Я не знаю, что мне делать. Не знаю, кончится ли это когда-нибудь. Я не знаю покоя!

— Тсс, — тихо прошептал Вейл, совсем как мать, успокаивающая ребенка. В его глазах была печаль, уголки губ опустились. — Тише. Это кончится. Обещаю тебе, это кончится.

— Откуда ты знаешь?

— Я ведь тоже там был, — ответил Вейл. Одной рукой он вытащил бутылку из руки молодого человека. — Я выжил, выживешь и ты. Нужно быть сильным.

— А ты видишь демонов? — прошептал молодой человек.

Вейл, словно от боли, закрыл глаза.

— Самое лучшее не обращать на них внимания. Создавай в уме более легкие, простые, более здравые образы. Гони прочь отвратительные мрачные мысли. Иначе они овладеют твоим рассудком и увлекут тебя за собой.

Молодой человек бессильно привалился к стене. Вид у него по-прежнему был несчастным, но лицо прояснилось.

— Ты меня понимаешь, Вейл. Больше никто не понимает.

В конце коридора появился лакей и вопросительно посмотрел на лорда Вейла. Тот кивнул.

— Твоя карета уже подана. Этот человек проводит тебя. — Лорд Вейл положил руку ему на плечо. — Поезжай домой и отдохни, а завтра я заеду и мы вместе, друг мой, поедем кататься в Гайд-парк.

Молодой человек вздохнул и позволил лакею увести его.

Лорд Вейл смотрел им вслед, пока они не скрылись за углом. Тогда он закинул голову и сделал большой глоток из бутылки.

— Будь все это проклято, — тихо сказал он, и его губы скривились от боли или какого-то иного непонятного чувства. — Будь оно все проклято.

Он повернулся и ушел.

Спустя полчаса она снова увидела лорда Вейла. Он был в бальном зале и с заговорщическим видом что-то нашептывал на ухо миссис Редд. Мелисанда никогда бы не подумала, что этот беззаботный повеса был тем самым человеком, который утешал своего друга, если бы не видела этого собственными глазами. Но она видела, и она поняла. Вопреки всем жестоким урокам судьбы, вопреки своей печали она поняла: этот человек хранит свои тайны так же глубоко, как она хранит свои. В этого мужчину ей было суждено безнадежно влюбиться.

Она любила его шесть лет, хотя знала, что он просто ее не замечает. Она стояла в стороне и смотрела не моргнув глазом, как Эмелин обручилась с лордом Вейлом. Какой толк лить слезы, когда этот мужчина все равно никогда не будет принадлежать ей? Она смотрела, как он обручился с этой скучной Мэри Темплтон, и снова оставалась спокойной, по крайней мере внешне. Но когда она осознала, что вчера в церкви Мэри действительно отказалась от лорда Вейла, что-то необузданное и неуправляемое вспыхнуло в ее груди. «Почему бы и нет? — подумала она. — Почему бы не попытаться завладеть им?»

И она попыталась.

Мелисанда вертела пуговицу, пока ее гладкая поверхность не заблестела в свете свечи. Она должна быть очень, очень осторожной в своих отношениях с лордом Вейлом. Она прекрасно понимала: любовь к нему была ее ахиллесовой пятой. Ни словом, ни делом она не должна позволить ему догадаться о ее истинных чувствах. Мелисанда открыла табакерку и осторожно положила в нее пуговицу.

Она разделась и, перед тем как лечь в постель, погасила свечи. Приподняв одеяло, она позволила Маусу заползти под него. Он завертелся, укладываясь, и затем улегся, прижавшись гладкой теплой спинкой к ее ногам.

Мелисанда смотрела в темноту. Скоро она будет делить постель не только с маленьким Маусом. Сможет ли она лежать рядом с Джаспером, не выдавая своей безграничной любви? Дрожь пробежала по ее телу при этой мысли, и она закрыла глаза, пытаясь уснуть.

* * *

Прошла неделя, и Джаспер остановил пару своих серых перед городским домом мистера Гарольда Флеминга и спрыгнул с фаэтона. Его нового фаэтона. Высокого и элегантного, с невообразимо большими колесами, стоившего баснословных денег. Джаспер охотнее отвез бы мисс Флеминг после полудня на музыкальный концерт. Конечно, сама музыка не интересовала его, но он полагал: если ездишь в фаэтоне, то должен же ты где-то остановиться.

Лихо сдвинув набок треуголку, он взбежал по ступеням и постучал. Минут десять он нетерпеливо ожидал в скучной библиотеке появления своей невесты. Он уже видел эту библиотеку четыре дня назад, когда приезжал к мистеру Флемингу, чтобы обсудить брачный контракт. Это были самые утомительные три часа, единственное облегчение — то, что мисс Флеминг говорила правду: у нее действительно было отличное приданое. Во время этого визита сама мисс Флеминг не появлялась. Впрочем, ее присутствия и не требовалось: обычно такие дела решались в отсутствие невесты, хотя ее появление внесло бы приятное разнообразие.

Джаспер расхаживал по библиотеке и рассматривал книги. Похоже, все книги были на латыни. Интересно, читал ли их мистер Флеминг, или он просто покупал книги ящиками у книготорговца. В эту минуту в комнату, натягивая перчатки, вошла мисс Флеминг. Он не видел ее после той встречи в ризнице, но у нее было почти такое же выражение лица: на нем одновременно читались решительность и некоторое неодобрение. Странно, но это выражение он нашел просто очаровательным.

Джаспер поклонился, напыщенно приветствуя ее:

— Ах, моя дорогая, вы свежи, как ветерок в солнечный день. Это платье обрамляет вашу красоту, как золото обрамляет рубин в кольце.

Она посмотрела на него:

— Ваше сравнение не кажется мне удачным. Мое платье не золотого цвета, а я не рубин.

Джаспер улыбнулся еще шире, показывая зубы.

— Ах, я не сомневаюсь, что ваша добродетель сделает вас рубином среди женщин.

— Ясно. — Она скривила губы — то ли от раздражения, то ли от смеха, трудно было понять. — Знаете, меня всегда удивляло, почему в Библии нет соответствующего поучения мужьям.

Он прищелкнул языком.

— Осторожнее. Вы слишком близки к богохульству. Кроме того, для чего нужны поучения? Разве не все мужья добродетельны?

Она хмыкнула.

— Так как же насчет моего платья?

— Конечно, оно не может быть сделано из золота, но имеет цвет... э... — Здесь уже следовало хорошенько подумать, потому что платье на мисс Флеминг было цвета конского навоза.

Мисс Флеминг вопросительно подняла бровь.

Стараясь найти нужные слова, Джаспер схватил ее руку в перчатке и, наклонившись над ней, вдохнул крепкий запах цветов апельсинового дерева. Пожалуй, он мог бы сказать, что чувственный запах апельсиновых цветов совсем не подходит к ее простому платью. Однако ему удалось стимулировать работу своего мозга, и когда он выпрямился, то одарил ее очаровательной улыбкой и сказал:

— Цвет вашего платья напоминает мне скалистый утес в штормовую погоду.

Мисс Флеминг по-прежнему сохраняла скептический вид.

— В самом деле?

«Проклятая девица». Он взял ее под руку.

— Да.

— Так какого же оно цвета?

— Экзотического и мистического.

— А я думала, просто коричневого.

— Нет. — Он в притворном ужасе широко раскрыл глаза. — Никогда не говорите «просто коричневый». Пепельный цвет, или цвет дуба, или чая, или цвет беж, и даже цвет беличьего меха, но только не коричневый.

— Цвета беличьего меха? — Она искоса взглянула на него, когда он вел ее вниз по лестнице. — Это комплимент, милорд?

— Я так думаю, — сказал он. — Во всяком случае, я изо всех сил старался сделать это комплиментом. Возможно, все зависит от того, как относиться к белкам.

Они подошли к фаэтону, и она, нахмурившись, посмотрела на сиденья.

— Белки иногда бывают очень хорошенькие, — заметила она.

— Вот видите, это определенно комплимент.

— Какая глупость, — проворчала Мелисанда и осторожно поставила ногу на деревянные ступеньки, приставленные к фаэтону.

— Позвольте мне. — Джаспер поддержал ее за локоть, и, ощущая под кожей ее тонкие и хрупкие косточки, почувствовал, что мог бы обхватить пальцами всю ее руку до предплечья. Он ощутил, как она напряглась, усаживаясь в фаэтон, и подумал: может быть, ей страшно сидеть так высоко. — Держитесь ближе к стенке. Ничего страшного, не беспокойтесь. К тому же дом леди Эддингс совсем недалеко.

Ответом ему был сердитый взгляд.

— Я не боюсь.

— Конечно, нет, — откликнулся он, обходя экипаж и взбираясь на свое место. Взяв вожжи и тронув с места лошадей, он почувствовал, как она напряглась. Одна ее рука лежала на коленях, а другой она оперлась о стенку кареты. Что бы она ни говорила, его невеста опасалась экипажей. Он почувствовал к ней нежность. Какая же она ранимая! Должно быть, поэтому ей неприятно показывать свою слабость. — Знаете, я подумал, что вы очень любите белок, — сказал он, отвлекая ее от беспокойных мыслей.

Между бровями у нее появилась складочка.

— Почему вы так говорите?

— Потому что вы часто носите этот цвет — цвет белки. По вашей любви к платьям цвета беличьего меха я и определил, что вы любите этого зверька. Может быть, в детстве у вас была ручная белка и она бегала по дому, пугая горничных и вашу няню.

— Какой полет фантазии! — проговорила она. — Вы хорошо знаете, что это коричневый цвет, и я не знаю, люблю ли этот цвет, просто я привыкла к нему.

Джаспер искоса взглянул на нее. Мелисанда нахмурилась, глядя на его руки, державшие вожжи.

— Белки коричневые, потому что так они незаметны.

Она отвела взгляд от его рук и с некоторым удивлением посмотрела на него:

— По-видимому, вы не слышите меня, милорд.

— Боюсь, мы снова возвращаемся к белкам. Простите, но, если вы не смените тему, вероятно, я буду болтать о них всю дорогу до дома, где будет концерт. Белки беличьего цвета, потому что этот цвет незаметен в лесу. Не поэтому ли вы и носите его?

— И поэтому я могла бы спрятаться в лесу? — на этот раз с более уверенной улыбкой сказала она.

— Вероятно. Возможно, вам хочется перелетать с дерева на дерево в тенистом лесу, избегая и зверей, и бедного человека. А вы как думаете?

— Я думаю, вы недостаточно хорошо знаете меня.

Он повернулся и встретил ее насмешливый взгляд, но рукой она по-прежнему опиралась о стенку кареты.

— Полагаю, вы правы.

Он понимал, это раздражающее его создание всячески скрывает свой страх, но ему хотелось бы узнать о ней больше.

— Вы довольны тем соглашением, к которому мы пришли с вашим братом? — спросил он. Первое оглашение было сделано накануне, а свадьба назначена через три недели. Многим леди не понравилась бы такая короткая помолвка. — Должен вам сказать, мы спорили долго и упорно. Был момент, когда я подумал, что наши деловые споры дойдут до драки. Но ваш брат спасал положение при помощи чая и оладий.

— О Боже, бедняга Гарольд!

— Конечно, Гарольд бедняга, но а как же я?

— Вы, очевидно, святой среди всех мужчин.

— Рад, что вы это сознаете, — сказал он. — Ну и как вам условия, на которых мы договорились?

— Я довольна, — коротко ответила она.

— Хорошо. — Он прокашлялся. — Должен вам сообщить, что завтра я покидаю город.

— О! — Ее голос не дрогнул, но лежавшая на коленях рука сжалась в кулак.

— Боюсь, тут ничего не поделаешь. Меня уже несколько недель забрасывает письмами мой управляющий поместьем. Он пишет, что мое присутствие совершенно необходимо для разрешения какого-то земельного спора. Полагаю, я больше не могу оставлять его письма без внимания, — пояснил Вейл. — Видите ли, Эббот, мой сосед, снова разрешил своим арендаторам строиться на моей земле. Он делает это каждые лет десять — пытается расширить свои владения. Человеку не меньше восьмидесяти, и он занимается этим в течение полувека. Бывало, доводил моего отца до бешенства.

Наступила короткая пауза, пока он заворачивал лошадей в боковую улицу.

— Вы знаете, когда вернетесь? — поинтересовалась его невеста.

— Через неделю, может, через две.

— Понятно.

Он взглянул на нее. Она поджала губы, может, она хочет, чтобы он остался? Эта женщина была непроницаема, как сфинкс.

— Но я обязательно вернусь ко дню нашей свадьбы.

— Естественно, — тихо проговорила она.

Он посмотрел вперед и увидел, что они уже находились у дома леди Эддингс. Он остановил лошадей, бросил вожжи подбежавшему мальчику и выпрыгнул из экипажа. Как он ни спешил, но, когда он обогнул фаэтон, мисс Флеминг уже стояла, собираясь спуститься на землю. Это весьма не понравилось ему.

Он протянул руку:

— Позвольте вам помочь.

Она упорно не замечала его руки и, держась за стенку экипажа, осторожно спустила ногу к приставленной к экипажу ступеньке.

Джаспера это задело. Она может быть храброй, если ей этого хочется, но ей не следовало пренебрежительно отказываться от его помощи. Он протянул вверх руки и обхватил ее тонкую теплую талию. Она, словно задохнувшись, вскрикнула, и он опустил ее на землю. В воздухе растекался запах цветов апельсинового дерева.

— В этом не было никакой необходимости, — сказала она, отряхивая юбки.

— О нет, было, — проворчал он, надежно заталкивая ее руку себе под локоть и направляясь к внушительным белым дверям городского дома Эддингсов. — Музыка. Можно восхитительно провести день. Я очень надеюсь, что мы услышим народные баллады о девицах, которые топятся в колодцах, а вы?

Мисс Флеминг бросила на него недоумевающий взгляд, но устрашающего вида дворецкий уже распахнул перед ними дверь. Джаспер улыбнулся своей невесте и ввел ее в дом. Кровь бурлила в его жилах, но не потому, что ему предстояло наслаждаться так называемой народной музыкой или провести день в обществе мисс Флеминг, какой бы интересной она ни была. Он надеялся увидеть здесь Мэтью Хорна. Хорн был старым другом, собратом — ветераном армии его величества и, самое главное, одним из немногих, кто выжил у Спиннерс-Фоллс.

* * *

Мелисанда сидела на узеньком стуле и старалась, не отвлекаясь, слушать пение молодой девушки. Если бы можно было сидеть неподвижно, закрыв глаза, в конце концов эта ужасная паника оставила бы ее. Она, увы, не предвидела, что их неожиданная помолвка так взволнует светское общество. Как только они вошли в дом леди Эддингс, глаза всех присутствующих устремились на нее и Джаспера, и Мелисанде захотелось просто исчезнуть. Она ненавидела быть в центре внимания. Ее бросало то в жар, то в холод. Во рту пересыхало, а руки дрожали. Но хуже всего было то, что она потеряла способность говорить разумные вещи. Она просто тупо смотрела на эту ужасную миссис Пендлтон, когда та высказала предположение, что, должно быть, лорд Вейл сделал ей предложение от отчаяния. А в ответ она не могла сказать ничего вразумительного — так, какое-то блеяние.

Стоявший рядом лорд Вейл наклонился и довольно громким шепотом спросил:

— Как вы думаете, она пастушка?

Мелисанда, не понимая, смотрела на него.

Он округлил глаза.

— Точно, она самая!

Джаспер взглядом указал на девушку, которая стояла рядом с арфой. Это была самая младшая дочь леди Эддингс. Девушка неплохо пела, но на бедняжке был огромный кринолин, бесформенный чепчик, и в руках она держала не что иное, как ведерко.

— Горничной она быть не может, — размышлял лорд Вейл. Он легко воспринял этот нездоровый интерес к ним, и, когда перед следующим номером его окружили несколько джентльменов, он громко смеялся. Он сидел, покачивая ногой, как мальчишка, которого заставили сидеть в церкви. — Я думаю, будь она горничной, она несла бы ящик с углем. Но он был бы довольно тяжелым.

— Она молочница, — тихо предположила Мелисанда.

— В самом деле? — Он свел густые брови. — Но не в этом же кринолине?

— Тсс! — прошипел кто-то позади них.

— Я хочу сказать, — прошептал лорд Вейл, лишь чуть понизив голос, — как это коровы не наступят на ее юбки? Выглядит очень непрактично. Правда, я мало что знаю о коровах, молочницах и тому подобном, но я люблю сыр.

Мелисанда прикусила нижнюю губу, подавляя неожиданное желание хихикнуть. Как странно! Ей несвойственно глупое хихиканье. Она покосилась на лорда Вейла и увидела, что он наблюдает за ней.

Он широко улыбался и наклонился ниже, так что его дыхание касалось ее щеки.

— Я обожаю сыр и виноград, темные, красные ягоды винограда, сладкие, сочные, и лопаются во рту. Вы любите виноград?

Его слова звучали абсолютно невинно, но он произнес их с таким горловым звуком, что ей трудно было не покраснеть. И вдруг она вспомнила: она видела, как он это делал и раньше — близко наклонялся к какой-то леди и нашептывал ей на ухо неприличные вещи. Она видела это бесчисленное количество раз, с бесчисленным числом дам, на бесчисленных вечерах. Но сегодня — другое дело.

Сейчас он флиртовал с ней.

Поэтому она выпрямилась и, скромно опустив глаза, сказала:

— Я люблю виноград, но предпочитаю малину. Ее сладость не так приедается. И иногда бывают фрукты с... горчинкой.

Когда она подняла глаза и посмотрела на него, то увидела: в его взгляде было сомнение, как будто он не знал, как ее понять. Она не отвела глаз и смотрела на него до тех пор, пока ее дыхание не участилось, а его щеки не раскраснелись. Исчезла его беспечная улыбка, а в лице появилось что-то серьезное, даже мрачное.

Раздались аплодисменты, и Мелисанда вздрогнула.

— Принести вам пунша? — спросил он.

— Да, благодарю вас.

Она смотрела, как он встал и ушел, и постепенно возвращалась обратно в этот мир. За ее спиной молодая матрона, которая шикала на них, сплетничала со своей приятельницей. Дочь леди Эддингс поздравляли с успешным выступлением. Прыщеватый юноша стоял рядом с девушкой, любезно держа ее ведерко. Мелисанда расправила юбки, довольная тем, что никто не подходит к ней с разговорами. Если бы можно было просто сидеть, наблюдая за окружавшими, она получила бы от этого концерта истинное удовольствие.

Мелисанда обернулась и увидела лорда Вейла в толпе у стола с закусками. Его трудно было не заметить. Он на полголовы возвышался над другими джентльменами и громко смеялся, держа в вытянутой руке стакан с пуншем и угрожая пролить его на парик стоявшего рядом джентльмена. Мелисанда улыбнулась — трудно было сдержать улыбку, глядя на его непринужденное веселье, но тут она увидела, как его лицо изменилось. Изменилось чуть заметно, всего лишь сузились зрачки и улыбка стала не такой широкой. Вероятно, больше никто не заметил этого. Но она заметила и проследила за его взглядом. В комнату вошел мужчина в белом парике. С вежливой улыбкой он разговаривал с хозяйкой дома. Мужчина показался ей знакомым, но она не узнавала его. Он был среднего роста, с открытым свежим лицом и военной выправкой.

Мелисанда снова взглянула на лорда Вейла. Все еще держа в руке стакан пунша, он шагнул вперед. Молодой человек увидел Вейла и, извинившись перед леди Эддингс, пошел навстречу Вейлу. Здороваясь с ним, он протянул руку, но его лицо оставалось серьезным. Мелисанда смотрела, как ее жених пожал руку этого человека и, придвинувшись к нему ближе, что-то шепнул. Затем обвел взглядом комнату и невольно посмотрел на нее. Когда он пересекал комнату, улыбка исчезла с его лица — оно было совершенно бесстрастным. Лорд Вейл отвел от нее взгляд и взял молодого человека под руку. Только теперь, когда мужчина в белом парике оглянулся, Мелисанда свободно вздохнула, вспомнив наконец, где она его видела.

Этого молодого мужчину она видела рыдающим шесть лет назад.

Глава 3

Когда была съедена последняя крошка мясного пирога, старик встал, и тут произошла странная вещь. Лохмотья спали с него, и неожиданно перед Джеком оказался молодой красивый человек в сияющих белых одеждах.

— Ты был добр ко мне, — сказал ангел, ибо кто еще мог это быть, если не ангел Господень? — и поэтому я награжу тебя.

Ангел достал маленькую оловянную табакерку и вложил ее в руку Джека.

— Открой ее, когда тебе будет что-то нужно, и ты найдешь это внутри.

Он повернулся и исчез.

Джек ненадолго задумался перед тем, как заглянуть в табакерку. А заглянув, рассмеялся, потому что внутри ничего не было, кроме нескольких листочков нюхательного табака. Засунув табакерку в мешок, он снова зашагал по дороге...

Из «Веселого Джека»

Спустя три недели Мелисанда стояла, спрятав дрожащие руки в пышных складках подвенечного платья, а Салли Сачлайк, ее новая камеристка, в последнюю минуту поправляла ее юбки.

— Вы прекрасно выглядите, мисс, — заметила Салли, не прерывая работы.

Они стояли в крытой галерее, чуть в стороне от церковного нефа. В церкви уже заиграл орган, и скоро Мелисанде предстояло войти в заполненную людьми церковь. Она дрожала от волнения. Несмотря на позднее оповещение, почти все скамьи были заняты.

— Когда вы выбрали серый цвет, я подумала, что это слишком буднично, — болтала Салли, — но сейчас он сияет прямо как серебро.

— Но не слишком ли? — обеспокоенно оглядела платье Мелисанда. Оно получилось более нарядным, чем ей хотелось. Маленькие бантики из бледно-желтых лент обрамляли глубокое декольте. Верхняя юбка была спереди подобрана, из-под нее виднелась богато расшитая серыми, красными и желтыми нитями нижняя юбка.

— О нет! Это очень модно, — ответила горничная, сосредоточенно осматривая ее — так повар осматривает кусок говядины, перед тем как положить его в кастрюлю. Затем она улыбнулась. — Лорд Вейл влюбится в вас, не сомневаюсь. Кроме того, он сто лет вас не видел.

Это, конечно, преувеличение, подумала Мелисанда, но и в самом деле она не видела виконта несколько недель. Лорд Вейл уехал на следующий день после музыкального вечера у леди Эддингс и вернулся в Лондон лишь накануне свадьбы. Она уже начала подозревать, что он уезжал, чтобы избежать встреч с ней. Там, у леди Эддингс, после разговора со своим другом он был довольно рассеян и даже не познакомил ее с этим человеком. Да и его друг, поговорив с лордом Вейлом, исчез. Но какое это имеет значение, убеждала она себя, если лорд Вейл в эту минуту стоит у входа в церковь, ожидая ее появления.

— Готова? — крикнула ей Гертруда чуть ли не от церковной двери и, поспешно подойдя к Мелисанде, одернула ее юбку. — Вот уж никогда не думала, что доживу до этого дня, моя дорогая, никогда! Выходишь замуж, и за виконта. Реншо очень хорошая семья — нет и намека на дурную кровь. О, Мелисанда!

Мелисанда с изумлением увидела в глазах флегматичной Гертруды слезы.

— Я так счастлива за тебя. — Гертруда порывисто обняла ее, на мгновение прижавшись к щеке Мелисанды. — Ты готова?

Прежде чем ответить, Мелисанда выпрямилась и глубоко вздохнула, чтобы успокоиться. Но даже волнение не могло заглушить тихую радость, звучавшую в ее голосе.

— Да, готова.

Джаспер смотрел на кусок жареной утки, лежавший на его тарелке, и думал, какая странная традиция этот свадебный завтрак. Собираются друзья и родственники, чтобы отпраздновать любовь, а в действительности им следует праздновать плодовитость. Ведь именно это является целью такого союза: плодиться и размножаться.

Ну вот наконец-то он женился, и, отложив в сторону цинизм, надо воспринимать это как факт. Вчера по дороге в Лондон он начал думать, не слишком ли долго он отсутствовал. А что, если мисс Флеминг оскорбит такое пренебрежительное отношение? Что, если она даже не появится в церкви, чтобы с ним попрощаться? Он задержался в Оксфордшире дольше, чем предполагал. Всегда находилось дело, из-за которого приходилось откладывать отъезд: еще один участок земли, который хотел показать ему управляющий, дорога, требовавшая срочного ремонта, и, будь он честен с самим собой, чересчур пристальный взгляд его невесты. Казалось, ее карие глаза видели его насквозь, за его поверхностным смехом она разглядела самые глубины его души. Там, в доме леди Эддингс, когда он обернулся и увидел, что мисс Флеминг наблюдает за ним и Мэтью Хорном, его на мгновение охватил ужас — уж не знает ли она, о чем они говорили?

Нет, она не знала. Джаспер отхлебнул красного вина и отбросил все мысли об этом. Она не знала, что произошло у Спиннерс-Фоллс, и никогда не узнает, если с Божьей помощью ему удастся это скрыть.

— Веселая свадьба, а? — крикнул ему через стол пожилой джентльмен.

Джаспер не имел понятия, кто этот джентльмен, должно быть, родственник со стороны невесты, но он улыбнулся ему и поднял бокал.

— Спасибо, сэр. Мне и самому нравится.

Джентльмен омерзительно подмигивал.

— И еще: наслаждайтесь брачной ночью. Что? Я говорю: наслаждайтесь брачной ночью! Ха!

Он был в таком восторге от собственного остроумия, что от смеха с него чуть не свалился парик.

Немолодая леди, сидевшая напротив него, сделала большие глаза и сказала:

— Хватит, Уильям.

Джаспер почувствовал, как рядом с ним замерла невеста, и неслышно выругался. Наконец-то у нее вновь порозовели щеки. Во время церемонии она так побледнела, что он приготовился подхватить ее, если с ней случится обморок. Но не случился. Она стояла, как солдат под прицелом стрелков, и с суровым видом повторяла свадебные обеты. Совсем не такое выражение ему хотелось бы увидеть на лице своей невесты в день свадьбы, но он понимал: не следует быть слишком привередливым после предыдущего фиаско.

Джаспер повысил голос:

— Не расскажете ли вы нам о вашей собственной свадьбе, сэр? Я предвижу, это будет очень занимательно.

— Да он не помнит, — сказала старая леди, прежде чем ее супруг достаточно пришел в себя, чтобы ответить. — Он так напился, что уснул, даже не добравшись до постели!

Гости, слышавшие ее слова, расхохотались.

— А, Бесс! — воскликнул старик, перекрикивая смех. — Ты же знаешь, я совершенно извелся, ухаживая за тобой. — Он повернулся к сидевшей рядом молодой леди, горя желанием поделиться своими воспоминаниями. — Ухаживал за ней почти четыре года и...

Джаспер осторожно отставил свой бокал и посмотрел на свою невесту, мисс Флеминг, Мелисанду — она складывала еду на тарелке в аккуратные кучки.

— Съешьте что-нибудь, — тихо сказал он. — Утка не так плоха, как кажется, и вы почувствуете себя лучше.

Она не взглянула на него, но ее тело напряглось.

— Я чувствую себя прекрасно.

Упрямая девчонка.

— Я знаю, — спокойно ответил он. — Но в церкви вы были очень бледны, потом на какое-то время просто позеленели. Не могу передать, как сильно это подействовало на мои жениховские нервы. Так что теперь доставьте мне удовольствие и съешьте кусочек.

Она ответила слабой улыбкой и съела крохотный кусочек утки.

— Вы всегда говорите в шутку?

— Почти всегда. Я понимаю, это скучно, но так уж оно есть. — Он подозвал лакея и сказал ему: — Пожалуйста, наполни бокал виконтессы.

— Благодарю, — сказала она, когда лакей наполнил ее бокал. — Но знаете, это не так.

— Что не так?

Она посмотрела на него загадочным взглядом:

— Ваши шутки вовсе не скучны. Мне они нравятся. Я только надеюсь, что вы сможете перенести мою сдержанность.

— Если вы будете так смотреть на меня, то я перенесу ее с радостью, — прошептал он.

Она смотрела ему в глаза, не опуская бокала, и он видел, как вино проходит по ее нежному и хрупкому горлу. Сегодня в его постели будет эта женщина, женщина, которую он почти не знал. Он накроет ее своим телом, войдет в ее мягкую теплую плоть и сделает своей женой.

Странная мысль для такого приличного завтрака благовоспитанных людей. Странная и в то же время приятно возбуждающая. Любопытная вещь — брак между людьми его ранга. Во многом напоминает выведение породистых лошадей. Выбираешь производительницу и производителя на основании их родословной, помещаешь их неподалеку друг от друга и надеешься, что природа возьмет свое и станет больше лошадей... или аристократов, в зависимости от участников.

Он улыбался, глядя на свою молодую жену, и подумал, что бы она сказала, поделись он с ней мыслями о браках лошадей и аристократов. Увы, тема слишком рискованная для девственных ушей.

Но есть темы и не столь опасные.

— Вам нравится это вино, миледи?

— Кисловатое, терпкое, с чуть заметной сладостью винограда. — Она улыбнулась. — О да, мне такое нравится!

— Восхитительно, — тихо заметил Джаспер, лениво опуская веки. — Конечно, мой долг как мужа выполнять малейшее ваше желание, каким бы незначительным оно ни было.

— В самом деле?

— О да!

— А каков мой долг как вашей жены?

«Произвести мне наследников». Ответ слишком грубый, чтобы его произнести вслух. Сейчас время для легкого флирта и шуток, а не для обсуждения такой суровой реальности семейной жизни, как производство наследников.

— Миледи, у вас нет иного тяжелого долга, кроме как быть милой, украшать мой дом и радовать мое сердце.

— Но я думаю, мне скоро надоедят эти легкие обязанности. Мне захочется делать что-то еще, а не только приятно выглядеть. — Она сделала глоток и поставила бокал; высунув кончик языка, медленно слизнула капельку вина с нижней губы. — Неужели вы не можете придумать какой-нибудь долг потруднее?

Он затаил дыхание, все его внимание было поглощено ее влажной нижней губой.

— Миледи, моя голова кружится от идей. Их так много, что вам будет трудно выбрать одну из них, хотя некоторые довольно привлекательны. А не можете ли вы сказать, что входит в обязанности жены?

— О, много всего! — Улыбка заиграла на ее губах. — Разве я не должна повиноваться и почитать вас?

— А, но это легкие обязанности, а вас интересуют трудные.

— Повиновение, если речь идет о вас, может оказаться не такой уж легкой обязанностью, — тихо проговорила она.

— Нет-нет! Я всего лишь прошу вас улыбаться мне и делать светлее мои дни. Вы берете на себя такое обязательство?

— Да.

— Я уже чувствую, что с почитанием все в порядке. Но я помню еще один обет.

— Любить вас, — сказала она и опустила глаза. Теперь он не видел выражения ее лица.

— Да, только этот — любить меня, — спокойно сказал он, — боюсь, намного тяжелее, чем все остальные супружеские обязанности, — временами я бываю очень неприятным типом. А потому и не стану вас осуждать, если вы откажетесь от выполнения этой обязанности. Можете просто восхищаться мной, если вам это больше нравится.

— Но у меня есть честь, и я дала обет, — возразила она.

Он смотрел на нее и пытался понять, шутка это или выражение истинных чувств — если они у нее есть.

— Так вы будете любить меня?

Она пожала плечами:

— Конечно.

Он поднял бокал.

— Тогда считайте меня самым удачливым человеком в мире.

Но теперь она только слабо улыбалась, словно устала от их словесной игры.

Он отхлебнул вина. Ждет ли она с нетерпением этой ночи или боится ее? Более вероятно последнее предположение, а не первое. Даже в ее возрасте — а она старше многих невест — она, должно быть, знала очень немного о половом акте между мужчиной и женщиной. Возможно, этим и объясняется ее бледность сегодня утром. В эту ночь ему следует быть осторожнее, не спешить и не делать ничего, что могло бы испугать ее или вызвать у нее отвращение. Вопреки ее находчивости и остроумию она была, по ее собственному признанию, сдержанной женщиной. Может быть, отложить физическое осуществление их брака на другой день, чтобы дать ей время привыкнуть к нему? Нерадостная мысль.

Лорд Вейл тряхнул головой, отгоняя тоскливые мысли, и взял кусок утки. В конце концов, это был день его свадьбы.

— О, это была великолепная свадьба, миледи! — сказала мечтательным тоном Салли Сачлайк вечером, когда помогала Мелисанде снять платье. — Его сиятельство был так красив в своем красном расшитом камзоле, не правда ли? Такой высокий, с такими потрясающе широкими плечами. По-моему, ему совсем не нужны эти ватные подкладки, как вы думаете?

— М-м... — только и сказала Мелисанда. Больше всего в лорде Вейле ей нравились его широкие плечи, но физические достоинства мужа не тот предмет, который обсуждают с горничной. Она перешагнула через упавшие на пол нижние юбки.

Салли разложила их на кресле и начала расшнуровывать корсет Мелисанды.

— А когда лорд Вейл бросил в толпу эти монеты! Какой он добрый джентльмен! А вы знали, что он дал по гинее всем слугам в этом доме, даже мальчишке — чистильщику сапог?

— В самом деле? — Мелисанда сдержала довольную улыбку, услышав об этом свидетельстве сентиментальной натуры лорда Вейла. Ее совсем не удивил его поступок. Она потерла покрасневшую кожу под мышкой, натертую корсетом. Затем, оставшись в сорочке, села у изящного туалетного столика из полированного дерева и начала снимать чулки.

— Миссис Кук говорит, что на такого джентльмена приятно работать. Вовремя платит жалованье и не кричит на служанок, как некоторые джентльмены.

Салли расправила шнуровку и, аккуратно сложив корсет, упрятала его в большой резной платяной шкаф, стоявший в углу.

Комнаты виконтессы в Реншо-Хаусе были закрыты с тех пор, как умер отец лорда Вейла, а его мать переехала во вдовью резиденцию в Лондоне. Но миссис Мур, экономка, явно была очень компетентной особой. Комнаты тщательно убраны. В спальне блестела свеженатертая воском мебель медового цвета, синие с золотом занавеси вытряхнуты и вычищены, а ковры хорошо выбиты.

Спальня была не слишком большой, но очень уютной. Стены белые, приятного кремового оттенка, ковры синие с золотыми и красными узорами. Маленький камин, выложенный яркими синими плитами, с подвешенной над ним белой деревянной полкой, был прелестен. По бокам стояли два кресла с позолоченными ножками, и между ними — низкий столик с мраморным верхом. В одной стене дверь, ведущая в апартаменты виконта, — Мелисанда поспешно отвела от нее глаза, — напротив дверь в ее гардеробную, за которой располагалась маленькая личная гостиная. Время от времени в гардеробной кто-то царапался, но Мелисанда не обращала внимания на доносившийся оттуда звук. В целом комнаты были очень удобными и уютными.

— Так ты познакомилась с другими слугами? — спросила Мелисанда, чтобы отвлечься от своих мыслей и не таращиться, как влюбленная дура, на дверь, ведущую в комнаты лорда Вейла.

— Да, миледи. — Салли начала распускать ей волосы. — Дворецкий, мистер Оукс, очень строг, но, видимо, справедлив. Миссис Мур говорит, что искренне уважает его мнение. На нижнем этаже есть шесть горничных и пять на верхнем, а сколько лакеев, я не знаю.

— Я насчитала семь, — сказала Мелисанда. Еще днем ей представили всех слуг, но невозможно было сразу запомнить их имена и обязанности. — Так они были добры к тебе?

— О да, мэм. — Салли замолкла на минуту, вынимая тысячи шпилек из ее прически. — Хотя...

Мелисанда наблюдала за маленькой горничной в зеркале туалетного столика. Салли свела брови.

— Да?

— О, да ничего, мэм, — сказала она и тут же добавила: — Только этот мужчина, мистер Пинч. Я была очень вежлива, как и предупредил мистер Оукс, когда представлял меня всем, а этот человек, мистер Пинч, смотрел на меня, задрав нос, к тому же очень большой нос, мэм. Я не считаю, что ему следует так уж им гордиться. И он говорит: «Довольно молода для камеристки, не правда ли?» И таким надменным тоном... Я бы очень хотела знать, какое ему до этого дело.

Мелисанда удивилась. Она никогда не замечала, чтобы Салли так обижалась на кого-нибудь или на что-нибудь.

— А кто этот мистер Пинч?

— Он личный слуга его сиятельства, — сказала Салли. Она взяла щетку и стала энергичными движениями расчесывать волосы Мелисанды. — Большой такой урод, с лысиной во всю голову. Кухарка говорит, что он служил в армии вместе с лордом Вейлом, в колониях.

— Значит, он служит лорду Вейлу уже много лет.

Салли ловкими, быстрыми движениями заплела волосы Мелисанды в косу.

— Думаю, он занят только собой. Более неприятного, чванливого, мерзкого человека я редко встречала.

Мелисанда улыбнулась, но ее улыбка исчезла, когда она услышала какой-то звук, и ее сердце забилось.

Дверь в комнату виконта распахнулась. На пороге стоял лорд Вейл в наброшенном поверх рубашки и панталон восточном халате.

— А, я пришел слишком рано. Мне уйти?

— В этом нет необходимости, милорд. — Мелисанда всеми силами пыталась скрыть дрожь в голосе. Ей было трудно заставить себя не смотреть на него. Его рубашка была расстегнута у горла, открыв часть груди, и это просто потрясло ее. — Это все, Салли.

Горничная присела, неожиданно потеряв дар речи в присутствии нового хозяина, поспешила к двери и исчезла за ней.

Лорд Вейл посмотрел ей вслед.

— Надеюсь, я не испугал вашу маленькую горничную.

— Она просто волнуется, оказавшись в новом доме. — Мелисанда следила в зеркале, как по ее комнате расхаживал экзотический зверь мужского пола. Она была его женой. Ей было трудно сдержать смех при этой мысли.

Он подошел к камину и посмотрел на фарфоровые часы, стоявшие на полке.

— Я действительно не хотел помешать вашему вечернему туалету. Я ужасно путаюсь во времени. Если желаете, я могу вернуться через полчаса или около этого.

— Нет. Я совершенно готова. — Она вздохнула, встала и повернулась к нему.

Он смотрел на нее, его взгляд опустился на кружевную отделку ее сорочки. Она была свободной и широкой, довольно прозрачной, и Мелисанда почувствовала, как под его взглядом подобрался ее живот.

Затем он моргнул и отвел от нее взгляд.

— Может быть, вы хотели бы еще немного вина?

Она почувствовала разочарование, но сумела скрыть его.

— Это было бы приятно.

— Отлично. — Он подошел к столику у камина, на котором стоял графин, и наполнил два бокала.

Она тоже подошла к камину, и, когда он обернулся, она уже стояла рядом с ним.

Он протянул ей бокал:

— Пожалуйста.

— Спасибо. — Она сделала глоток. Волнуется ли он? Он смотрел на огонь, и Мелисанда, опустившись в одно из позолоченных кресел, указала ему на другое: — Почему бы вам не сесть, милорд?

— Да, конечно. — Он залпом выпил половину бокала, затем неожиданно наклонился вперед, поставив бокал между ног. — Послушайте. Я целый день пытаюсь придумать, как правильно это сказать, и все еще не придумал, поэтому я просто скажу это. Мы поженились довольно быстро, и почти все время нашей помолвки меня здесь не было, это моя вина, черт меня побери, и я сожалею об этом. Но из-за всего этого у нас не было случая как следует познакомиться, и я подумал... э...

— Да?

— Может быть, вы хотели бы подождать? — Он наконец поднял на нее глаза и смотрел с чувством, очень напоминающим сожаление. — Вам решать, я полностью предоставляю это вам.

Ужасающая ослепительная вспышка света взорвалась в ее голове: возможно, он не находит ее достаточно привлекательной, чтобы разделить с ней постель. А что в этом удивительного? Она высокая и довольно худощавая, никаких пышных форм. И ее никогда не называли красивой. Он флиртовал с ней, но он флиртовал с каждой женщиной, попадавшейся на его пути, простой или знатной. Это не имело для него никакого значения. Она молча смотрела на него. Что же ей делать? Что она могла сделать? В это утро они стали мужем и женой, и уже ничего нельзя изменить.

Да она и не хотела ничего менять.

Пока она приходила в себя от своего страшного открытия, он продолжал говорить:

— ...и мы могли бы немного подождать, месяц или два, или сколько вы пожелаете, потому что...

— Нет.

Он замолчал.

— Простите?

Если они будут ждать, то может случиться, что брак так и останется только формальным, чего она меньше всего хотела бы. Не то что он. Она не могла этого допустить.

Мелисанда поставила бокал на столик перед камином.

— Я не хочу ждать.

— Я... понимаю.

Она встала и подошла к нему. Он посмотрел на нее, и его глаза блеснули синевой.

Он выпил бокал до дна, поставил его и тоже встал, заставляя ее смотреть на него.

— Вы уверены?

Она чуть приподняла бровь. Просить она не станет.

Он кивнул, решительно сжал губы и, взяв ее за руку, повел к постели. Она уже дрожала от одного прикосновения его руки и теперь не пыталась скрыть свое волнение. Он откинул одеяла и жестом указал, чтобы она ложилась. Все еще в своей сорочке, она легла и смотрела, как он вынул из кармана своего халата маленькую жестяную коробочку и положил ее на столик у кровати. Затем снял халат и башмаки.

Кровать прогнулась под тяжестью его тела, когда он лег рядом с ней. Он был большим и теплым, и она, протянув руку, потрогала его плечо. Только плечо, потому что она была уверена: у нее разорвется сердце, если она дотронется до какой-нибудь другой части его тела. Он наклонился к ней и провел губами по ее губам. В блаженстве она закрыла глаза. О Боже, наконец-то! После того как она провела всю свою жизнь в одиночестве в сухой пустыне, сейчас она пила сладкий шерри. Его губы были мягкими, но упругими, с оставшимся на них терпким вкусом вина. Он положил большую теплую руку на ее грудь, и она чувствовала это тепло сквозь тонкую ткань сорочки, и по ее телу пробежала дрожь.

Мелисанда раскрыла губы ему навстречу, но он откинул голову и смотрел вниз, неловко шевеля рукой между их телами.

— Вейл... — прошептала она.

— Тсс... — Он коснулся губами ее лба. — Сейчас это кончится. — Он взял со столика у кровати коробочку и открыл ее. Внутри лежало что-то похожее на мазь. Он окунул в нее палец и снова сунул руку между ними.

Она помрачнела. То, что должно было закончиться быстро, вовсе не то, на что она надеялась.

— Я...

Но он задрал вверх ее сорочку, обнажив ее до пояса, и она ничего не чувствовала, кроме его рук, которые он положил ей на бедра. Может быть, если она не будет ни о чем думать, а просто отдастся своим чувствам...

— Позвольте мне, — тихо попросил он.

Раздвинув ее ноги, он опустился между ними, и она догадалась, что он расстегнул панталоны. Она чувствовала, как его плоть, горячая и твердая, прижалась к ее бедру. У нее перехватило дыхание. Ее охватило такое возбуждение, что она не могла издать ни единого звука.

— Это может показаться вам странным и, наверное, вам будет больно, но я все сделаю быстро, — поспешил он заверить ее. — И больно бывает только в первый раз. Можете закрыть глаза, если хотите.

«Что?» — изумилась она.

И он вошел в нее.

Вместо того чтобы закрыть глаза, она широко раскрыла их и смотрела на него, ожидая получить хотя бы капельку удовольствия. Его глаза были закрыты, лоб нахмурен, как будто ему, а не ей предстояло испытать боль. Она обхватила его руками, отметив ширину его плеч и их напряженность.

— Ах, это... — Он дернулся. — Полежите спокойно минутку.

Он приподнялся на локтях и, к ее разочарованию, развел в стороны ее руки. А затем... Первый удар, второй, третий — резкий и грубый... Он скрипнул зубами и с каким-то звуком, похожим на кашель, бессильно опустился на нее.

Действительно быстро.

Ей хотелось обнять его, хотя бы полежать с ним рядом, но он сполз с нее и лег на бок.

— Простите, я не хотел придавить вас.

Затем повернулся к ней спиной, по-видимому, считая, что все сделал как надо. Мелисанда медленно прикрыла бедра сорочкой, стараясь не огорчаться. Кровать покачнулась, когда он скатился с нее. Джаспер зевнул, подобрал халат и башмаки, а потом склонился к ней и поцеловал в щеку.

— Не слишком неприятно, надеюсь? — В его синих глазах она увидела беспокойство. — Поспите немного, а я утром проверю, принесли ли лакеи горячую ванну. Это поможет.

— Я...

— Не забудьте выпить вина, если почувствуете боль. — Он погладил ее по голове. — Спокойной ночи.

И вышел из комнаты.

Мелисанда некоторое время в полном оцепенении смотрела на закрытую дверь. В гардеробной опять послышалось царапанье. Она закрыла глаза и попыталась не обращать на эти звуки внимания. Сунув руку под сорочку, она обнаружила, что там было мокро от его липкого семени и ее собственных выделений. Интересно, как он чувствовал себя внутри ее и какими синими были его глаза. Мелисанда провела рукой по своей набухшей пульсирующей плоти, не получившей удовлетворения. Она попыталась расслабиться, вспоминая...

Настойчивое царапанье возобновилось.

Она рассердилась и, открыв глаза, уставилась на шелковый полог своей кровати. Он был синего цвета, а на уголке была маленькая дырка. Черт!

На этот раз царапанье сопровождалось поскуливанием.

— О, потерпи немного!

Мелисанда с досадой вылезла из постели и почувствовала, как теплая влага стекает по внутренней стороне бедра. На туалетном столике стоял кувшин с водой. Она налила в тазик немного воды, обмакнула полотенце в прохладную воду и вымылась. Затем подошла к двери гардеробной и открыла ее.

Маус возмущенно чихнул и поспешно вбежал в комнату. Он вскочил на кровать и, покрутившись, улегся на подушке, повернувшись к ней спиной. Он терпеть не мог, когда его запирали в гардеробной.

Мелисанда, такая же недовольная, как и ее терьер, снова легла в постель. Она полежала, глядя на шелковый полог, думая, где именно она допустила ошибку в этой поспешной попытке. Потом вздохнула и решила, что во всем разберется завтра утром. И когда она уже задула свечу и закрыла глаза, ее осенила последняя здравая мысль.

Слава Богу, она не была девственницей.

То, что он совершил в эту ночь, не делало ему чести как любовнику, спустя несколько минут сообразил Джаспер. Он сидел в большом кресле у камина в своих апартаментах. Он не доставил Мелисанде никакого удовольствия: все было сделано слишком неловко и торопливо. А все потому, что он опасался: растянув время, он может забыться и обойтись с ней более грубо, чем ему хотелось. Поэтому первый опыт не привел ее в восхищение. Но с другой стороны, он считал, что ничем не обидел ее. А это и было его основным намерением — не испугать невинную девицу первой брачной ночью, проведенной в его постели.

Или в ее. Он оглядел свою кровать, большую, темную и весьма внушительную. Даже хорошо, что он пошел в ее комнату, а не пытался привести ее к себе. Его постель отпугнула бы самую бесстрашную любительницу наслаждений. Не говоря уже о последствиях: пришлось бы придумывать способ, как изгнать ее из своих апартаментов.

Вот тогда бы и возникла неприятная ситуация. Он сделал последний глоток бренди.

В общем, акт прошел хорошо, как он и ожидал. Впереди еще достаточно времени, чтобы показать ей, какое удовольствие можно получить от слияния тел мужчины и женщины. Если, конечно — это самое главное, — она захочет задержаться в супружеской постели. Множество аристократических леди не очень стремились заниматься любовью со своими мужьями.

Вейл задумался. Он никогда не видел ничего особенно плохого в модных браках подобного типа. В таких браках заинтересованные стороны производили на свет наследника или двух, а потом жили отдельно, как в отношении общества, друг друга, так и совместной постели. Эти браки были почти обычным явлением в его кругах. Такого брака ожидал и он сам. Однако теперь мысль о браке, в котором муж и жена терпят друг друга и ничего больше, казалась... непривлекательной. И даже неприятной.

Джаспер покачал головой. Вероятно, супружество плохо повлияло на его мозги, что и вызвало эти странные мысли. Он встал и поставил бокал рядом с графином на тумбочку. Его апартаменты были почти вдвое больше комнат его новой жены, поэтому в них по ночам было мало света. По углам сгущались тени, они затаились и около шкафа, и вокруг его огромной кровати.

Он разделся и вымылся уже остывшей водой. Можно было бы послать за свежей теплой водой, но он не любил, когда кто-то входил в его апартаменты после наступления темноты. Даже присутствие Пинча раздражало его. Он задул все свечи, кроме одной. Взяв ее, он заглянул в свою гардеробную. Там стояла небольшая кровать, на которой мог бы спать слуга. Но у Пинча были свои комнаты, и этой кроватью никто не пользовался. Кроме кровати в углу у дальней стены лежал довольно потрепанный соломенный тюфяк.

Джаспер поставил свечу на пол возле тюфяка и проверил, как он делал это каждую ночь, все ли на месте. Мешок со сменой белья, вода в металлической фляге и немного хлеба. Примерно каждые пару дней Пинч сменял хлеб и воду на свежие, хотя Джаспер никогда не обсуждал содержимое мешка со своим слугой. И еще там были небольшой нож, огниво и кремень. Опустившись на колени, он набросил на голые плечи одеяло и лег на жесткий тюфяк, спиной к стене. С минуту он смотрел на колеблющиеся тени, отбрасываемые свечой на потолок, а потом закрыл глаза.

Глава 4

Джек шел и шел, пока не увидел еще одного старика в лохмотьях, сидевшего на обочине.

— Это ты должен меня накормить? — крикнул Джеку второй нищий неприятным голосом.

Джек раскрыл мешок и вынул кусок сыра. Старик выхватил сыр из его рук и с жадностью съел. Джек вынул булку хлеба. Старик съел и ее и снова протянул руку. Джек покачал головой, пошарил на самом дне мешка и вынул яблоко.

Старик проглотил яблоко и сказал:

— И только эту дрянь ты можешь мне предложить?

И тут терпение Джека лопнуло.

— Помилуй меня, человек! Ты съел мою последнюю еду, а в ответ я не услышал ни слова благодарности. Я пойду дальше, и будь ты проклят за то, что обидел меня!

Из «Веселого Джека»

Реншо-Хаус был самым роскошным местом, которое когда-либо видела Салли Сачлайк, и ей все еще было немного страшно. Боже! Полы из розового и черного мрамора, резная мебель на изящных ножках, чуть толще зубочистки, и повсюду ярды и ярды богато расшитых шелков, парчи и бархата, намного больше, чем требовалось для штор на окнах, покрывал для кресел и прочей драпировки. О, дом мистера Флеминга был хорош, здесь было как в королевском дворце: так красиво, так красиво!

Совсем не похоже на квартал Севен-Дайалс, где она родилась и жила. Если только можно назвать жизнью ежедневную работу от восхода до захода солнца, сбор навоза, собачьего и прочего дерьма, которое отец продавал потом за ломоть хлеба или кусок жилистого мяса. Она жила так до двенадцати лет, пока ее отец не заговорил о том, что хорошо бы выдать ее замуж за своего друга Пинки, большого вонючего типа, у которого не было ни одного переднего зуба. Она понимала: если она выйдет за Пинки, ее ожидает жизнь, полная грязи и горя, и она будет надрываться, пока не умрет молодой там же, где и родилась.

В ту же ночь Салли сбежала и отправилась искать счастья в качестве кухонной прислуги. Она была ловкой и сообразительной, и когда кухарка нашла лучшее место — в доме мистера Флеминга, — она забрала Салли с собой. И Салли трудилась очень усердно. Она старалась не оставаться наедине с кем-нибудь из лакеев или рассыльным мясника, ибо меньше всего ей хотелось оказаться с ребенком на руках. И все это время она следила за собой и приглядывалась к тому, что происходило рядом с ней. Она слушала, например, как говорят Флеминги, и по ночам, лежа на узкой кровати рядом с Алисой, горничной нижнего этажа, которая храпела, как старик, она шепотом повторяла слова и их произношение, пока ее речь не стала почти такой же, как у мисс Флеминг.

Когда однажды лакей Боб ворвался в кухню и, задыхаясь от возбуждения, сообщил, что мисс Флеминг, с таким некрасивым унылым лицом, как-то умудрилась подцепить виконта, Салли была уже готова. Она сложила белье, починкой которого занималась, и тихо выскользнула из кухни, чтобы обратиться к мисс Флеминг со своей просьбой.

И вот она здесь! Камеристка виконтессы! Теперь, если бы только она смогла запомнить бесчисленные коридоры, этажи и двери этого внушительного красивого дома, все было бы прекрасно. Салли расправила передник и распахнула дверь в коридор, которым пользовались слуги. Если она правильно рассчитала, так она попадет в холл перед апартаментами хозяина. Она заглянула в холл — большой, с темными деревянными панелями на стенах и длинным красно-черным ковром. К сожалению, он был немного похож на другие холлы этого дома, но когда она повернула голову вправо, увидела непристойную статуэтку из черного мрамора, изображавшую джентльмена, пытающегося овладеть голой леди. Она видела эту скульптуру и раньше — ее трудно было не заметить. Теперь она знала, что стоит у дверей комнаты хозяина. Салли удовлетворенно кивнула и, прежде чем рассматривать мраморные фигурки, закрыла за собой скрытую деревянной панелью дверь.

Обе фигурки были голыми, и леди совсем не выглядела испуганной. Она даже обняла пухлой ручкой шею джентльмена. Салли склонила голову набок. У джентльмена покрытые шерстью ноги очень походили на козлиные, а на голове виднелись коротенькие рожки. Разглядывая его вблизи, она неожиданно подумала, что этот неприятный каменный человек был немного похож на камердинера виконта, мистера Пинча... если бы у мистера Пинча на голове были волосы, рожки и покрытые шерстью бедра. Ее взгляд скользнул по телу мраморного джентльмена, и она подумала, если и у мистера Пинча такой же длинный...

Позади нее кашлянул мужчина.

Салли вскрикнула и резко обернулась. Словно вызванный ее мыслями, перед ней стоял мистер Пинч. Одна бровь была у него приподнята, а лысая голова тускло светилась в слабо освещенном холле.

Она почувствовала, как горячая волна заливает ее шею и лицо. Она уперлась в бедра сжатыми в кулаки руками.

— Господи! Вы хотели напугать меня? Разве вы не знаете, что так можно человека убить? Я когда-то знала одну леди, которую вот точно так убил мальчишка: он подкрался к ней сзади и крикнул: «Бу!» Сейчас я уже могла бы лежать мертвой на этом ковре. И что бы вы сказали милорду? Что пошли и убили меня на следующий день после его свадьбы? Как бы вы тогда выглядели?

Мистер Пинч снова кашлянул — словно камни посыпались в жестяное ведерко.

— Возможно, если бы вы не были так поглощены изучением этой статуэтки, мисс Сачлайк...

Салли фыркнула, что не подобало леди, но было вполне уместно в данный момент.

— Вы обвиняете меня в том, что я разглядывала эту статую, мистер Пинч?

У Пинча взлетели обе брови.

— Я просто...

— Должна вам сказать, я только смотрела, не скопилась ли на ней пыль.

— Пыль?

— Пыль. — Салли энергично кивнула. — Миледи не выносит пыль.

— Понятно, — высокомерно проговорил мистер Пинч. — Буду иметь это в виду.

— Да уж, надеюсь на это, — ответила Салли. Она расправила передник и посмотрела на дверь спальни своей хозяйки. Было уже восемь часов, для новой леди Вейл позднее время, но на следующий день после свадьбы...

Мистер Пинч по-прежнему смотрел на нее.

— Предлагаю вам постучать.

Салли возмущенно уставилась на него:

— Я прекрасно знаю, как будить мою хозяйку.

— Тогда в чем же дело?

— Может быть, она не одна. — Салли почувствовала, что снова краснеет. — Вы понимаете? Что, если он там? Какой же я буду выглядеть дурой, если войду, а они не... не... не... — она пыталась это сказать, но язык не слушался ее, — не в порядке. Я бы страшно смутилась.

— А его нет.

— Чего — нет?

— Его нет, — уверенно заявил мистер Пинч и вошел в комнату хозяина. Салли сердито посмотрела ему вслед. Какой отвратительный человек! Она в последний раз одернула передник и тихонько постучала в дверь своей хозяйки.

Мелисанда сидела за письменным столом и переводила последнюю из волшебных сказок, когда услышала стук в дверь. Маус, лежавший у ее ног, вскочил и, зарычав, бросился к двери.

— Войдите, — сказала она, нисколько не удивленная появлением Салли.

Мелисанда посмотрела на стоявшие на камине часы. Было чуть больше восьми, но она проснулась почти два часа назад. Она редко спала после восхода солнца. Салли знала распорядок ее дня и обычно приходила одевать ее намного раньше. Горничную, вероятно, смущало новое положение ее как молодой жены. Мелисанде стало стыдно. Скоро вся прислуга в доме узнает, что в их первую брачную ночь она спала отдельно от своего мужа. Но тут уж ничего не поделаешь. Ей придется пройти через это.

— Доброе утро, миледи. — Не спуская с терьера глаз, Салли обошла его.

— Доброе утро. Иди сюда, Маус. — Мелисанда прищелкнула пальцами.

Маус в последний раз подозрительно обнюхал горничную и, подбежав к туалетному столику, улегся у ног Мелисанды.

Мелисанда уже раздвинула на окнах занавеси над туалетом, но Салли пришла, чтобы раздвинуть и остальные.

— Прелестный день. Солнышко, на небе ни облачка и почти никакого ветра. Что бы вы желали сегодня надеть, миледи?

— Думаю, серое, — рассеянно ответила Мелисанда.

Она задумалась над переводом одного немецкого слова. Эта старинная книга волшебных сказок принадлежала ее ближайшей подруге Эмелин, была памятью ее детства.

Очевидно, Эмелин получила ее от своей прусской няни. Перед отъездом вместе со своим мужем, мистером Хартли, в Северную Америку Эмелин подарила ее Мелисанде и попросила перевести эти сказки. Она согласилась и только потом поняла: для них обеих это значило больше чем просто работа. Подарив ей дорогую сердцу книгу, Эмелин словно обещала ей, что их дружба переживет разлуку, и Мелисанда была тронута и благодарна ей за это.

Она надеялась перевести книгу, сделать несколько копий, переплести их и подарить Эмелин в ее следующий приезд в Англию. К сожалению, Мелисанда столкнулась с проблемой. Книга состояла из четырех связанных между собой историй, в каждой рассказывалось о солдате, возвращавшемся с войны. Три из них она перевела относительно легко, но четвертая... четвертая оказалась настоящей головоломкой.

— Серое, миледи? — неуверенно повторила Салли.

— Да, серое, — подтвердила Мелисанда.

Трудность заключалась в диалекте. И еще в том, что она переводила письменную речь. Она научилась немецкому языку от матери, в основном это был разговорный язык, а не литературный, отсюда и ее затруднение. Мелисанда провела пальцем по хрупкой бумаге. Работа над книгой напомнила ей об Эмелин. Она жалела, что на ее свадьбе не было подруги. И сейчас она жалела об этом еще сильнее. Как приятно было бы поговорить с Эмелин о ее браке и о загадке, которую представляют собой вообще все мужчины. Почему ее муж...

— Которое серое?

— Что? — Мелисанда наконец взглянула на горничную и увидела, что Салли теряет терпение.

— Которое серое? — Салли широко раскрыла дверки шкафа, который, надо признаться, был набит большим количеством довольно бесцветных и унылых платьев.

— Голубовато-серое.

Салли достала указанное платье, что-то бормоча себе под нос.

Мелисанда предпочла не слышать ее, она встала и налила в тазик немного теплой воды, чтобы умыться. Освежившись, она терпеливо стояла, пока Салли одевала ее.

Спустя полчаса Мелисанда отпустила горничную и направилась в нижний холл, выложенный бледно-розовым мрамором с золотой и черной отделкой. Здесь она замешкалась. Завтраки, бесспорно, подавались в комнатах нижнего этажа. Но дверей было множество, а накануне, в суете знакомства со слугами и обустройства в своих комнатах, она не догадалась спросить, где именно находится столовая.

За ее спиной кто-то деликатно кашлянул. Мелисанда повернулась и увидела дворецкого Оукса. Это был мужчина небольшого роста, с покатыми плечами и руками слишком большими для его запястий. Он носил умело завитый пудреный белый парик.

— Не могу ли я вам помочь, миледи?

— Да, спасибо, — отозвалась Мелисанда. — Не могли бы вы поручить одному из лакеев прогулять мою собаку, Мауса, в саду? И пожалуйста, покажите мне комнату, где подается завтрак.

Оукс прищелкнул пальцами, и перед ним, как черт из табакерки, появился долговязый молодой лакей. Оукс указал на Мауса. Лакей наклонился к собачке и замер — Маус оскалил зубы и зарычал.

— О, сэр Маус! — Мелисанда подобрала все еще рычавшего терьера и вложила его в руки лакею.

Лакей, насколько это было возможно, старался держать свою голову подальше от своих рук.

Мелисанда похлопала песика пальцем по носу:

— Прекрати это.

Маус перестал рычать, но по-прежнему с подозрением смотрел на человека, в чьи руки он попал. Лакей с вытянутыми вперед руками направился к выходу.

— Комната для завтраков чуть дальше, — сказал Оукс.

Он провел ее через элегантную гостиную в комнату, окна которой выходили в сад. Взглянув в окно, Мелисанда увидела Мауса, орошавшего каждое дерево, стоящее вдоль главной дорожки, и следовавшего за ним лакея.

— Виконт пользуется этой комнатой, когда у него гости, — пояснил Оукс. — Естественно, если вы пожелаете что-то изменить, только скажите мне.

— Нет-нет. Все очень хорошо. Спасибо вам, Оукс. — Она улыбнулась и села на стул, который он выдвинул из-за длинного полированного стола.

— Кухарка отлично варит яйца всмятку, — сказал Оукс. — Но если вы желаете иметь на завтрак сельдь или...

— Яйца подойдут. И еще я бы хотела сладкую булочку или две и горячий шоколад.

Он поклонился.

— Я прикажу горничной немедленно их принести.

Мелисанда нерешительно кашлянула.

— Пожалуйста, не сейчас, я хотела бы подождать мужа.

Оукс растерянно заморгал.

— Виконт встает поздно...

— Ничего, я подожду.

— Да, миледи. — И Оукс вышел из комнаты.

Мелисанда наблюдала в окно, как Маус, закончив свои дела, заспешил к дому. Через несколько минут он появился в дверях вместе с лакеем. Увидев ее, Маус насторожил крохотные ушки, подбежал к ней, лизнул ее руку, устроился под ее стулом и вздохнул.

— Спасибо, — улыбнулась Мелисанда лакею. Он выглядел совсем молоденьким, из-под белого парика выглядывало все еще прыщеватое лицо. — Как тебя зовут?

— Спрат, миледи. — Его щеки раскраснелись под ее взглядом. Ну и имечко, подумала Мелисанда. Уж лучше бы родители окрестили его Джеком. Она кивнула:

— Спрат, ты будешь заботиться о сэре Маусе. Ему требуется посещать сад утром, после ленча и перед сном. Ты не забудешь об этом?

— Нет, миледи. — Спрат нервно кивнул. — Благодарю вас, миледи.

Мелисанда подавила улыбку. Спрат, казалось, не был уверен, должен ли он благодарить, тем более что из-под стула послышалось тихое рычание Мауса.

— Спасибо. Это все.

Спрат, попятившись, вышел, и Мелисанда снова осталась одна. Она посидела немного, но когда бездеятельность стала невыносима для ее напряженных нервов, она встала и подошла к окну. Как ей встретить своего новообретенного мужа? Конечно, со спокойствием, как и положено жене. Но не могла ли она каким-то образом, осторожно, незаметно, дать ему понять, что прошлая ночь, мягко говоря, была разочарованием? Мелисанда поморщилась. Не за столом же, не за завтраком. Джентльмены очень чувствительны в этом отношении, и многие ранним утром не отличаются рассудительностью. Но она должна когда-нибудь, как-нибудь заговорить об этом. Ведь, черт побери, этот мужчина известен как опытный любовник! Если только все леди, бывшие объектом его желаний, не лгали, он был бы способен на большее прошлой ночью.

Где-то часы пробили девять. Маус встал, потянулся и широко зевнул, показывая розовый язычок. Разочарованная, Мелисанда решила больше не ждать и вышла в холл. Там стоял Спрат, бессмысленно глядя в потолок. Увидев ее, он быстро опустил глаза.

— Принеси мне, пожалуйста, мой завтрак, — распорядилась Мелисанда и, вернувшись в комнату, стала ждать. Может быть, Вейл уже уехал из дома, или он всегда так долго спит?

После одинокого завтрака, которым она поделилась с Маусом, Мелисанда занялась другими делами. Она послала за кухаркой и приспособила изящно отделанную желто-белую гостиную для составления меню на неделю.

Кухарка была маленькой худощавой женщиной с худым озабоченным лицом и седеющими черными волосами, туго стянутыми в узел на затылке. Она сидела на краешке стула, подавшись вперед, и все время кивала, слушая, что говорила Мелисанда. Кухарка не улыбалась — казалось, ее лицо не умело улыбаться, но тонко поджатые губы расслабились, когда Мелисанда похвалила хорошо сваренные яйца всмятку и горячий шоколад. Мелисанда как раз начинала чувствовать, что у нее устанавливается приятное взаимопонимание с этой женщиной, когда их разговор прервал раздавшийся шум. Обе женщины подняли головы. Мелисанда расслышала среди мужских голосов собачий лай.

— О Боже! — Она вежливо улыбнулась кухарке: — Извините меня.

Она не спеша направилась в утреннюю комнату для завтрака, где застала разыгравшуюся драму. Спрат стоял разинув рот. Прекрасный белый парик Оукса съехал набок, и дворецкий что-то торопливо объяснял, но, к сожалению, его голоса никто не слышал. Тем временем ее однодневный муж размахивал руками и что-то кричал, как будто изображая разгневанную ветряную мельницу. Объект его гнева стоял всего лишь в нескольких дюймах от башмаков лорда Вейла и то рычал, то заливался лаем.

— Откуда взялась эта псина? — возмутился Вейл. — Кто ее впустил? Неужели человек не может позавтракать, не защищая свой бекон от какой-то твари?

— Маус, — сказала Мелисанда тихо, но достаточно громко, чтобы терьер услышал ее. С последним торжествующим «гав!» Маус засеменил к ней и, тяжело дыша, уселся на ее туфли.

— Так вы знаете эту псину? — спросил удивленно лорд Вейл. — Откуда она взялась?

Оукс поправил свой парик, что-то бормоча себе под нос, а Спрат так и стоял окаменев.

Мелисанда прищурилась. Надо же! И это после того, как ее целый час заставили ждать завтрака.

— Маус принадлежит мне.

Лорд Вейл растерялся, и она не могла не заметить, что даже в растерянности и в дурном расположении духа его глаза были потрясающе красивы. «Вчера он лежал на мне, —

думала она, чувствуя, как внизу живота разгорается жар. — Его тело слилось с моим. Наконец он стал моим мужем».

— Но она съела мой бекон.

Мелисанда посмотрела на Мауса, который с обожанием смотрел на нее.

— Он.

Лорд Вейл провел рукой по волосам, сбивая в сторону шейный платок.

— Что?

— Он, — четко произнесла Мелисанда и улыбнулась. — Сэр Маус — пес, джентльмен. И он очень любит бекон, поэтому вам не следовало соблазнять его беконом.

Она щелкнула пальцами и удалилась в сопровождении Мауса.

— Собака-джентльмен? — Джаспер смотрел на дверь, за которой только что скрылась его новобрачная. Для женщины с мерзкой собачонкой она выглядела удивительно элегантно. — Собака-джентльмен? Вы когда-нибудь слышали о собаке-джентльмене? — обратился он к мужчинам, остававшимся в комнате.

Его лакей — высокий худой молодой человек с именем из детских сказок, которое Джаспер не мог сейчас вспомнить, — почесал под париком голову.

— Миледи, кажется, любит эту собачку.

Пришедший в себя Оукс с сомнением взглянул на хозяина:

— Виконтесса дала особые указания относительно этого животного, после того как позавтракала час назад, милорд.

И тут Джаспера наконец осенило: возможно, он вел себя как осел. Он поморщился. Ради справедливости следовало признать, что он никогда не вставал рано. Но даже в таких обстоятельствах накричать на новобрачную на следующий день после свадьбы было выше допустимого.

— Я распоряжусь, чтобы для вас приготовили другой завтрак, милорд, — предложил Оукс.

— Нет. — Джаспер вздохнул. — Я сыт. — Он задумчиво смотрел на дверь, решая, найдется ли у него сейчас достаточно красноречия, чтобы извиниться перед своей женой. Его могли бы назвать трусом, но лучше не раздувать дела. — Приведите мне лошадь.

— Да, милорд. — Оукс поклонился и вышел из комнаты. Поразительно, как легко двигался этот человек. У молодого лакея, все еще остававшегося в комнате, был такой вид, будто он хотел что-то сказать.

Джаспер вздохнул. Он даже не успел выпить чаю до того, как собачка испортила ему завтрак.

— Да?

— Должен ли я сказать ее сиятельству, что вы уезжаете? — спросил лакей, и Джаспер почувствовал себя скотиной. Даже лакей знал лучше его, как надо вести себя с новобрачной.

— Да, скажи. — И, избегая смотреть лакею в глаза, он широким шагом вышел из комнаты.

Прошло немногим более получаса, а Джаспер уже ехал по запруженным народом улицам Лондона, направляясь в «Линкольнз инн». Снова на небе показалось солнце, и люди, казалось, решили насладиться прекрасной погодой даже в такой ранний час. Уличные торговцы захватывали выгодные углы, расхваливая свои товары, модные дамы расхаживали парами, а кареты проплывали мимо, как корабли под всеми парусами.

Шесть месяцев назад они с Сэмом Хартли опрашивали солдат, выживших в бойне у Спиннерс-Фоллс, но не смогли опросить каждого. Многие исчезли без следа. Многие стали стариками, калеками, опустившимися до попрошайничества и воровства. Они жили на грани смерти и в любой момент могли покинуть этот мир. Во всяком случае, многих невозможно было найти.

Но все же выжившие были. Например, Алистэр Манро. Манро не был солдатом Двадцать восьмого полка, он был натуралистом, прикомандированным к полку для описания и определения животных и растений по заданию его величества. Конечно, индейцы, которые напали на полк у Спиннерс-Фоллс, не делали различий между солдатом и гражданским лицом. Манро был схвачен вместе с группой, в которую попал Джаспер, и испытал то же, что и все, кого в конце концов выкупили. Джаспер, остановивший свою лошадь, чтобы пропустить шумных носильщиков портшезов, содрогнулся при этом воспоминании. Почти никто из пленников, которых гнали через темные, звенящие от москитов леса Северной Америки, не вернулся живым. А те, которые вернулись, сильно изменились. Джаспер иногда думал, что частица и его души осталась в тех темных лесах...

Он отогнал эти мысли и направил Белл на широкую фешенебельную площадь «Линкольнз инн». Джаспер подъехал к высокому красивому зданию из красного кирпича, с обрамленными белым кирпичом окнами. Он спешился, передал поводья ожидавшему мальчику-слуге и, поднявшись по ступеням, постучал в дверь. Спустя несколько минут дворецкий проводил его в кабинет.

— Вейл! — Мэтью Хорн встал из-за большого письменного стола и протянул руку. — На следующий день после свадьбы. Не ожидал увидеть тебя так скоро.

Джаспер взял его за обе руки. На Хорне был белый парик, у него, как и у всех рыжих, была бледная кожа, на щеках розовели пятна, оставленные ветром или бритвой. Без сомнения, годам к пятидесяти лицо его приобретет багровый оттенок. Высокие скулы казались тяжелыми и угловатыми, словно для того, чтобы притушить красоту лица. Глаза у него были голубые и теплые, в уголках рта виднелись морщинки, хотя он еще не отпраздновал свой тридцатый день рождения.

— Я негодяй, что так скоро оставляю возлюбленную жену мою. — Джаспер отпустил руку Хорна и отступил назад. — Но боюсь, время не терпит.

— Пожалуйста. Садись.

Джаспер откинул полы камзола и сел в кресло напротив Хорна.

— Как здоровье вашей матушки?

Хорн возвел глаза к потолку, как будто мог увидеть спальню своей матери, находившуюся на верхнем этаже над ними.

— Прикована к постели, но духом она сильна. Когда у меня получается, я пью с ней чай, и она всегда интересуется последними сплетнями.

Джаспер улыбнулся.

— На музыкальном вечере у Эддингсов ты упомянул о Спиннерс-Фоллс, — напомнил Хорн.

— Да. Ты помнишь Сэма Хартли? Капрала Хартли? Он был проводником нашего полка до форта Эдуард.

— И что же?

— Он вернулся в Лондон в прошлом сентябре.

— Жаль, что не встретился с ним. В это время я путешествовал по Италии. — Хорн наклонился и дернул за шнурок звонка.

Джаспер кивнул:

— Он приходил ко мне. Показал письмо, попавшее ему в руки.

— Что за письмо?

— В нем сообщалось, каким маршрутом пойдет Двадцать восьмой пехотный полк от Квебека до форта Эдуард, включая дороги и точное время, когда мы окажемся у Спиннерс-Фоллс.

— Что? — Глаза Хорна сузились, и Джаспер увидел, что перед ним уже не мальчик, а мужчина. Уже давно не мальчик.

Джаспер подался вперед.

— Нас предали, о нашем местонахождении сообщили французам и их индейским союзникам. Полк попал в ловушку у Спиннерс-Фоллс и был зверски уничтожен.

Дверь кабинета Хорна отворилась, и вошел высокий худощавый дворецкий.

— Сэр?

— А... да, — смутился Хорн. — Да, попросите принести нам чаю.

Дворецкий поклонился и вышел.

Хорн подождал, пока за ним закрылась дверь, и потом заговорил:

— Но кто мог это сделать? Единственные, кто знал наш маршрут, — это проводники и офицеры. — Он постучал пальцами по столу. — Ты уверен? Ты видел это письмо? Может быть, Хартли как-то не так понял его.

Джаспер покачал головой:

— Я видел письмо, это не ошибка. Нас предали. И я и Хартли думаем, что это был Дик Торнтон.

— Ты сказал, что говорил с ним перед тем, как его повесили.

— Да.

— И что же?

Джаспер глубоко вздохнул.

— Торнтон поклялся, что он не предатель. Он намекнул, что это был один из тех, кого захватили индейцы.

Хорн посмотрел на него широко раскрытыми глазами, тряхнул головой и рассмеялся:

— И ты веришь этому убийце, Торнтону?

Джаспер посмотрел на свои руки, зажатые между коленями. Он и сам много раз задавал себе этот вопрос.

— Торнтон знал, что умрет. У него не было смысла лгать мне.

— Если только он не сумасшедший.

Джаспер кивнул:

— Даже если и так... Во время того перехода Торнтона вели как арестанта в кандалах. Он шел в конце колонны. Думаю, он мог что-то видеть, слышать то, чего не слышали мы, занятые продвижением полка.

— И если ты принимаешь за правду слова Торнтона, то куда это тебя приведет?

Джаспер смотрел на него не шевелясь.

Хорн развел руками:

— Ты ведь не думаешь, что это я предал нас, Вейл? Ты думаешь, я просил, чтобы меня пытали, пока я от крика не потерял голос? Ты знаешь, какие кошмары мучают меня по ночам. Ты знаешь...

— Тише, — сказал Джаспер. — Прекрати. Конечно, я не думаю, что ты...

— Тогда кто? — Хорн посмотрел на него сквозь блеснувшие в его глазах слезы. — Кто из нас предал целый полк? Нейт Гроу? Они отрезали у него половину пальцев. Манро? Ему всего лишь вырезали один глаз. Совсем невысокая плата за предательство, верно?

— Мэтью...

Но Хорн его не слышал.

— Тогда Сент-Обин? О, он умер. Возможно, он просчитался, и его сожгли на костре. Или...

— Замолчи, черт тебя побери! — сказал Джаспер тихо, но достаточно громко, чтобы прервать этот страшный перечень. — Я знаю. Я все это знаю, черт возьми.

Хорн закрыл глаза и тихо сказал:

— Тогда ты знаешь, что ни один из нас не мог сделать этого.

— Кто-то смог. Кто-то устроил западню и повел на эту бойню четыре сотни солдат.

Лицо Хорна исказилось.

— Проклятие!

В комнату вошла горничная с подносом. Оба мужчины молчали, пока она ставила его на уголок стола. Она вышла, дверь тихо закрылась. Джаспер смотрел на своего старого друга, своего товарища по оружию былых лет.

Хорн отодвинул в сторону стопку бумаг.

— Чего ты хочешь от меня?

— Я хочу, чтобы ты помог мне найти того, кто нас предал, — ответил Джаспер. — А потом помог бы мне убить его.

Лорд Вейл вернулся домой намного позднее обеденного часа. Мелисанда знала это, потому что в его большой гостиной в передней части дома на каминной полке стояли ужасающе уродливые часы. Розовые пышнотелые нимфы выделывали на циферблате курбеты, которые, очевидно, должны были выглядеть эротично. Мелисанда презрительно фыркнула. Как мало знал о настоящей эротике человек, создавший эти часы! Сидевший у ее ног Маус насторожился, услышав шум, вызванный появлением лорда Вейла. Он подошел к двери и, просунув нос в щель, принюхался.

Мелисанда осторожно протянула шелковую нитку сквозь натянутую на пяльцах ткань, оставив на лицевой стороне аккуратный французский узелок. Пальцы больше не дрожали, это ее порадовало. Возможно, продолжительное общение с Вейлом поможет ей преодолеть ее ужасную чувствительность. Лорд не мог не понимать: возмущение, кипевшее в ней, пока она так долго ждала его, конечно, заставит ее чувствовать себя с ним менее скованно. О, она по-прежнему ощущала его присутствие, по-прежнему хотела быть рядом с ним, но сейчас над этими чувствами преобладало раздражение. После завтрака она больше не видела его, не получила уведомления, вернется ли он домой к ужину. Может быть, их брак и был браком по расчету, но это не означало, что надо отбросить простую вежливость.

Мелисанда слышала, как ее муж разговаривал в коридоре с дворецким и лакеями, и в который раз за этот вечер спросила себя, а не забыл ли он о том, что у него есть жена. Оукс производит впечатление знающего человека. Может быть, он напомнит хозяину о ее существовании?

Уродливые часы на камине пробили четверть часа тонким унылым звоном. Мелисанда нахмурилась и сделала еще стежок. Та желто-белая гостиная в заднем конце дома была меньше и уютнее. Единственной причиной, по которой она предпочла эту гостиную, была ее близость к переднему входу. Вейлу, направляющемуся в свои апартаменты, придется пройти мимо нее.

Распахнувшаяся дверь гостиной испугала Мауса. Он отскочил, а затем, сообразив, что все видели, как он отступил, бросился вперед и облаял ноги лорда Вейла. Лорд посмотрел сверху вниз на Мауса, и Мелисанда почувствовала, что он не прочь дать пинка ее терьеру.

— Сэр Маус, — позвала она, чтобы предотвратить трагедию.

Маус гавкнул напоследок, подбежал к ней, вскочил на диван и сел рядом.

Лорд Вейл закрыл дверь и, войдя в комнату, с поклоном поздоровался с ней:

— Добрый вечер, мадам жена. Прошу прощения за отсутствие за обедом.

Мелисанда наклонила голову и указала на кресло, стоявшее напротив нее.

— Я не сомневаюсь, что дело, задержавшее вас, было очень важным.

Лорд Вейл откинулся на спинку кресла и скрестил ноги.

— Срочное — да, но важное или нет, я не знаю. Но так мне казалось. — Он расправил полы своего камзола.

Мелисанда сделала еще стежок. В этот вечер он казался каким-то подавленным, будто обычная жизнерадостность покинула его. Ее гнев угас, пока она раздумывала, что расстроило его.

Лорд Вейл хмуро посмотрел на нее и на Мауса:

— Этот диван обит атласом.

Маус положил голову ей на колени. Мелисанда погладила его по носу.

— Да, я знаю.

Лорд Вейл раскрыл рот и снова закрыл. Он смотрел по сторонам, оглядывая комнату, и она почти чувствовала его нетерпение — ему хотелось встать и походить по комнате. Но он только постукивал длинными пальцами по подлокотнику кресла. Вид у него был усталый, исчезли насмешливые искорки в глазах, и он выглядел старше своих лет.

Видеть его расстроенным было невыносимо — у нее заныло сердце.

— Не хотите ли бренди? А может быть, что-нибудь из кухни? Я уверена, у кухарки остался от обеда пирог с почками.

Он покачал головой. Мелисанда в растерянности посмотрела на него. Она любила этого мужчину несколько лет, но не знала его. Не знала, что надо делать, когда он усталый и печальный. Она задумчиво посмотрела на свое рукоделие и отрезала нитку. Выбрала в рабочей корзинке шелк цвета спелой малины.

Лорд Вейл перестал постукивать пальцами.

— Ваш рисунок напоминает льва.

— Так это и есть лев, — сказала она, делая первый стежок на высунутом языке льва.

— Несколько необычный рисунок, не так ли?

Она исподлобья взглянула на него. Чуть заметное насмешливое выражение появилось на его лице.

— Не хочу сказать, что это не красивая вышивка. Очень... э-э-э... мило.

— Спасибо.

Он еще побарабанил пальцами.

Она наметила контур львиного языка и стала заполнять его гладкими шелковыми стежками. Приятно было вот так сидеть рядом, даже не зная, что им сказать друг другу. Она беззвучно вздохнула. Может быть, со временем они это узнают.

Лорд Вейл перестал барабанить пальцами.

— Да, чуть не забыл. Приобрел кое-что для вас, пока ездил, — сказал он и пошарил в кармане камзола.

Мелисанда отложила в сторону рукоделие и взяла маленькую коробочку.

— В знак извинения за то, что накричал на вас утром, — добавил лорд Вейл. — Я вел себя как скотина и негодяй и наихудший из мужей.

Она чуть заметно улыбнулась:

— Вы не настолько уж грубо вели себя.

Он покачал головой:

— Это не дело — кричать как ненормальный на свою возлюбленную жену, и, уверяю вас, как правило, я этого себе не позволяю. Во всяком случае, после утреннего чая.

Она раскрыла коробочку и увидела маленькие гранатовые сережки в виде капель.

— Как мило!

— Вам нравятся?

— Да, благодарю вас.

Он кивнул и вскочил на ноги.

— Отлично. Тогда спокойной вам ночи.

Она почувствовала легкое прикосновение его губ к своим волосам, и он уже оказался у двери. Взявшись за дверную ручку, он через плечо посмотрел на нее:

— Хочу предупредить вас: не надо меня ждать сегодня.

Она подняла бровь.

Он смутился.

— То есть хочу сказать, что я не приду к вам в комнату. Слишком скоро после нашей брачной ночи, не так ли? Я просто подумал, вам следует это знать, чтобы вы не беспокоились. Спите спокойно, радость моя.

Она наклонила голову, прикусив нижнюю губу, чтобы сдержать слезы, но он уже исчез за дверью.

Мелисанда смахнула слезы и посмотрела на коробочку с гранатовыми серьгами. Они были довольно красивыми, но она никогда не носила серег. У нее даже не были проколоты уши. Она потрогала один из гранатов и подумала, смотрел ли он когда-нибудь на нее, по-настоящему смотрел, смотрел ли вообще.

Она осторожно закрыла коробочку и положила ее в мешочек с рукоделием. Затем собрала свои вещи и вышла из комнаты. За ней последовал Маус.

Глава 5

Второй нищий встал, и все его лохмотья спали с него, обнажая ужасное существо — полузверя-получеловека, всего покрытого черной отвратительной чешуей.

— Проклинаешь меня? — злобно прохрипел дьявол, ибо это, без сомнения, был он. — Смотри же, как я прокляну тебя!

Джек начал уменьшаться. Он становился все меньше и меньше, а его руки и ноги все короче, пока не стал ростом с ребенка. И в то же время его нос рос и загибался книзу, пока почти не коснулся подбородка, который тоже удлинился и загнулся кверху.

Дьявол разразился хохотом и исчез в облаке серы. А Джек совершенно один остался стоять на дороге, и рукава его солдатского мундира волочились по дорожной пыли...

Из «Веселого Джека»

— А, прекрасно, — спустя три дня сказал Джаспер за обедом. — Говядина с соусом, йоркширский пудинг — образец настоящего английского обеда. — При всем старании ничего глупее сказать было нельзя.

Джаспер не спеша пил вино, поверх края бокала наблюдая, согласится ли его новобрачная с такой его самооценкой своей глупости, но, как обычно, на лице этой женщины была маска вежливости.

— Кухарка действительно готовит неплохой йоркширский пудинг, — тихо заметила она.

Он почти не видел ее за последние дни, и они в первый раз ужинали вместе. Но она не сердилась, не раздражалась и вообще не проявляла никаких чувств. Он поставил бокал и попытался определить источник своего недовольства. Ведь все было так, как он и хотел. А хотел он иметь покорную, всем довольную жену, которая не устраивает сцен и не ссорится из-за пустяков. Он думал — когда вообще задумывался над будущим, — что будет видеться с ней время от времени, сопровождать иногда на бал, а когда она благополучно забеременеет, он потихоньку заведет любовницу. И теперь был довольно близок к достижению этой цели.

Но почему-то чувствовал странную неудовлетворенность.

— Как я заметил, мы получили приглашение на ежегодный бал-маскарад леди Грэм, — сказал он, разрезая говядину. — Конечно, скучное времяпровождение, да еще эти маски. Мне всегда делается от них жарко и страшно хочется чихнуть. Но я подумал, может, вы желаете поехать?

Мелисанда слегка поморщилась, поднимая бокал.

— Спасибо, что спросили, но я не думаю, что мне хочется.

— А... — Он занялся мясом, но почему-то почувствовал разочарование. — Если вас беспокоит маска, я могу ее быстро сделать. Может быть, золотую с перьями и небольшими алмазами у глаз?

Она улыбнулась:

— Я выглядела бы в ней как ворона в павлиньих перьях. Спасибо, но нет.

— Конечно.

— Однако мне кажется, вы не прочь побывать на этом балу, — сказала она. — Я бы не хотела лишить вас удовольствия.

Джаспер подумал о проклятых, бесконечно длинных вечерах и о том, как он пытался оживить их компанией пьяных незнакомцев.

— Вы очень добры. Боюсь, я уступлю соблазну посетить бал-маскарад. Любопытно понаблюдать, как знатные джентльмены и леди с чувством собственного достоинства расхаживают в домино и масках. Это так по-детски, я понимаю, но это так.

Она ничего не сказала, а только с бокалом в руке наблюдала за ним. Морщинка пролегла между ее бровями. Возможно, он сказал что-то лишнее.

— Сегодня вы прекрасно выглядите, — сменил он тему разговора. — Особенно вы хороши при свечах.

— Я разочарована. — Мелисанда печально покачала головой. — Я сижу с одним из самых знаменитых любовников Лондона, а он рассказывает мне, как я хороша при свечах.

У него дрогнули губы.

— Я наказан, мадам. Думаю, мне следует восхищаться вашими глазами.

Она широко распахнула глаза:

— Потому что в их глубине отражается моя душа?

Удивленный, он не сдержался и рассмеялся:

— Леди, вы суровый критик. Не рассказать ли вам о вашей чудесной улыбке?

— Можете, но я начну зевать.

— Я могу бесконечно восторгаться вашей фигурой.

Она насмешливо изогнула бровь.

— Тогда я поговорю о вашей доброй душе.

— Но вы не знаете мою душу, добрую или какую-либо еще, — парировала она. — Вы меня не знаете.

— Вы уже это говорили. — Он откинулся на спинку кресла и осмотрел ее. Она отвернулась, избегая его взгляда, как будто сожалея о своих словах. И это только обострило его интерес. — Но вы даже не предложили мне заглянуть в вашу душу.

Она пожала плечами. Одну руку она прижимала к животу, другой вертела ножку бокала.

— Может быть, мне следует изучить ум возлюбленной жены моей. Я начну с простого, — ласково сказал он. — Ваша любимая еда?

Она взглянула на остывавшее мясо и йоркширский пудинг на своей тарелке.

— По-моему, это вкусно.

— С вами нелегко. — Он склонил голову набок. Большинство дам, с которыми он был знаком, любили поговорить о себе, это была их любимая тема. Но видимо, не его жены. — Я хочу спросить: что вы больше всего любите есть?

— Очень хорош жареный цыпленок. Его могут приготовить завтра, если вы не возражаете.

Он положил локти на стол и наклонился к ней:

— Мелисанда, что вы больше всего на свете любите из еды?

Наконец она взглянула на него:

— Не думаю, что у меня есть какое-то особо любимое блюдо.

Это уже теряло всякий смысл.

— Как можно не иметь любимого блюда? У всех есть любимая еда.

Она пожала плечами:

— Я никогда не думала об этом.

Теряя терпение, он откинулся на спинку.

— Копченый окорок? Масляное печенье? Зрелый виноград? Кекс с тмином? Силлабаб?

— Силлабаб?..

— Вы должны что-то любить. Нет. Обожать. Что-то, чего вам хочется глубокой ночью. Что-то, о чем вы мечтаете, когда пьете чай и слушаете сидящую рядом старую леди, бубнящую о кошках.

— У вас самого должно быть любимое блюдо, если верить вашей теории.

Он улыбнулся. Слабое нападение.

— Пирог с голубями, копченый окорок, малиновый торт, спелые свежие груши, хороший бифштекс, бисквиты прямо из печи, жареный гусь и любой сыр.

Она поднесла бокал к губам, но не стала пить.

— Вы перечислили многое вместо одного — любимого.

— Но у меня все же есть список.

— Допускаю, что вы можете не ограничиться одним любимым блюдом. — Она насмешливо скривила губы, и он впервые заметил, что, хотя эти губы не были пухлыми и соблазнительными, они были красиво и изящно изогнуты. — А может быть, поскольку одно не хуже другого, они все одинаково вам нравятся.

Он выпрямился и склонил набок голову.

— Вы считаете меня неразборчивым человеком, мадам?

Она еще шире улыбнулась:

— По принципу: если туфля не жмет...

Обидевшись, он невольно рассмеялся:

— Меня оскорбляют за моим собственным столом, и делает это моя собственная жена! Послушайте, я по доброте душевной даю вам возможность отказаться от ваших слов.

— И все же моя совесть не позволяет мне это сделать, — не задумываясь ответила она. Улыбка не сходила с ее губ, и ему захотелось протянуть руку через стол и потрогать их пальцем — физически ощутить ее веселость. — Как вы назовете человека, у которого столько любимых блюд, что он не может выбрать из них одно? Который в течение менее одного года находит и теряет двух невест?

— О, удар ниже пояса.

— И которого я никогда не видела дважды в одном и том же камзоле?

— А...

— И кто становится другом первому встречному, но сам не имеет близкого друга?

Его улыбка исчезла, и он больше не смеялся. Когда-то и у него был близкий друг. Рено Сент-Обин. Но Рено погиб в той кровавой бойне у Спиннерс-Фоллс. Теперь он проводил вечера среди чужих людей. Она права, его жена, — у него много знакомых и ни одной близкой души.

Джаспер вздохнул и тихо спросил:

— Скажите мне, мадам, почему иметь изобилие чего-то одинаково приятного хуже, чем бояться выбрать одно из всех?

Она поставила бокал на стол.

— Мне уже не нравится этот разговор.

Они помолчали.

Он вздохнул и оттолкнулся от стола.

— Вы меня извините?

Она кивнула, и он вышел из комнаты с таким чувством, будто потерпел поражение. Нет, это не было поражением — просто короткое отступление перед перегруппировкой сил. Ничего постыдного. Многие известные генералы считали, что сначала лучше отступить, а уж потом начать массированное наступление.

В этот вечер она чуть не рассказала ему о себе слишком много. Слишком много о своих чувствах к Вейлу.

Пока Салли расчесывала ей волосы, Мелисанда прижимала руку к нижней части живота. Конечно, иметь кого-нибудь, но особенно Вейла, кого интересовала бы ее душа, очень приятно. Весь вечер она была в центре его внимания. Подобное внимание, сосредоточенное на ней одной, вполне может перейти в привычку, если она не будет осторожна. Когда-то с Тимоти, ее женихом, она дала волю своим чувствам, и это чуть не погубило ее. Ее любовь была глубокой и всепоглощающей. Такая любовь — не благодать. Такая любовь — проклятие. Способность нести в себе столь сильное чувство чем-то подобна помешательству. Потребовались годы, чтобы пережить потерю Тимоти. Она хранила в памяти эту боль — напоминание о том, что может случиться, если она потеряет власть над своими чувствами. Теперь ее будущее зависело от ее сдержанности.

Мелисанда содрогнулась от этой мысли и почувствовала совсем другую боль — тупую боль внизу живота, словно ее связывали в тугой узел. Мелисанда сглотнула и ухватилась за край туалетного столика. Уже пятнадцать лет каждый месяц она терпела эту боль, можно сказать, привыкла к ней.

— Ваши волосы очень красивы, когда распущены, миледи, — сказала стоявшая за ее спиной Салли. — Такие длинные и густые.

— Боюсь, слишком темные, — возразила Мелисанда.

— Ну да, — согласилась ее горничная. — Но какой красивый коричневый цвет. Таким становится дуб, когда стареет. Что-то вроде золотисто-коричневого.

Мелисанда скептически посмотрела на отражение Салли в зеркале.

— Незачем мне льстить.

Салли встретилась в зеркале с ее взглядом и, казалось, искренне удивилась.

— Это не лесть, миледи, это правда. Мне нравится, как ваши волосы волнами обрамляют ваше лицо, если мне позволено будет так сказать. Жаль, что вы не можете все время ходить с распущенными волосами.

— Вот уж был бы у меня вид, — усмехнулась Мелисанда. — Ну просто печальная дриада*.

— Об этом я не знаю, миледи, но...

Мелисанда закрыла глаза, ее пронзил еще один приступ боли.

— Вам больно, миледи?

— Нет, — солгала Мелисанда. — Не беспокойся.

Камеристка с сомнением посмотрела на нее. Естественно, она, должно быть, знает о такой проблеме, поскольку белье Мелисанды находилось в ее ведении. Но Мелисанде было бы неприятно, если бы кто-нибудь, даже такое безобидное существо, стал обсуждать столь интимные вещи.

— Принести вам нагретый кирпич, миледи? — нерешительно предложила Салли.

Мелисанда чуть не огрызнулась на горничную, но последовал новый приступ боли, и она только молча кивнула. Завернутый в ткань горячий кирпич мог бы и в самом деле облегчить боль.

Салли поспешила выйти из комнаты, а Мелисанда подошла к постели. Она забралась под одеяла, чувствуя, как боль острыми длинными когтями вонзается в ее бедра. Маус вскочил на кровать и вполз под одеяло, положив голову на ее плечо.

— О, сэр Маус! — прошептала она, погладив кончик его носа, и он, высунув длинный язык, стал облизывать ей пальцы. — Ты мой самый преданный кавалер.

В комнату вернулась Салли с нагретым кирпичом, завернутым во фланель.

— Вот, миледи, — сказала она, засовывая его под одеяло. — Посмотрим, поможет ли он.

— Спасибо. — Мелисанда прижала кирпич к животу и от боли закусила губу.

---

* Дриады — в греческой мифологии нимфы, покровительницы деревьев.

— Принести вам что-нибудь еще? — Салли все еще стояла у кровати, с беспокойством глядя на нее и ломая руки. — Горячего чаю с медом? Или еще одно одеяло?

— Нет. — Мелисанда смягчила тон. Эта маленькая камеристка была просто прелесть. — Спасибо. Больше ничего не надо.

Салли присела и тихо исчезла за дверью.

Мелисанда закрыла глаза, стараясь не обращать внимания на боль. Она почувствовала, как Маус прижался своим маленьким теплым тельцем к ее бедру. Он вздохнул, и только этот вздох нарушил тишину, наступившую в комнате. Мысли у Мелисанды слегка путались, она пошевелилась и тихонько застонала от боли в животе.

В дверь, ведущую в апартаменты хозяина, постучали, затем она почти сразу открылась, и появился лорд Вейл.

Мелисанда открыла глаза. Почему он выбрал эту ночь для выполнения своих супружеских обязанностей? После их брачной ночи он держался в стороне от нее, очевидно, чтобы дать ей время поправиться, и пришел теперь, когда она совершенно не способна развлекать его. И как она скажет ему об этом, не провалившись сквозь землю от унижения?

— А, уже в постели? — заговорил он.

Но его перебил Маус, выскочивший из-под одеяла. Он уселся на нее и залился яростным лаем.

Лорд Вейл попятился. Маус, потеряв равновесие, свалился, и от этого толчка у Мелисанды вырвался стон.

— Он сделал вам больно? — Лорд Вейл, сердито сведя брови, шагнул к ней, отчего Маус разразился бешеным лаем.

— Тише, Маус, — простонала Мелисанда.

Холодный взгляд голубых глаз остановился на Маусе. Затем неожиданно быстрым движением — она не успела и слова сказать — он схватил песика за шиворот и швырнул в гардеробную. Плотно закрыв дверь, он подошел к кровати и хмуро посмотрел на нее:

— В чем дело?

Она сглотнула, несколько недовольная тем, как он поступил с Маусом.

— Ни в чем.

Выражение его лица стало еще более суровым.

— Не лгите мне. Ваша собака причинила вам боль. Так расскажите мне...

— Это не Маус. — Она закрыла глаза, потому что не могла произнести этих слов, глядя ему в глаза. — У меня... месячные.

В комнате стало так тихо, что она подумала: уж не перестал ли он дышать? Она открыла глаза.

Лорд Вейл смотрел на нее так, будто она превратилась в селедку.

— Ваши... э... да...

Он обвел взглядом комнату, словно искал в ней слова, которые следовало сказать.

Мелисанде захотелось исчезнуть, просто раствориться в воздухе.

— Вам... э... — Лорд Вейл кашлянул. — Вам что-нибудь нужно?

— Спасибо, ничего. — Она натянула одеяло до самого носа.

— Хорошо, тогда...

— Прежде всего... — сказали они одновременно. Он замолчал и посмотрел на нее, а затем изящным жестом большой руки предложил ей высказаться первой.

Мелисанда прочистила горло.

— Прежде всего не могли бы вы выпустить Мауса?

— Да, конечно. — Он подошел к двери гардеробной и приоткрыл ее.

Маус мгновенно влетел в комнату, взобрался на кровать и снова принялся лаять на лорда Вейла, как будто инцидента с гардеробной вообще не было. Ее муж поморщился и, подойдя к кровати, посмотрел на ее любимца. Маус уперся своими короткими толстыми лапами и рычал.

Лорд Вейл вопросительно взглянул на Мелисанду:

— Прошу прощения, но лучше, если мы разберемся с этим сейчас.

И снова с невероятной быстротой он схватил песика, на этот раз за мордочку. Видимо, Маус тоже был удивлен, ибо перешел на визг.

Мелисанда инстинктивно открыла рот, чтобы выразить свой протест, но он бросил на нее быстрый взгляд, и она снова закрыла его. Это был его дом, а он был ее мужем.

Все еще держа в ладони мордочку Мауса, лорд Вейл наклонился и посмотрел терьеру в глаза.

Мужчина и собака некоторое время смотрели друг на друга, потом мужчина уверенно тряхнул терьера. И отпустил его. Маус уселся рядом с Мелисандой, облизывая мордочку.

Лорд Вейл посмотрел на свою жену:

— Спокойной ночи.

— Спокойной ночи, — тихо повторила Мелисанда.

И он вышел из комнаты.

Маус подошел к ней и уткнулся носом в ее щеку.

Она погладила его по голове.

— Ну, знаешь ли, ты это заслужил.

Маус шумно выдохнул и потоптался на одеяле. Она приподняла край одеяла, Маус заполз под него и вернулся на свое место у нее под боком.

Она закрыла глаза. Мужчины... Как это можно, чтобы Вейл, имевший за последние годы множество любовниц, казалось, не знал, что ему делать со своей новобрачной? Как она ни была далека от общества, но каждый раз, когда он заводил новую любовницу или вступал в новую связь, каким-то образом до нее это доходило. И каждый раз она чувствовала, как острый осколок стекла вонзается в ее сердце и беззвучно режет и режет его, пока оно не начинало кровоточить. И вот теперь, когда он принадлежал ей, только ей одной, оказалось, что он обладал чувственностью... быка.

Мелисанда повернулась и взбила подушку, вызвав недовольное ворчание потревоженного Мауса. О, какая злая шутка судьбы — получить мужчину своей мечты и обнаружить, что он сделан из камня! Но плохой во всех отношениях любовник не мог бы пользоваться лестной репутацией среди светских дам. Некоторые из них оставались с ним месяцами, и в большинстве это были искушенные женщины, которые имели широкий выбор любовников.

Она замерла от этой мысли. Ее муж привык к опытным любовницам. Возможно, он просто не знает, что делать с женой. Или — о, ужасная мысль! — приберегает свою страсть для любовницы, и жена ему нужна только как мать его детей. В таком случае он, возможно, не станет растрачивать энергию, стараясь доставить ей удовольствие в супружеской постели.

Мелисанда сердито вглядывалась в темноту своей пустой комнаты. Если так будет продолжаться, она окажется в браке без любви и без секса. Без любви она может обойтись — должна обойтись, — если не хочет сойти с ума. Ей совсем не хотелось, чтобы Вейл узнал о ее истинных чувствах к нему, хотя они были такими сильными, что временами ей хотелось спрыгнуть с крыши дома. Но это не означало, что она должна обойтись и без страсти. Будь она более опытной, она могла бы соблазнить мужа, заманить его в приятную супружескую постель, и при этом он бы так и не узнал о ее безнадежной любви к нему.

Каждый раз, глядя на Мэтью Хорна, он испытывал чувство вины. Они ехали бок о бок по Гайд-парку. Джаспер думал о своей убогой постели на полу и о том, осталось ли и у Мэтью это чувство стыда. Они все, кто выжил, казалось, не могли от него отделаться. Он потрепал Белл по шее и отогнал эти мысли. Пусть уж демоны приходят ночью. Только ночью.

— Утром я забыл поздравить тебя, ведь ты женился, — сказал Хорн. — Не думал, что доживу до такого дня.

— Как и многие другие, — отозвался Джаспер.

Мелисанда еще не встала, когда он уезжал, и он полагал, что, может быть, его жена проведет этот день в постели. Он не очень хорошо разбирался в этих женских делах; он знал много женщин, но о подобных вещах эти леди никогда не говорили. Оказывается, это дело с браком требует больше внимания, чем казалось сначала.

— Ты завязал бедной даме глаза, когда вел ее к алтарю? — поинтересовался Хорн.

— Она шла почти с охотой, должен тебе сказать. — Джаспер взглянул на собеседника. — Она хотела тихой свадьбы, иначе ты получил бы приглашение.

Хорн усмехнулся:

— Все в порядке. Свадьбы становятся все скучнее для всех, кроме главных действующих лиц. Не хочу тебя обидеть.

Джаспер кивнул:

— Никто не обиделся.

Они объехали остановившуюся карету. В ней сидел, почесывая под париком голову, тощий молодой человек, а женщина, которую он сопровождал, высунулась из кареты, чтобы посплетничать с двумя проходившими мимо дамами. Джаспер и Хорн приподняли шляпы. Джентльмен рассеянно кивнул, леди присели и, сблизив головы, начали яростно шептаться.

— А ты сам не имеешь желания предпринять что-то в этом направлении? — полюбопытствовал Джаспер.

Хорн повернулся и вопросительно посмотрел на него.

Джаспер кивнул в сторону ярких разноцветных пятен, свидетельствующих о присутствии в парке женского пола.

Хорн усмехнулся:

— Вот так оно и начинается.

— Что?

— Каждому новобрачному просто не терпится заманить своих приятелей в ту же ловушку.

Джаспер поднял бровь.

Хорн покачал головой:

— И в следующий раз ты представишь меня бледнолицему, косоглазому созданию и скажешь, как неизмеримо улучшится моя жизнь, если только я навеки свяжу себя с нею.

— Действительно, — пробормотал Джаспер, — у меня есть незамужняя кузина. Она приближается к четвертому десятку, но у нее очень большое имение и, конечно, прекрасные связи.

Хорн с тихим ужасом повернулся к нему. Джаспер усмехнулся.

— О, можешь смеяться, но я всего лишь в прошлом месяце получил подобное предложение. — Хорн содрогнулся.

— Это из-за неестественного отвращения к прекрасному полу ты провел так много времени в Европе?

— Нет, конечно. — Хорн поклонился пожилым леди в карете. — Я путешествовал по Италии и Греции, осматривал руины и собирал скульптуру.

Джаспер с удивлением взглянул на него:

— А я и не знал, что ты ценитель искусства.

Они уже приблизились к дальнему концу парка.

— Так тебе удалось найти Нейта Гроу?

— Нет. — Хорн покачал головой. — Когда я приехал в кофейню, в которой, как мне казалось, я видел его, там ничего о нем не знали. Возможно, это был вовсе не Гроу. Дело происходило несколько месяцев назад. Мне жаль, Вейл.

— Не надо. Ты пытался что-то сделать.

— Кто еще у нас остается?

— Немногие. В плен попали восемь человек: ты, я, Алистэр Манро, Мэддок, сержант Коулман, Джон Купер и Гроу. — Джаспер задумался. — Кого я пропустил?

— Капитана Сент-Обина.

Джаспер вздохнул, вспомнив черные глаза Рено и его широкую улыбку.

— Да, конечно, капитана Сент-Обина. Купера убили во время перехода. Коулман умер после того, что с ним сделали индейцы. Так же как и Сент-Обин. А Мэддок скончался в лагере от загноившихся ран. Кто же остался в живых?

— Ты, я, Манро и Гроу, — сказал Хорн. — Вот так. Мы зашли в тупик. Манро не станет говорить с вами, а Гроу исчез.

— Черт! — Джаспер смотрел на грязную дорогу, пытаясь собраться с мыслями. Должно быть, он что-то пропустил.

Хорн вздохнул:

— Ты сам сказал, что Торнтон, вероятно, лжет. Я думаю, тебе придется отказаться от поисков, Вейл.

— Я не могу.

Он должен узнать правду — кто предал их и каким образом. Слишком много солдат, *его* солдат, погибли у Спиннерс-Фоллс. Забыть это нельзя, невозможно. Джаспер огляделся. Люди прогуливались, катались верхом и болтали. Что знали эти благородные люди, одетые в шелка и бархат, неторопливо прогуливавшиеся в парке, обменивавшиеся изящными поклонами и реверансами, о лесах на краю света? О том месте, где деревья заслоняли свет, а тишина поглощала тяжелое дыхание пораженных ужасом людей? Иногда глубокой ночью он думал, не было ли все это ночным кошмаром, лихорадочным сном, видением, которое преследовало его многие годы и от которого он не может избавиться до сих пор. Неужели он видел, как погибал его полк, как его солдат резали словно скотину, как стащили с лошади командовавшего полком офицера и обезглавили? Неужели в действительности с Сент-Обина сорвали одежду и распяли, а потом привязали к столбу и подожгли? Иногда по ночам реальность и сновидения сливались воедино, и он не мог разобрать, что было действительностью, а что воображением.

— Вейл...

— Ты сказал, что наш маршрут был известен только офицерам, — проговорил Джаспер.

Хорн терпеливо смотрел на него.

— И что?

— Тогда давай разберемся с офицерами.

— Они все умерли, кроме меня и тебя.

— Может быть, следует поговорить с их близкими — друзьями или родственниками? Может быть, о чем-то они писали в письмах?

Хорн посмотрел на него с чувством, близким к жалости:

— Сержант Коулман был почти неграмотным. Едва ли он писал домой письма.

— А как с Мэддоком?

Хорн тяжело вздохнул:

— Я не знаю. Его брат — лорд Хасселторп, поэтому...

Джаспер резко повернул голову:

— Что?

— Лорд Хасселторп, — медленно произнес Хорн. — Разве ты не знал?

— Нет. — Джаспер покачал головой. Прошлой осенью он был гостем Хасселторпа, но представления не имел, что он родственник Мэддока. — Я должен поговорить с ним.

— Не представляю, как он может что-то знать, — сказал Хорн. — Как я слышал, Хасселторп тоже находился в североамериканских колониях, но в другом полку.

— Пусть так, и все же я должен поговорить с ним.

Они подъехали к входу в Гайд-парк. Хорн осадил лошадь и с беспокойством посмотрел на Джаспера.

— Желаю удачи, Вейл. Дай знать, если я чем-нибудь могу быть полезен.

Джаспер кивнул, пожал руку Хорну, и они расстались. Пока он смотрел, как скрывается из виду Хорн, лошадь Джаспера переступала ногами и грызла удила. Джаспер развернул ее и направился к своему дому, стараясь разогнать ужасные видения, все еще стоявшие перед глазами. Может быть, Мелисанда уже встала и он сможет немного посидеть с ней и поспорить. Шутливые споры с женой оказались удивительно занимательным занятием.

Но когда он вошел в дом, Оукс сообщил ему, что его жена уехала. Джаспер кивнул дворецкому, вручил ему свою треуголку и поднялся по лестнице на верхний этаж.

Странно. Она не прожила здесь и недели, а ее присутствие чувствовалось в доме. Она не стала переделывать комнаты или менять всех слуг, но тем не менее она сделала этот дом своим. Это сказывалось в мелочах. Неуловимый аромат духов, аромат цветов апельсинового дерева, в маленькой гостиной в камине теперь всегда приготовлены дрова, а на днях он нашел на ковре желтую шелковую нитку. Похоже, что он жил с призраком. Джаспер поднялся в верхний холл и направился в свои апартаменты, но, проходя мимо двери в ее комнату, заколебался. Его пальцы коснулись дверной ручки, и он, сам не зная как, оказался в ее комнате.

Порядок в комнате был такой, будто в ней никто и не жил. Конечно, занавеси в ожидании новой виконтессы были выстираны. Стоял тот же самый высокий гардероб из темного дерева, которым пользовалась его мать, туалетный столик со стулом и несколько низких кресел у камина. И он впервые понял, что, переезжая сюда, она не привезла с собой никакой мебели.

Джаспер подошел к гардеробу, открыл его и увидел ряды и ряды платьев самых унылых расцветок. Ее постель была аккуратно заправлена, никаких кружевных подушек и саше, которые говорили бы о ее вкусе. На ночном столике стоял только один подсвечник и никаких шпилек или книги, которую она могла бы читать ночью. Он перешел к туалетному столику. На нем лежала позолоченная перламутровая щетка. Он провел пальцами по жесткой щетине и не обнаружил на ней ни единого волоска. Было там еще небольшое фарфоровое блюдце для шпилек и рядом с ним хорошенькая шкатулочка из слоновой кости. В ней лежали ее драгоценности: несколько булавок, нитка жемчуга и гранатовые серьги, которые он подарил ей. Он закрыл шкатулку. В столике был единственный выдвижной ящик, он выдвинул его, но обнаружил только ленты, кружево и еще несколько булавок. Джаспер осторожно задвинул его и оглядел комнату. Должно же у нее быть что-то личное, какая-то вещь, которая особенно дорога ей.

Если такая вещь у нее и была, то она ее хорошо запрятала. Джаспер подошел к комоду и выдвинул верхний ящик, в нем лежало аккуратно сложенное белье. От него пахло апельсиновым цветком. В следующем ящике лежало то же самое, в третьем — тоже, но в нижнем ящике под бельем он наконец что-то нашел. Джаспер присел на корточки, разглядывая старую оловянную табакерку размером не больше его большого пальца. Он положил ее на ладонь. Где она отыскала эту вещь? Совершенно очевидно, что если ее отец и братья были любителями нюхательного табака, они пользовались более красивыми табакерками.

Джаспер приоткрыл маленькую крышку. Некоторое время он разглядывал пуговицу, затем взял ее в руки; должно быть пуговица его — об этом свидетельствовала монограмма «В», но он не помнил, когда потерял ее. Вейл положил ее обратно в крохотную табакерку. Он совершенно не представлял, что эта или другие вещи значили для нее, почему она берегла их — потому ли, что они были ей дороги, или она положила их туда под влиянием минуты. Да, она права: он не знал ее, свою жену.

Джаспер закрыл табакерку и сунул ее обратно под белье в нижний ящик. Он осмотрел комнату. Здесь он не найдет ее. Единственный способ узнать Мелисанду — это изучать саму леди.

Он кивнул себе — решение принято — и вышел из комнаты.

Глава 6

Это было ужасно, но что оставалось делать Джеку, кроме как продолжать свой путь? Проведя в дороге еще один день, он дошел до великолепного города. Когда он вошел в ворота, люди смотрели на него и смеялись, а толпа мальчишек бежала за ним, насмехаясь над его длинным носом и загнутым кверху подбородком.

Джек сбросил на землю мешок, уперся маленькими ручками в бока и закричал:

— Вы делаете из меня посмешище?

И тут за его спиной послышался совсем другой смех, он был приятным и добрым. Когда Джек обернулся, он увидел такую прекрасную девушку, каких еще не видел: у нее были густые золотистые волосы и розовые щечки.

Она наклонилась к нему и сказала:

— Не хочешь ли пойти со мной и стать моим шутом?

И вот так Джек стал шутом дочери короля...

Из «Веселого Джека»

На следующее утро в обычное время, в половине девятого, когда Мелисанда, как обычно, с удовольствием ела яйца всмятку, произошло нечто необычное. В комнату вошел ее муж.

Мелисанда застыла, не донеся до рта чашку, и бросила быстрый взгляд на фарфоровые часы, стоявшие на небольшом столике. Она не ошибалась. Часы показывали восемь часов тридцать две минуты.

Она сделала глоток шоколада и аккуратно поставила чашку на блюдце, радуясь, что на этот раз у нее не затряслись руки.

— Доброе утро, милорд.

Лорд Вейл улыбнулся, и складки около его губ сложились так, что его лицо, как ей всегда казалось, стало неотразимо очаровательным.

— Доброе утро, дражайшая жена.

Маус выбрался из-под ее юбок, и какое-то время человек и собака смотрели в глаза друг другу. Затем Маус правильно оценил ситуацию и поступил мудро, отступив в свое укрытие.

Супруг подошел к столу и нахмурился:

— Здесь совсем нет бекона.

— Я знаю, но обычно я его не ем. — Мелисанда подозвала стоявшего у двери лакея. — Передайте на кухню, чтобы приготовили для лорда Вейла бекон, яйца, почки в масле, тост и заварили свежий чай. Да, и проследите, чтобы кухарка не забыла о своем вкусном мармеладе.

Лакей поклонился и вышел.

Вейл сел напротив нее.

— Я восхищен. Вы знаете, что́ я люблю есть по утрам.

— Конечно. — Она ведь годами наблюдала за ним. — Это одна из обязанностей жены.

— Обязанность, — тихо повторил он, развалившись на стуле и скривив губы, — будто это слово не понравилось ему. — А входит ли в обязанности мужа знать, что ест его жена?

Она задумалась, но, набив рот едой, не смогла ответить.

Он кивнул:

— Думаю, должно входить, и я принимаю это во внимание. Яйца всмятку, булочки с маслом и горячий шоколад. Никакого джема или меда к вашим булочкам, как я понимаю.

— Да. В отличие от вас я не очень люблю джем.

Он удобнее устроился на стуле, его бирюзовые глаза затуманились.

— Признаюсь, я сластена. Джем, мед и даже патока, намазанные на что-нибудь, чтобы я мог их слизать.

— Вы правда это любите? — Она почувствовала жар в теле даже только от его слов. Порочный, порочный человек.

— Очень люблю. Вы не могли бы составить список того, на что можно намазать патоку? — невинным тоном спросил он.

— Разумеется, но не сейчас.

— Жаль.

Она не сводила с него глаз. Ей было ужасно приятно, что он завтракает с ней, но у него было странное настроение. Он сидел, глядя на нее, и улыбка играла на его чувственных мягких губах.

— У вас есть какие-нибудь дела в это утро?

— Нет.

— Я не знала, что вы встаете раньше одиннадцати.

4*

— Ничего удивительного, вы ведь замужем за мной меньше недели. Может быть, я обычно встаю до девяти и даже до пяти часов, вместе с петухами, но вы ведь об этом еще не знаете.

Она почувствовала, как краснеет.

— В самом деле?

— Нет.

— Тогда почему вы встали так рано?

— Возможно, потому, что мне очень хочется мармелада или джема.

Она исподлобья взглянула на него.

Он ответил с несколько смущенным видом:

— Или потому, что мне хочется завтракать вместе с моей милой женой.

Она в изумлении широко раскрыла глаза, не зная, как ей отнестись к его неожиданному интересу — с удивлением или страхом.

— Почему?..

Вошли две горничные, неся его завтрак, и вопрос повис в воздухе. Горничные молча расставили блюда, взглядом ища ее одобрения. Мелисанда кивнула, и служанки вышли.

— Почему?..

Они заговорили одновременно и сразу замолкли, и он опять жестом предложил ей продолжать.

Мелисанда сказала:

— Нет, извините меня. Пожалуйста, продолжайте.

— Я всего лишь хотел спросить, что вы собираетесь сегодня делать.

Она протянула через стол руку и налила ему чаю.

— Я собираюсь посетить мою двоюродную бабушку, мисс Рокуэлл.

Он взглянул на нее поверх намазанного маслом тоста:

— Со стороны вашей матери?

— Нет. Это сестра матери моего отца. Она уже совсем старенькая, и я слышала, что на прошлой неделе она упала.

— Как жаль! Я поеду с вами.

— Что? — изумилась она.

Джаспер откусил огромный кусок тоста, похрустел им и поднял палец, показывая, что она должна подождать, пока он прожует. Она смотрела, как он жевал, а потом залпом выпил полчашки чаю.

— Ох, горячо, — проворчал он. — По-моему, я обжег язык.

— Вы говорите серьезно, что готовы поехать с визитом к моей бабушке? — не выдержала Мелисанда.

— Вполне.

— К моей старой бабушке, которая...

— Я всегда питал слабость к старым леди, если желаете знать.

— Но вы умрете от скуки.

— О нет, пока я с вами, милая жена, — любезно сказал он, — это мне не грозит. Да, конечно, если вы не желаете...

Она посмотрела на него. Он развалился на своем стуле, как большой кот, расслабившись после съеденного бекона. Но в сине-зеленых глазах блестели искорки. Почему у нее было такое ощущение, как будто она идет прямо в расставленную ловушку? Почему он хотел посетить ее бабушку, а не кого-то другого? Если бы он был котом, не стала ли она его маленькой коричневой мышкой? И почему от этой мысли ей становилось очень, очень тепло?

О, какая же она дура!

— Мне было бы очень приятно, если бы вы поехали со мной, — тихо сказала Мелисанда — это был единственный ответ, который она могла дать на его вопрос.

Он улыбнулся:

— Отлично. Мы возьмем мой фаэтон. — И он захрустел следующим тостом.

Мелисанда прищурила глаза. Теперь ясно: ее муж что-то задумал.

Могло быть и хуже, с облегчением подумал Джаспер, садясь в фаэтон и беря в руки вожжи. Она могла бы, к примеру, поехать навестить... гм... Впрочем, много ли существует вещей похуже старой девы — бабушки. Но все это не имеет значения. Этим утром он послал Пинча узнать, в городе ли лорд Хасселторп, и если да, то где Джаспер сможет найти его. А пока у него не было срочных дел. День стоял прекрасный, он ехал в новом фаэтоне, и его очаровательная жена сидела рядом и не могла бы сбежать, приди ей в голову такая мысль. Рано или поздно ей придется заговорить с ним.

Он покосился на Мелисанду. Она сидела выпрямившись, так что ее спина не касалась красной кожаной обивки фаэтона. С серьезным выражением на лице она опиралась о стенки экипажа. И по крайней мере в ее глазах больше не было боли, как тогда, ночью. Джаспер отвернулся. Он редко чувствовал себя таким бесполезным, как в ту ночь, когда видел ее страдания и не в силах был ей помочь. Как справляются с этой стороной брака другие мужчины? Есть ли у них секретное средство для обычных женских недомоганий или они просто делают вид, что ничего не происходит?

Он придержал лошадей перед стаей дам, переходивших перед ними дорогу.

— Кажется, вам сегодня лучше.

Она еще больше выпрямилась, отчего он сразу же понял, что не следовало об этом говорить.

— Не понимаю, что вы имеете в виду.

— Понимаете. — Он взглянул на нее.

— Я прекрасно себя чувствую.

Порочная часть его души не могла ограничиться этим ответом.

— Два дня назад вы не чувствовали себя прекрасно. А вчера я только мельком видел вас.

Она сжала губы.

Он нахмурился:

— И это всегда так? Я хочу сказать, я знаю, это происходит каждый месяц, но всегда ли это так болезненно? Сколько времени это длится? — Неожиданная мысль поразила его. — Послушайте, а вы не думаете, это из-за того, что мы...

— О Господи, — пробормотала она. Затем быстро заговорила, но таким тихим голосом, что ему пришлось нагнуться, чтобы расслышать ее: — Я совершенно здорова. Да, это происходит каждый месяц, но длится всего несколько дней и... боль бывает в первый день и может держаться пару дней.

— В самом деле?

— Да.

— И сколько дней, точно?

Она, с трудом сдерживая раздражение, посмотрела на него:

— И зачем это вам так хочется знать?

— А затем, милейшая супруга, — сказал он, — если я буду знать, когда это кончится, я буду знать, когда я смогу снова посетить вас.

Это заставило ее немного помолчать, а потом она тихо сказала:

— Обычно пять.

Он задумался. Сегодня был третий день. Значит, он сможет лечь с ней через три дня. Он уже с нетерпением ждал этого. Первый раз никогда не бывает приятным для леди, по крайней мере он так слышал. Ему хотелось показать ей, как это может быть приятно. Неожиданно в своем воображении он увидел, как спала с нее эта маска равнодушия и она извивается в экстазе, глаза у нее широко раскрыты, мягкие губы так податливы...

Но ждать предстояло еще несколько дней.

— Спасибо, что рассказали мне. Но все же, какое невезение! И это происходит с каждой леди?

Она повернулась к нему:

— Что?

Он пожал плечами:

— Вы понимаете о чем я спрашиваю. Каждая леди испытывает такую боль или...

— Не верю своим ушам, — проворчала она, обращаясь то ли к себе, то ли к лошадям, поскольку поблизости никого больше не было, — хотя и знаю, что вы не вчера родились. Почему вы задаете эти вопросы?

— Теперь вы моя жена. Я уверен, каждый мужчина хочет узнать это о своей жене.

— Очень в этом сомневаюсь, — тихо проговорила она.

— Но я-то хочу знать. — Он чувствовал, как его губы растягиваются в улыбку — этот необычный разговор доставлял ему удовольствие.

— Почему?

— Потому что вы моя жена, — сказал он и неожиданно понял, что говорит это от чистого сердца. — Моя жена, которую я должен оберегать, моя жена, которую я должен содержать и защищать. Если что-то причиняет вам боль, я хочу... нет, мне необходимо это знать.

— Но вы ничем не можете помочь.

Он пожал плечами:

— Все равно мне надо это знать. Никогда не скрывайте от меня эту или какую-то еще боль.

— Не думаю, что когда-нибудь я научусь понимать мужчин, — чуть слышно проговорила она.

— Странный мы народ, это правда, — весело отозвался Джаспер. — И вы так добры, что терпите нас.

Она удивленно посмотрела на него, затем наклонилась и неосознанно тронула его за плечо.

— Заверните за угол. Дом моей тетушки дальше по этому переулку.

— Как пожелаете, возлюбленная жена моя. — Он повернул лошадей, все еще чувствуя прикосновение ее руки. Она сразу опустила ее, а ему хотелось, чтобы ее рука оставалась на его плече.

— Вот здесь, — сказала она, и он остановил лошадей перед скромным небольшим домиком.

Джаспер связал вожжи и выпрыгнул из фаэтона. Но как он ни спешил, пока он огибал карету, Мелисанда уже встала, собираясь спуститься с высокого сиденья.

Он схватил ее за талию и посмотрел ей в глаза.

— Позвольте мне.

Это прозвучало не как вопрос, но она все же кивнула. Она была высокой женщиной, но с тонкой костью. Его пальцы почти сомкнулись вокруг ее талии. Он легко поднял ее и почувствовал, как жаркая волна прокатилась по его телу. Когда он приподнял ее над своей головой, она оказалась беспомощной в его руках, вся в его власти.

Мелисанда смотрела на него сверху вниз и, хотя он чувствовал, как она дрожит в его руках, недовольно подняла бровь.

— Не могли бы вы опустить меня на землю?

— Конечно, — улыбнулся он.

Джаспер медленно опустил ее, наслаждаясь ощущением своей власти. Он понимал: она не позволит ему испытывать подобное ощущение каждый день. Как только ее ноги коснулись земли, она отступила назад и расправила юбки.

Затем бросила на него суровый взгляд:

— Моя тетушка плохо слышит, и ей не очень нравятся джентльмены.

— О, это ничего. — Он подал ей руку. — Это даже интересно.

— Гм... — Она коснулась кончиками пальцев его рукава, и он снова почувствовал волнение. Возможно, он выпил за завтраком слишком много чая.

Они поднялись по ступеням, и он постучал в дверь потускневшим медным молотком. Последовало довольно долгое ожидание.

Джаспер посмотрел на свою новобрачную:

— Вы сказали, что она глухая, но разве и ее слуги тоже глухие?

Она поджала губы, но это подействовало на него неожиданным образом: ему захотелось поцеловать ее.

— Они не глухие, но они довольно старые и...

Дверь со скрипом отворилась, и на них уставился слезящийся глаз.

— А?

— Лорд и леди Вейл с визитом к мисс... — Джаспер повернулся к Мелисанде и шепотом спросил: — Еще раз, как ее зовут?

— Мисс Рокуэлл. — Она покачала головой и обратилась к старику дворецкому: — Мы пришли повидать мою тетю.

— А, мисс Флеминг. — Старик страдал одышкой. — Входите, входите.

— Это леди Вейл, — громогласно объявил Джаспер.

— Э? — Дворецкий приложил ладонь к уху.

— Леди Вейл! — изо всех сил прокричал Джаспер. — Моя жена!

— Да, сэр, так точно, сэр. — Дворецкий повернулся и заковылял в холл.

— Не думаю, что он понял меня, — сказал Джаспер.

— О Господи! — Мелисанда потянула его за рукав, и они вошли в дом.

Ее тетушка, должно быть, не любила пользоваться свечами или обладала способностью видеть в темноте, ибо в коридоре царил почти полный мрак.

— Куда он пошел? — прищурился Джаспер.

— Сюда. — Мелисанда прошла вперед — она явно хорошо знала, куда идти.

И он убедился в этом, когда, повернув несколько раз и взобравшись по лестнице на второй этаж, они оказались перед дверью в комнату, в которой было светло.

— Кто это? — раздался из-за двери ворчливый голос.

— Мисс Флеминг и... джентльмен, мэм, — ответил старый дворецкий.

— Леди Вейл! — прокричал Джаспер, когда они вошли в комнату.

— Что? — Миниатюрная старая леди сидела выпрямившись на кушетке, утопая в белых кружевах, лентах и бантах. Она держала у уха длинный медный рожок, который повернула в их сторону. — Что?

Джаспер наклонился и сказал прямо в слуховой рожок:

— Теперь она леди Вейл.

— Кто? — Мисс Рокуэлл опустила рожок с явным раздражением. — Мелисанда, дорогая, я так рада видеть тебя, но кто этот джентльмен? Он говорит, что он леди. Такого не может быть.

Джаспер почувствовал, как дрогнуло худощавое тело Мелисанды и снова замерло. Ему безумно захотелось поцеловать ее, но он, хотя и с трудом, подавил это желание.

— Это мой муж, лорд Вейл, — объяснила Мелисанда.

— В самом деле? — Казалось, старой леди не особенно понравилась эта новость. — Ну и зачем ты привезла его сюда?

— Мне захотелось познакомиться с вами, — вступил в разговор Джаспер — ему надоело слушать, как о нем говорят так, будто его здесь не было.

— Что?

— Я слышал, что у вас пекут самые вкусные кексы! — прокричал он.

— Наглец! — У старой леди даже затряслись ленты на чепце. — Кто это вам сказал?

— О, все говорят, — ответил Джаспер. Он сел на диван и заставил жену сесть рядом с ним. — А разве это неправда?

Старая леди поджала губы так, как это делала Мелисанда.

— Ну, кухарка печет неплохие кексы, — сказала она и кивнула дворецкому, который был немного удивлен, что его высылают из комнаты.

— Отлично! — Джаспер положил ногу на ногу. — Надеюсь, вы знаете, какие шалости устраивала моя жена, когда была ребенком.

— Лорд Вейл! — воскликнула Мелисанда.

Он взглянул на нее. Ее щеки порозовели, а глаза широко раскрылись от обиды. Но выглядела она такой хорошенькой.

Он повернул к ней голову.

— Джаспер... — Мелисанда поджала губы.

Он перевел взгляд на ее губы и встретился с ее взглядом. Она раскрыла губы, такие нежные и чувственные, и он возблагодарил Бога, что полы его камзола скрывают его желание.

— Джаспер, — шепотом повторила Мелисанда.

И в эту минуту он понял, что пропал. Пропал, и ослеп, и пропадает уже в третий раз без всякой надежды на спасение, но до чего же это приятно! Он отдал бы все на свете, чтобы разгадать эту женщину. Ему хотелось раскрыть все ее секреты и обнажить ее душу. И когда он узнает все тайны, спрятанные в глубине ее сердца, он будет беречь ее и охранять всю свою жизнь.

Она принадлежит ему, и он будет защищать и оберегать ее.

Было уже далеко за полночь, когда Мелисанда услышала, как Вейл вернулся домой. Она дремала в своей комнате, но смутно доносившиеся из холла голоса разбудили ее. Ну вот, наконец-то он и приехал. Она села, волнуясь от предвкушения, а Маус выставил из-под одеяла свой черный носик и зевнул, показав розовый язычок.

Она приложила палец к его носу. «Сидеть».

Мелисанда встала и взяла халат, разложенный на стуле возле кровати. Сшитый из тяжелого атласа и украшенный богатой алой вышивкой, он был скроен почти как мужской восточный халат, без обычных для женских халатов кружев и лент. Мелисанда набросила его поверх своей тонкой батистовой сорочки и вздрогнула — такой он был тяжелый. При каждом ее движении ярко-фиолетовая ткань переливалась от фиолетового цвета до алого и наоборот. Подойдя к туалетному столику, она надушила шею, ощущая не без удовольствия, как холодные капли духов скатываются между грудей. Горьковатый аромат апельсина носился в воздухе.

Закончив приготовления, она подошла к двери, ведущей в апартаменты мужа, и открыла ее. Впервые Мелисанда решилась войти в его владения. Она с любопытством огляделась. Первое, что ей бросилось в глаза, была огромная кровать черного дерева, застеленная простынями такого темного красного цвета, что они казались почти черными. Затем она увидела мистера Пинча. Камердинер, который расправлял восточный халат Вейла, разложенный на кровати, выпрямился и стоял, огромный и неподвижный, посередине комнаты.

Мелисанда практически никогда не говорила с камердинером. Она посмотрела ему в глаза и сказала:

— Это все.

Слуга не шевельнулся.

— Я буду нужен милорду, чтобы раздеть его.

— Нет, — тихо сказала она, — не будете.

В глазах камердинера мелькнули искорки, которые можно было бы назвать насмешливыми. Затем он поклонился и вышел из комнаты.

Мелисанда почувствовала, как ослабел узел, стянувший мышцы на ее спине. Первое препятствие преодолено. Вейл застал ее врасплох этим утром, но вечером она собиралась поменяться с ним местами. Она оглядела комнату и только сейчас заметила яркое пламя в камине и множество зажженных свечей. В комнате было светло почти как днем. Она немного удивилась такому расточительству, обошла комнату и погасила несколько свечей, и теперь комната наполнилась мягким неярким светом. В воздухе чувствовались запахи свечного воска и дыма, но сквозь них пробивался еще один, более возбуждающий запах. Мелисанда закрыла глаза и вдохнула. Вейл. Было ли это ее воображением или нет, но в комнате пахло ее мужем, сандаловым деревом и лимоном, бренди и табаком.

Ей почти удалось успокоиться, когда отворилась дверь и вошел Вейл, на ходу снимавший камзол.

— За горячей водой послали? — спросил он, бросив камзол на кресло.

— Да.

Он резко повернулся, услышав ее голос. Его лицо было лишено какого-либо выражения, а глаза прищурены. Если бы она не была очень, очень храброй женщиной, она бы попятилась от него. Он был таким большим и стоял неподвижно, мрачно глядя на нее.

Но тут он улыбнулся:

— Возлюбленная жена моя, простите меня, но я не ожидал увидеть вас здесь.

Она молча кивнула, не доверяя своему голосу. Странная нервная дрожь охватила ее, но она понимала: нужно держать себя в руках, не то ее чувства выплеснутся наружу.

Он подошел к гардеробной и приоткрыл дверь.

— А Пинч здесь?

— Нет.

Он кивнул и закрыл дверь. В другую открытую дверь вошел Спрат с большим кувшином, из которого шел пар. Вслед за ним появилась горничная с серебряным подносом, на котором лежали хлеб, сыр и фрукты. Слуги освободились от своей ноши, и Спрат вопросительно взглянул на Мелисанду:

— Миледи?

— Это все, — кивнула она.

Они торопливо вышли из комнаты, и наступила тишина.

Вейл перевел взгляд с нее на еду на подносе.

— Как вы узнали...

Она узнала довольно просто — от слуг, они сказали, что обычно, когда лорд Вейл возвращается вечером, ему подают легкие закуски. Она пожала плечами и подошла к нему.

— Я не хотела нарушать ваш привычный распорядок.

Он смутился.

— То есть... э...

Казалось, он потерял ход мыслей, возможно, потому, что она начала расстегивать его жилет. Она сосредоточила внимание на медных пуговицах и прорезных петлях, чувствуя, как меняется ее дыхание от столь соблазнительной близости. Он стоял совсем рядом, она чувствовала тепло его тела через все слои одежды. Страшная мысль пришла ей в голову. Сколько других женщин владели этой привилегией раздевать его?

Она подняла голову и увидела его бирюзово-синие глаза.

— Да?

Он кашлянул.

— О, как мило с вашей стороны!

— Разве? — Она подняла брови и снова занялась пуговицами. Где он был этой ночью? С другой женщиной? Ведь он мужчина с неутолимым аппетитом, а она не может в данный момент утолить его голод. И вполне вероятно, он искал насыщения в другом месте. Она расстегнула последнюю пуговицу и подняла глаза. — Пожалуйста.

Джаспер поднял руки, позволяя ей снять с себя жилет. Развязывая его шейный платок, она чувствовала на себе его пристальный взгляд. Его дыхание шевелило ей волосы, она ощущала запах вина. Мелисанда и понятия не имела, куда он уходил по вечерам. Возможно, он занимался тем, чем и все джентльмены, — играл, пьянствовал и, вероятно, развратничал. Ее пальцы дрогнули при этой мысли, и она наконец определила чувство, переполнявшее ее, — ревность. К этому она была совершенно не готова, хотя давно знала, кто он и какой он. Но она верила, что ее вполне удовлетворит та часть его, пусть самая малая, которую он был готов делить с ней. Других женщин, когда они появятся, она просто не будет замечать.

А теперь она обнаружила, что жестоко ошибалась. Она хотела всего его.

Мелисанда отложила в сторону шейный платок и начала расстегивать рубашку. Теплота его кожи просачивалась сквозь тонкую ткань и обволакивала ее пальцы. Запах его кожи был горячим, настоящим запахом мужчины. Она вдыхала его, незаметно принюхиваясь. От него пахло сандаловым деревом и лимонным мылом.

Над ее головой раздался его голос:

— Вам не стоит...

— Я знаю.

Когда была расстегнута последняя пуговица, он наклонился, и она стащила с него рубашку. Он выпрямился, и на минуту у нее остановилось дыхание. Он был высоким мужчиной, даже рядом с ней — ее голова доставала ему только до подбородка, а грудь и плечи были широкие, пропорционально его росту. Широкие и почти худые. В рубашке он даже мог показаться худощавым. Но не тогда, когда он снимал ее. Длинные крепкие мускулы выступали на его руках и плечах. Она знала: почти каждый день он ездит верхом — и сейчас одобрительно отметила результат этих занятий. Его грудь была покрыта легкими мягкими волосами, они спускались к животу, а потом продолжались где-то внизу. Тонкая полоска волос, опускавшаяся от его пупка, была самым эротическим зрелищем, которое она могла только вообразить. Ей безумно захотелось потрогать ее, провести рукой до того места, где она исчезала в его бриджах.

Мелисанда отвела взгляд и посмотрела ему в лицо. Он следил за ней: на его скулах кожа натянулась и щеки ввалились. Губы образовали жесткую линию.

Она глубоко вздохнула и указала на стул, стоявший позади него:

— Пожалуйста, сядьте.

Он удивился и, садясь, перевел взгляд с кувшина с горячей водой на нее.

— Вы собираетесь поиграть еще и в цирюльника?

Она намочила салфетку в горячей воде.

— Вы мне доверяете?

Он не сводил с нее глаз, и она постаралась, прикладывая салфетку к его щеке, скрыть улыбку. Она узнала от Спрата, что Вейл любит мыться и бриться по вечерам. Вероятно, еще не пришло время помогать ему принять ванну, но побрить его она могла. Когда ее отец был прикован к постели своей последней болезнью, она была единственной, кому он позволял приближаться к нему с бритвой. Это было странно, поскольку он никогда не проявлял к ней особенной любви.

Мелисанда подошла к комоду, на котором Пинч разложил бритвенные принадлежности, и взяла бритву. Пальцем проверила ее остроту.

— Вас сегодня, кажется, очень заинтересовали истории, которые рассказывала обо мне моя тетушка.

Она смотрела на него, подходя к нему с бритвой, которую небрежно держала в руке. Его глаза насмешливо блеснули над белой салфеткой. Затем он сорвал салфетку с лица и швырнул на стол.

— Меня особенно восхитил рассказ о том, как вы отрезали свои волосы, когда вам было четыре года.

— Правда? — Она положила бритву на стол и выбрала салфетку поменьше. Окунула ее в горшочек с жидким мылом и начала натирать ею его лицо, взбивая мыльную пену. Запахи сандала и лимона наполнили комнату.

— М-м-м... — Он закрыл глаза и откинул назад голову, совсем как огромный кот, когда его гладят. — И еще тот рассказ, о чернилах...

Тогда она сделала чернилами на руках рисунки и целый месяц ходила с такой татуировкой.

— Я рада, что предоставила вам случай посмеяться, — мягко проговорила она.

Один ярко-синий глаз приоткрылся.

Она улыбнулась и, приставив бритву к его шее, спросила:

— Я часто думаю: куда вы ездите по вечерам?

Он открыл рот.

— Я...

Она прижала палец к его губам, чувствуя на своей коже его дыхание.

— Ах, ах, вы же не хотите, чтобы я вас порезала?

Он закрыл рот, и его зрачки сузились.

Она осторожно провела бритвой по его щеке — раздался довольно громкий скрипучий звук. Опытной рукой стряхнула с бритвы пену и снова обернулась к нему.

— Я думала, не встречаетесь ли вы с женщинами, когда уезжаете из дома?

Он хотел ответить, но она осторожно откинула назад его голову и провела бритвой по скуле. Мелисанда видела, как он сглотнул, как перекатилось адамово яблоко. Но по выражению его глаз она поняла, что он не боится. Совсем не боится.

— Я не езжу в какое-то определенное место, — заговорил он, пока она вытирала бритву. — Так, балы, вечеринки, разные события... Знаете, вы могли бы составить мне компанию. По-моему, я просил вас поехать со мной на маскарад к леди Грэм завтра вечером.

Его ответ мало чем смог успокоить ревность, бушующую в ее груди. Она сосредоточила внимание на его подбородке. Столько еще откровений ждет своего часа! Она не любила светских развлечений, на них требовалось говорить о пустяках, улыбаться и флиртовать. Такое поверхностное общение никогда не было ее сильной стороной, и она смирилась с тем, что никогда этому не научится. Когда он упомянул о бале, ответ уже был готов сорваться с кончика ее языка, но он продолжил:

— Вы могли бы ездить со мной по вечерам, участвовать в некоторых светских развлечениях...

— Или вы могли бы остаться здесь, дома, со мной, — так же тихо отозвалась она.

— Нет. — Уголки его губ опустились в печальной ироничной улыбке. — Боюсь, я слишком капризное создание, чтобы меня могли развлечь длинные вечера у камина. Мне нужны разговоры, люди и громкий смех.

Все, что ей было ненавистно. Она обмакнула бритву в горячую воду.

Он кашлянул.

— Но я не встречаюсь с другими женщинами, когда уезжаю по ночам, милая жена.

— Не встречаетесь? — Она посмотрела ему в глаза и осторожно провела бритвой по его щеке.

— Нет. — Он выдержал ее взгляд. Упорный и проницательный.

Она сглотнула и подняла бритву. Его щеки были теперь совершенно гладкими. Только тонкая полоска пены осталась в уголке губ. Она осторожно пальцем стерла ее.

— Я рада, — сказала она чуть хрипловатым голосом и наклонилась совсем близко — ее губы почти касались его губ. — Доброй ночи.

Их губы встретились в этом шепоте и слились в поцелуе. Мелисанда почувствовала, как он поднял руки, чтобы обнять ее, но она выскользнула из комнаты.

Глава 7

Так вот, принцессу этого чудесного города звали Отрада, и принцесса Отрада была такая красавица, о какой только можно мечтать. Ее глаза сияли как звезды, а кожа была гладкая как шелк. Она была капризной, и до сих пор не нашлось человека, за которого бы она согласилась выйти замуж. Один был слишком стар, другой — слишком молод. Некоторые слишком громко разговаривали. И многие жевали с широко раскрытым ртом. Приближался двадцать первый день рождения принцессы, и у короля, ее отца, лопнуло терпение. И он провозгласил, что устроит несколько испытаний в честь дня рождения принцессы и человек, выдержавший их, получит в награду руку принцессы...

Из «Веселого Джека»

Наутро после этой ночи Мелисанда была несколько разочарована, когда ей пришлось завтракать в одиночестве. Вейл уже уехал из дома по какому-то туманному мужскому делу, и она решила заняться собственными делами и не встречаться с ним до вечера.

Она так и поступила. Поговорила с экономкой и кухаркой, съела легкий второй завтрак, сделала несколько покупок. И затем отправилась к своей свекрови на небольшой прием в саду. И тут ее планы рухнули.

— По-моему, мой сын никогда не посещал мои послеполуденные собрания, — размышляла вдовствующая виконтесса Вейл. — Не могу не думать, что это ваше влияние привело его сюда. Вы знали, что он здесь появится?

Мелисанда покачала головой. Она все еще не полностью осознала тот факт, что ее муж оказался на этом тихом и скучном приеме. Это не было одним из его обычных визитов, и, когда она думала об этом, у нее перехватывало дыхание, она изо всех сил старалась казаться спокойной.

Они со свекровью сидели в ее большом городском вдовьем саду, который в это время года был необыкновенно красив. На крытой террасе старшая леди Вейл расставила столики и множество стульев так, чтобы ее гости могли насладиться прелестью летнего дня. Гости сидели или прогуливались небольшими группами, большинству из них было не менее шестидесяти.

Вейл стоял на другом конце террасы в обществе трех старых джентльменов. Мелисанда видела, как ее муж, откинув назад голову, смеялся над чем-то, сказанным одним из джентльменов. Она смотрела на его сильную жилистую шею, и сердце у нее сжималось. И за тысячу лет ей не надоест смотреть, как он смеется — искренне, от всей души.

Она поспешила отвести взгляд, чтобы окружающие не заметили, с какой любовью она на него смотрит.

— У вас прелестный сад, миледи.

— Спасибо, — ответила леди Вейл. — Он и должен быть таким, со всей этой армией садовников, которых я нанимаю.

Мелисанда улыбнулась. Еще до свадьбы она обнаружила, что ей очень нравится мать Вейла. Вдовствующая виконтесса была миниатюрной женщиной. В сравнении с ней сын казался гигантом. Но несмотря на это, она легко могла поставить его или любого другого джентльмена на место одним пристальным взглядом. Леди Вейл носила свои мягкие седеющие волосы собранными в простой пучок на макушке. Изящный овал лица, точеный носик, мягкое очертание бровей — сын совершенно не был похож на нее. Но вот глаза... И у матери, и у сына они сияли одинаково яркой бирюзой. В молодости виконтесса была красавицей и все еще сохраняла уверенность, свойственную красивой женщине.

Леди Вейл не отрывала глаз от красивых розовых и белых пирожных на тарелке, стоявшей между ними. Она немного подалась вперед, и Мелисанда подумала, что она хочет взять пирожное, но старая дама, понизив голос, обратилась к ней.

— Я так рада, что Джаспер женился на вас, а не на мисс Темплтон, — проговорила леди Вейл. — Эта девушка была хорошенькой, но уж слишком легкомысленной. У нее не хватило бы характера держать в руках моего сына. Через месяц или еще раньше она бы наскучила ему. — Вдовствующая виконтесса понизила голос и сказала доверительным тоном: — Думаю, он был очарован ее грудью.

Мелисанда сдержалась и не посмотрела на свою маленькую грудь.

Леди Вейл похлопала ее по руке и после секундной заминки, как будто прочитав ее мысли, сказала:

— Пусть это вас не беспокоит. Грудь забывается. А умный разговор — нет, хотя большинство джентльменов, возможно, не понимают этого.

Мелисанда помолчала, стараясь найти ответ. Но вероятно, он и не требовался.

Леди Вейл протянула руку к пирожному, но, казалось, передумала и взяла чашку с чаем.

— Вы знаете, отец мисс Темплтон дал согласие на брак дочери с этим викарием.

— Я об этом не слышала, — отозвалась Мелисанда.

Виконтесса поставила чашку, даже не коснувшись ее губами.

— Несчастный человек. Она погубит его жизнь.

— Думаю, что нет. — Мелисанда отвлеклась, увидев, как Вейл оставил группу джентльменов и направился к ним.

— Запомните мои слова, она его погубит. — Неожиданно виконтесса резко протянула вперед руку и взяла с тарелки розовое пирожное. Положила его на свою тарелку и, посмотрев на него, подняла глаза на Мелисанду: — Моему сыну нужна теплота, но не мягкость. Он стал сам не свой с тех пор, как вернулся из колоний.

Мелисанда не успела ответить ей, как к ним подошел Вейл.

— Возлюбленные моя жена и моя мама, добрый день. — Он почтительно поклонился и обратился к матери: — Могу я похитить мою жену и прогуляться с ней по вашему прелестному саду? Хочу показать ей ваши ирисы.

— Не понимаю зачем, ведь ирисы уже отцвели, — язвительно заметила его мать. — Но идите. А я расспрошу лорда Кенсингтона о том, что ему известно о скандале во дворце.

— Вы олицетворение доброты, мэм. — Вейл предложил руку Мелисанде.

Уходя, Мелисанда услышала, как ее свекровь фыркнула им вслед.

Вейл повел ее по посыпанной мелким гравием дорожке.

— Ваша мать полагает, что я спасла вас от ужасной участи — быть мужем мисс Темплтон.

— Преклоняюсь перед удивительно здравым смыслом моей матери, — весело заметил Вейл. — Прежде всего не могу понять, что я нашел в мисс Темплтон.

— Ваша мать говорит, что, возможно, это была грудь этой леди.

— А... — Она чувствовала на себе его взгляд, хотя смотрела прямо перед собой, на дорожку. — Мы, мужчины, жалкие существа, слепленные из глины, и, боюсь, легко поддаемся чужому влиянию и сбиваемся с пути истинного. Роскошная грудь, может быть, даже фальшивая, способна затуманить наши мозги.

— Гм... — Она вспомнила многочисленных женщин, которые были его любовницами. Неужели у них у всех была большая грудь?

Он наклонился к ней, и от его дыхания, согревавшего ее ухо, дрожь пробежала по ее телу.

— Я был бы не первым, кто принимает количество за качество и протягивает руку за большим сахарным пирогом, хотя аккуратная маленькая булочка мне больше по вкусу.

Она подняла голову и посмотрела на него. Его глаза сияли, а на чувственных губах играла улыбка. Ей было трудно сохранить строгое выражение лица.

— Вы только что сравнили мою фигуру с хлебным изделием?

— С аккуратным восхитительно вкусным хлебным изделием, — уточнил он. — Вы должны принять это как комплимент.

Она отвернулась, чтобы скрыть улыбку.

— Непременно учту это.

Они завернули за угол, и он остановился, подведя ее к какому-то кустарнику.

— Смотрите. Ирисы моей матери уже не цветут.

Она посмотрела на дольчатые листья растения.

— Это пионы. А это, — указала она на какие-то растения с острыми как кинжал листьями, растущие дальше по дорожке, — ирисы.

— В самом деле? Вы уверены? Как вы можете определить, если на них нет цветов?

— По форме их листьев.

— Поразительно. Почти как гадание. — Он посмотрел на пионы, затем на ирисы. — Они не очень смотрятся без цветов, не правда ли?

— Ваша мать и говорила, что они не цветут.

— Верно, — согласился он и свернул на другую дорожку. — Какие еще таланты вы скрываете от меня? Уж не поете ли вы как жаворонок? Мне всегда хотелось жениться на девушке, которая умеет петь.

— Тогда вам следовало бы поинтересоваться этим еще до свадьбы, — логично заметила она. — У меня всего лишь приличный голос.

— Какое разочарование пришлось бы мне испытать!

Она взглянула на него, стараясь догадаться, что он задумал. Он выделял ее из всех, как будто ухаживал за ней. Эта мысль вызывала беспокойство. Зачем ухаживать за женой? Возможно, она принимает желаемое за действительное, и такая вероятность пугала ее. Если бы она смела надеяться, если бы позволила себе поверить, что он действительно хочет ее, то крушение этой надежды было бы еще более ужасным.

— Может, вы умеете танцевать? — высказал он предположение. — Так вы умеете танцевать?

— Естественно.

— Меня это утешает. А как насчет фортепиано? Вы умеете играть?

— Боюсь, не очень хорошо.

— Значит, мои мечты о музыкальных вечерах у камина рухнули. Но я видел ваше вышивание, совсем не плохо. Вы рисуете?

— Немного.

— И пишете красками?

— Да.

Они подошли к скамье на повороте дорожки, и он, прежде чем предложить ей сесть, заботливо вытер сиденье платком, который достал из кармана.

Она медленно опустилась на скамью, проверяя свою готовность к обороне. Над скамьей возвышалась беседка из вьющихся роз, и Мелисанда увидела, как он отломил цветок.

— Ох! — Он уколол шипом большой палец и сунул его в рот.

Она отвернулась, чтобы не видеть столь эротической картинки — как его губы обхватили палец и посасывают его.

— Так вам и надо — за то, что ломаете розы своей матери.

— Слишком суровое наказание. — Опираясь одной рукой о скамью, он склонился к ней. Она уловила запах сандалового дерева. — Впрочем, шипы на розе делают ее еще более желанной.

Она повернулась к нему, и его лицо оказалось в нескольких дюймах от ее глаз, как и его глаза этого странного, необычного для Англии, сказочного цвета; ей показалось, что в их глубине таится печаль.

— Зачем вы это делаете?

— Что? — равнодушно спросил он. Он провел розой по ее щеке, и от нежного прикосновения лепестков холодок пробежал по ее спине.

Она взяла его руку и сжала своими теплыми пальцами.

— Вот это. Вы ведете себя так, как будто ухаживаете за мной.

— В самом деле? — Он стоял не шевелясь, его губы были совсем близко от ее губ.

— Я уже ваша жена. И нет необходимости ухаживать за мной, — прошептала она и не могла скрыть мольбу, прозвучавшую в ее голосе.

Мелисанда держала его руку в своей, но он поднял другую руку и провел розой по ее полураскрытым губам.

— О, а я думаю, есть необходимость, и очень большая, — сказал он.

Ее губы были такого же оттенка, что и роза.

Джаспер смотрел, как лепестки касаются ее губ. Таких мягких, таких сладких. Ему хотелось ощущать эти губы своими губами. Хотелось раскрыть их, проникнуть внутрь и почувствовать, что они принадлежат ему. Надо подождать пять дней, сказала она. Придется быть терпеливым.

Ее щеки зарделись нежно-розовым цветом, а глаза широко раскрылись, но он видел: прямо на его глазах ее взгляд затуманился, а отяжелевшие веки начали опускаться. Она отличалась большой чувственностью, так быстро откликалась на малейшую ласку. Интересно, можно ли довести ее до экстаза, просто целуя ее? От этой мысли кровь в его жилах побежала быстрее. Прошлая ночь была для него открытием. Это очаровательное создание, ворвавшееся в его комнату и завладевшее им, было эротической мечтой любого мужчины. Где она научилась таким сладострастным ласкам? Она напоминала ртуть — таинственная, экзотическая, ускользающая от него, когда он пытается схватить ее.

А он никогда раньше, до встречи в ризнице, не замечал ее. Каким же тупым, слепым дураком он был! Ну и слава Богу! Да, слава Богу! Ибо если он был дураком, то такими же были и все остальные мужчины, которые проходили мимо нее на бесчисленных балах и вечерах, не взглянув на нее. И теперь она принадлежит ему.

Только ему, в постели.

А пока он должен бороться с собой, не допускать, чтобы его улыбка превратилась в злобный оскал. Кто бы мог подумать, что ухаживание за собственной женой может быть таким возбуждающим.

— Я имею полное право ухаживать за вами, добиваясь вашего расположения. Ведь у нас не было для этого времени до нашей свадьбы. Почему бы не заняться этим сейчас?

— Зачем вообще это надо? — с изумлением спросила Мелисанда.

— А почему бы и нет? — Поддразнивая, он снова провел розой по ее губам, глядя, как цветок оттягивает ее нижнюю губу, открывая влажную поверхность, при виде которой он ощутил напряженную тяжесть в паху. — Разве муж не должен знать свою жену, лелеять ее и обладать ею?

При слове «обладать» ее глаза блеснули.

— А вы обладаете мною?

— Обладаю, по закону, — тихо сказал он. — Но я не знаю, что у вас в душе. А может, знаю? Как вы думаете?

— Думаю, что нет. — Он отвел цветок от ее губ, чтобы он не мешал ей говорить, и она кончиком языка дотронулась до нижней губы. — И не думаю, что когда-нибудь узнаете.

Она смотрела на него, и этот ее взгляд был открытым вызовом.

Он кивнул:

— Возможно, но это не остановит моих попыток.

Она задумалась.

— Впрочем, я не знаю...

Он провел пальцем по ее губам.

— О каких еще талантах вы не рассказали мне, моя прелестная жена? Какие тайны вы скрываете от меня?

— У меня нет никаких тайн. — Когда она заговорила, ее губы, словно в поцелуе, касались его пальца. — Вы их не найдете, даже если будете искать.

— Вы лжете, — тихо сказал он. — И хотел бы я знать почему.

Она опустила глаза. Он чувствовал влажное прикосновение ее языка к его пальцу и от этого у него перехватило дыхание.

— Неужели вас нашли, уже вполне сложившейся, на каком-то необитаемом острове? Вы кажетесь мне прекрасной, волшебной, неземной и шаловливой нимфой, очаровывающей мужчину.

— Мой отец был простым англичанином. Ему бы не понравились эти мысли о волшебстве.

— А ваша мать?

— Она была родом из Пруссии и даже более здравомыслящая, чем отец. — Мелисанда тихо вздохнула, ее дыхание касалось его кожи. — Я не романтическая дева. Я обыкновенная англичанка.

В чем он весьма сомневался.

Погладив ее по щеке, Джаспер убрал руку.

— Вы выросли в Лондоне или в деревне?

— Большей частью в деревне, хотя мы каждый год наезжали в Лондон.

— И у вас были подруги? Милые девочки, с которыми можно пошептаться и посмеяться?

— Эмелин. — Их взгляды встретились, и в ее глазах он увидел боль.

Эмелин жила теперь в Северной Америке.

— Вы скучаете по ней?

— Да.

Пытаясь вспомнить подробности детства Эмелин, он рассеянно провел розой по ее обнаженной шее.

— Но вы почти не знали ее до школы, не правда ли? Наше фамильное поместье граничит с поместьем ее семьи, и я с пеленок знал и ее и ее брата Рено. Я бы запомнил вас, если бы вы тогда дружили с Эмелин.

— Неужели? — иронически спросила Мелисанда. Ее глаза вспыхнули гневом, но она не позволила ему начать оправдательную речь. — Я познакомилась с Эмелин, когда приезжала в гости к подруге, жившей неподалеку. Мне было тогда четырнадцать или пятнадцать.

— А до того? С кем вы играли? Со своими братьями? — Он следил за движением розы, которая, коснувшись ее ключицы, стала спускаться ниже.

Она пожала плечами:

— Мои братья старше меня. И они оба уже учились, пока я играла в детской.

— Значит, вы были одиноки. — Он не сводил глаз с розы, скользящей по ее груди.

Она прикусила губу.

— У меня была няня.

— Это совсем не то, что подружка, — заметил он.

— Вероятно, — согласилась она.

Когда она вздохнула, роза прижалась к ее груди. О, проклятый цветок!

— Вы были тихим ребенком, — сказал он, зная, что это правда. Несмотря на истории, услышанные накануне от ее тетки, он понял, что она была тихим ребенком. Почти молчаливым. Она все держала в себе. Строго следила за своими руками и ногами, у нее было небольшое аккуратное тельце. Ее голос всегда звучал ровно, и в обществе она держалась в стороне. Что произошло в ее детстве, что заставляло ее так упорно верить, что ее не замечают? Он наклонился к ней — сквозь сладкий аромат роз, окружавших их, к нему пробивался острый запах апельсина. Ее запах. — Ребенком вы держали свои мысли в тайне от остального мира.

— Вы этого не знаете. Вы меня не знаете.

— Нет, — признался он. — Но я хочу узнать вас. Я хочу узнавать и изучать вас, пока не буду осознавать ход ваших мыслей, как своих собственных.

Она замерла и затем, словно в страхе, отступила от него.

— Я не стану...

Но он прижал палец к ее губам и выпрямился. Позади них на дорожке, по которой они пришли, послышались голоса. Из-за угла вышла еще одна парочка.

— Прошу прощения, — сказал джентльмен, и Джаспер сразу же узнал Мэтью Хорна. — Вейл. Не ожидал увидеть тебя здесь.

Джаспер насмешливо изобразил поклон.

— Я всегда считал весьма поучительным для тебя гулять по садам моей матери. Как раз сегодня я научил свою жену отличать пионы от ирисов.

Какой-то приглушенный звук, словно кто-то фыркнул, послышался за его спиной.

Мэтью с удивлением посмотрел на него:

— Так это твоя жена?

— Да. — Джаспер повернулся и встретил насмешливый взгляд карих глаз Мелисанды. — Дорогая, позвольте представить вам мистера Мэтью Хорна, он, как и я, был офицером Двадцать восьмого полка. Хорн, это моя жена, леди Вейл.

Мелисанда протянула ему руку, и он склонился над ней. Все вполне прилично, конечно, но Джаспер все еще испытывал инстинктивное желание положить руку на плечо Мелисанды, как бы утверждая свое право собственника.

Мэтью отступил в сторону.

— Позволь мне представить тебе мисс Беатрис Корнинг. Мисс Корнинг — лорд и леди Вейл.

Джаспер, сдерживая улыбку, наклонился к руке хорошенькой девушки. Присутствие Мэтью в салоне получило объяснение, у него были те же мотивы, что и у Джаспера: он ухаживал за леди.

— Вы живете в Лондоне, мисс Корнинг? — спросил он.

— Нет, милорд, — ответила девушка. — Обычно я живу в деревне с моим дядей. Думаю, вы должны знать его, ведь мы ваши соседи. Он граф Бланчард.

Девушка сказала что-то еще, но Джаспер уже не слушал ее. Граф Бланчард. Этот титул Рено должен был унаследовать после смерти отца. Но Рено к тому времени уже не было в живых. Он был схвачен и убит индейцами после резни у Спиннерс-Фоллс.

Джаспер впервые пристально посмотрел на нее. Она болтала с Мелисандой, выражение ее лица было прямым и открытым. Она выглядела свежей деревенской девушкой, с волосами цвета спелой пшеницы и восторженным взглядом серых глаз. По скулам ее рассыпались веснушки. Она сама не обладала титулом, но Мэтью все же поднялся высоко, если взялся ухаживать за племянницей графа. Хорны были старинной семьей, но не имели титула, в то время как имя Бланчардов насчитывало уже несколько веков. Их родовое гнездо представляло собой обширное феодальное поместье. Девушка сказала, что живет в этом поместье.

В доме Рено.

Джаспер почувствовал, что задыхается, и отвернулся, чтобы не видеть хорошенького личика мисс Корнинг. Эту девушку не в чем было обвинять. Шесть лет назад она, должно быть, еще училась в школе, когда Рено погиб на огненном кресте. И не ее вина, что ее дядя унаследовал титул. И что теперь она живет там, где родился Рено. И все равно ему было невыносимо смотреть на нее.

Он протянул руку Мелисанде и прервал разговор:

— Пойдемте, насколько я помню, у нас есть еще дела.

Он поклонился Мэтью и мисс Корнинг, и они попрощались. Он не смотрел на Мелисанду, но чувствовал, что она с любопытством наблюдает за ним, — даже положила руку на его локоть. Она знала, что днем у них нет никаких дел. И вдруг он неожиданно осознал: отыскивая ее секреты, он рискует раскрыть свои, а они намного мрачнее. И вот этого просто нельзя допустить.

Джаспер положил ладонь на ее руку. Вроде бы обычный жест мужа, но в действительности он сделал это инстинктивно: чтобы удержать ее, не позволить ей сбежать. Он не мог рассказать ей о Рено и о том, что произошло в тех темных лесах, не мог рассказать ей, как страдала его душа, не мог рассказать о самом страшном поражении и самой горькой печали. Но он мог сохранить ее.

И он это сделает.

— ...и разве он не выглядел дураком, с задницей, выставленной на всеобщее обозрение? — Миссис Мур, экономка лорда Вейла, громко шлепнула ладонью по кухонному столу.

Три горничных с верхнего этажа, давясь от смеха, попадали друг на друга, два лакея, сидевших на другом конце стола, подталкивали друг друга локтями. Мистер Оукс хохотнул густым басом, и даже кухарка, с лица которой никогда не исчезало кислое выражение, позволила себе улыбнуться.

Салли Сачлайк улыбнулась. Челядь в доме лорда Вейла сильно отличалась от слуг мистера Флеминга. Слуг здесь было вдвое больше, но под руководством мистера Оукса и миссис Мур они были более дружелюбны и вели себя почти как одна семья. Через пару дней своего пребывания здесь Салли подружилась и с миссис Мур, и с кухаркой, которая, несмотря на строгие манеры, была стеснительной, и все страхи Салли, что она не понравится и ее не примут в свою компанию, развеялись.

Салли склонилась над чашкой с остывающим чаем. Лорд и леди Вейл уже пообедали, и наступил час обеда для слуг.

— И что же было дальше, миссис Мур, позвольте мне спросить?

— Ну... — начала та, явно довольная, что ее попросили продолжить эту скабрезную историю.

Но ее прервало появление мистера Пинча. Мистер Оукс мгновенно стал серьезным, лакеи выпрямились на своих местах, одна из верхних горничных нервно хихикнула, ее соседка одернула ее, а миссис Мур покраснела. Салли с сожалением вздохнула. Мистер Пинч был словно ведерко грязной воды из Темзы, вылитое на всех, — холодный и неприятный.

— Могу вам чем-нибудь помочь? — спросил дворецкий.

— Спасибо, нет, — проговорил мистер Пинч. — Я пришел за мисс Сачлайк. Ее требует хозяйка.

Он сказал это таким бесцветным, невыразительным тоном, что горничная с верхнего этажа снова хихикнула. Ее звали Гасси, и она относилась к людям, у которых любая мелочь вызывает смех. Но мистер Пинч так холодно взглянул на нее своими зелеными глазами, что смех замер на ее губах.

Злыдень, подумала Салли, вставая из-за кухонного стола.

— Благодарю вас, миссис Мур, за восхитительный рассказ.

Миссис Мур заморгала и покраснела от удовольствия.

Салли улыбнулась всем сидевшим за столом и не спеша вышла из комнаты. Мистер Пинч, конечно же, не стал ее ждать.

Она догнала его на повороте черной лестницы.

— И зачем вам надо быть таким противным?

Он даже не приостановился.

— Не пойму, о чем это вы, мисс Сачлайк.

Она сделала удивленные глаза и, задыхаясь от быстрой ходьбы, проговорила:

— Вы почти никогда не едите с другими слугами, а когда вы все же появляетесь, то давите разговор, как лошадь, севшая на кошку.

Они дошли до конца лестницы, и он остановился так внезапно, что она налетела на его спину и чуть не свалилась с лестницы.

Он обернулся и без всякого смущения схватил ее за руку.

— Вы красиво говорите, мисс Сачлайк, но, думаю, вы чересчур близко познакомились с другими слугами.

Он отпустил ее руку и стал подниматься дальше.

Салли даже не показала язык его широкой спине. К сожалению, мистер Пинч прав. Ей, камеристке леди, следовало ставить себя выше других слуг, кроме мистера Оукса и миссис Мур. Вероятно, нужно было отказаться от их веселых трапез и свысока относиться к их смеху. Но тогда ей почти не с кем было бы поговорить на нижних этажах. Может быть, мистеру Пинчу нравилось вести жизнь отшельника, но только не ей.

— Но разве вам трудно быть хотя бы дружелюбным? — проворчала она, когда они дошли до коридора перед спальней хозяина.

Он вздохнул:

— Мисс Сачлайк, молодая девушка, такая как вы, едва ли может...

— Я уж не так молода, — прервала она его.

Он снова остановился, и она увидела по его лицу, что этот разговор его забавляет. Зная, каким бесчувственным он обычно выглядит, можно было подумать, что он смеется над ней.

Она уперлась руками в бока.

— Должна вам сказать, что в следующий день рождения мне исполнится двадцать лет.

У него насмешливо дрогнули губы.

— А сколько вам лет, дедушка? — рассердилась она.

Он самым раздражающим образом приподнял бровь.

— Тридцать два.

Она отпрянула, изображая чуть ли не потрясение.

— О Боже! Удивительно, что в вашем возрасте вы еще можете стоять на ногах.

Он только покачал головой в ответ на ее шутки.

— Идите к своей хозяйке, девушка.

Не сдержавшись, она показала ему язык и скрылась в спальне леди Вейл.

В этот вечер Мелисанда прибыла на маскарад леди Грэм и, пряча дрожащие руки в складках своих пышных юбок, вошла в зал. Потребовалась вся ее смелость, чтобы приехать сюда. Решение все-таки посетить бал пришло в последнюю минуту: если бы она стала раздумывать, то скорее всего осталась бы дома. Она терпеть не могла подобные развлечения. Там собирались люди, крепко связанные между собой, они сплетничали и разглядывали всех и, казалось, никогда не замечали ее. Но для Вейла это была своя, привычная обстановка. А поэтому ей надо противостоять ему именно здесь, если она хочет показать ему, что она достойная замена в строю его любовниц.

Мелисанда нервно мяла пальцами юбку и пыталась успокоить дыхание. Ей немного помогло то, что это был маскарад. На ней была бархатная полумаска фиолетового, почти черного цвета. Она не скрывала ее лица, но все же придавала ей некоторую уверенность в себе. Мелисанда набралась мужества и осмотрелась. Вокруг нее смеялись и громко разговаривали леди и джентльмены в масках — ведь они собрались, чтобы на других посмотреть и себя показать. На некоторых было домино, но многие дамы, полагаясь на свои полумаски, решили надеть яркие бальные платья.

Мелисанда, придерживая домино из фиолетового шелка, пробиралась сквозь толпу в поисках Вейла. После встречи в саду у леди Вейл она его не видела. Они разъехались в разные стороны — он верхом на лошади, а она в карете. Из осторожных расспросов мистера Пинча она знала, что ее муж будет в черном домино, но в этом зале так была одета половина мужчин. Мимо нее проследовала дама, толкнув ее плечом. Другая оглянулась на нее без особого интереса.

На мгновение Мелисанде захотелось сбежать. Покинуть этот зал, отказаться от поставленной цели и найти убежище в ожидавшей ее карете. Но если сегодня днем у Вейла хватило смелости представить ее обществу старых леди, то, с Божьей помощью, ей хватит смелости преодолеть ужасы бального зала ради того, чтобы найти его.

Вдруг она услышала его смех и, обернувшись, увидела своего мужа. Вейл стоял, почти на голову возвышаясь над толпой, в окружении улыбающихся мужчин и одной-двух смеющихся леди. Они все были красивы, все абсолютно уверены в себе и своем месте в этом мире. А кто была она, чтобы присоединиться к этой группе? А что, если они взглянут на нее и засмеются?

Она уже была готова уйти и укрыться в карете, когда леди, стоявшая слева от Вейла, красивая желтоволосая женщина с нарумяненными щеками и большой грудью, положила руку на его рукав. Это была миссис Редд, бывшая любовница Джаспера.

А теперь это был ее муж, ее любовь. Мелисанда сжала руки в кулаки и направилась к этой группе.

Когда она была в нескольких ярдах от них, Вейл посмотрел в ее сторону и застыл. Она встретила взгляд его синих глаз, блестевших в прорезях черной атласной полумаски, и, не отрывая от него глаз, продолжала идти к нему. Окружавшие его люди расступались перед ней, и вот она уже стоит перед ним.

— Разве это не наш танец? — спросила она хрипловатым от волнения голосом.

— Моя возлюбленная жена, — он поклонился, — простите меня за мою непростительную забывчивость.

Мелисанда взяла предложенную им руку, торжествуя, что он так легко оставил ту женщину. Пока Джаспер молча вел ее сквозь толпу, она чувствовала сквозь ткань камзола и домино, как напрягаются его мускулы, и у нее перехватывало дыхание. Затем они присоединились к танцующим, заняв положенные танцем позиции. Он поклонился, она сделала реверанс. Они шагнули навстречу друг другу и разошлись, но его глаза не отрывались от ее лица.

Когда фигуры танца близко свели их, он шепотом сказал:

— Я не надеялся увидеть вас здесь.

— Не надеялись? — Она подняла под маской брови.

— Кажется, вы любите день.

— Разве?

Танец развел их, и она задумалась над этим странным заявлением. Когда, делая полукруг, они снова сблизились, она положила свою руку на его.

— Вероятно, вы принимаете привычку за любовь.

Его глаза загорелись.

— Объясните.

Она пожала плечами:

— Все мои дела обычно совершаются днем, ваши же — ночью, но это не значит, что вы любите ночь, а я люблю день.

Он сосредоточенно свел брови.

— Возможно, — шепнула она, когда они расходились, — то, что вы делаете по ночам, всего лишь игра, к которой вы привыкли. Возможно, на самом деле вы предпочитаете день.

Когда они сошлись, он вопросительно посмотрел на нее:

— А вы, моя милая жена?

— Возможно, моя сфера все-таки ночь.

Танец опять развел их. Когда он снова свел их, от прикосновения его руки дрожь пробежала по ее телу.

Джаспер улыбнулся, словно зная, что происходит, когда он дотрагивается до нее.

— Так что вы собираетесь делать со мной, моя владычица ночи? — Они сделали круг, лишь кончиками пальцев касаясь друг друга. — Станете моим проводником? Станете играть мной? Просветите меня, что такое ночь?

Они разошлись и раскланялись. Она не спускала с него глаз. Его глаза горели сине-зеленым светом. Когда они сблизились, он наклонился к ее уху, но их тела не соприкасались.

— Скажите мне, мадам, осмелитесь ли вы соблазнить такого грешника, как я?

Она взволнованно задышала, сердце затрепетало в ее груди, но лицо оставалось серьезным.

— Это надо считать вопросом?

— А какой вопрос вы бы предпочли?

— А вы позволите себе быть соблазненным мною?

Они остановились, танец закончился, и музыка умолкла. Глядя ему в глаза, Мелисанда присела в реверансе. Затем встала, по-прежнему не спуская с него глаз.

Он взял ее руку, наклонился и, целуя ее, прошептал:

— О да.

Они отошли к стене, и их мгновенно окружили.

Джентльмен в алом домино прижался боком к Мелисанде.

— Кто это прелестное создание, Вейл?

— Моя жена, — спокойно сказал Вейл, ловко притягивая Мелисанду к себе. — И надеюсь, вы не забудете об этом, Фаулер.

Фаулер рассмеялся пьяным смехом, кто-то бросил какую-то колкость, Вейл легко парировал ее, но Мелисанда не расслышала слов. Она слишком остро ощущала напор разгоряченных тел и злобный прищур недобрых глаз. Миссис Редд исчезла — навсегда, как надеялась Мелисанда. Вся ее программа выполнена: она нашла Вейла и танцевала с ним, а теперь хотела одного: вернуться домой.

Но он повел ее в толпу, крепко держа за локоть.

— Куда мы идем, милорд? — спросила Мелисанда.

— Я подумал... — Он рассеянно взглянул на нее. — Только что приехал лорд Хасселторп, а мне надо обсудить с ним одно дело. Вы не возражаете, не правда ли?

— Нет, конечно, нет.

Они подошли к группе джентльменов, толпившихся у входа в бальный зал. Они были заметно трезвее, чем те, с которыми раньше говорил Вейл.

— Хасселторп! Какая удача, что вы оказались здесь! — воскликнул Вейл.

Лорд Хасселторп оглянулся, и даже Мелисанда заметила его смущение. Но Вейл протянул ему руку, и тот был вынужден пожать ее, хотя в глазах его появилась тревога. Хасселторп был ничем не выдающимся человеком среднего роста, с тяжелыми веками и глубокими морщинами на щеках и около рта. На его лице застыло мрачное выражение, как и подобало члену парламента. Рядом с ним стоял герцог Листер, высокий, крепко сбитый мужчина в сером парике. В нескольких шагах от них — красивая блондинка, давняя любовница Листера, миссис Фицуильям. Видимо, бал ей не нравился, и она стояла в стороне.

— Вейл, — медленно произнес Хасселторп, — это ваша милая жена?

— Да, — сказал Вейл. — Думаю, вы встречались с виконтессой на вечере в вашем доме прошлой осенью.

Хасселторп пробормотал что-то в ответ и склонился над рукой Мелисанды, а затем, как будто тут же забыв о ней, уставился на Вейла — на его лице не было и намека на улыбку. Что-то за всем этим скрывалось, она не могла знать — что именно, но одно было ясно — это мужское дело.

Мелисанда улыбнулась и положила руку на рукав Вейла.

— Боюсь, я устала, милорд. Вы очень расстроитесь, если я уеду домой пораньше?

Он повернулся, и она увидела на его лице неуверенность, но выражение лица лорда Хасселторпа, заметила она, смягчилось.

— Очень, очень расстроюсь, моя милая, но не стану вас задерживать.

— Тогда доброй ночи, милорд. — Она присела перед джентльменами. — Ваше сиятельство. Милорд.

Джентльмены поклонились, прощаясь с ней.

Она встала на цыпочки и прошептала Вейлу на ухо:

— Помните, милорд: еще только одна ночь.

Она направилась к выходу. Но, проходя через толпу, она услышала позади себя два слова, прозвучавших в группе оставленных ею джентльменов.

«Спиннерс-Фоллс».

Глава 8

Можете себе представить, что творилось после этого объявления короля! В маленькое королевство со всех концов света начали стекаться желающие принять участие в состязании. Это были принцы, люди разного звания, прибывавшие с целыми караванами охранников, придворных и лакеев. Среди них были обнищавшие рыцари, охотники за удачей, в латах, помятых на многочисленных турнирах. А некоторые, нищие и воры, не питавшие больших надежд, шли пешком Но их объединяло одно: каждый верил, что он единственный, кто выдержит испытания и женится на прекрасной принцессе, дочери короля...

Из «Веселого Джека»

Для владычицы ночи его жена в это утро встала слишком рано. Стоя перед новой выбранной для завтраков комнатой, Джаспер пытался окончательно проснуться. Накануне она рано уехала с бала, но все же это было уже после полуночи. Как же она могла уже проснуться и, судя по звукам, доносившимся из комнаты, завтракать? Он же, напротив, оставался на балу еще около часа, тщетно пытаясь заставить лорда Хасселторпа его выслушать. Хасселторп считал предположение о том, что полк его брата был предан французским шпионом, совершенно абсурдным и был твердо в этом убежден. Джаспер решил подождать еще несколько дней и потом снова попытаться поговорить с этим человеком.

Сейчас он широко раскрыл глаза в отчаянной попытке разогнать сон и вошел в комнату. Там сидела его жена — спина выпрямлена, каждый волосок аккуратно уложен в простой пучок, венчавший ее голову, а взгляд светло-карих глаз ясен и холоден.

Он поклонился:

— Доброе утро, возлюбленная жена моя.

Глядя на нее в это утро, трудно было узнать в ней таинственную женщину в фиолетовом домино, какой она была прошлой ночью. Может быть, ему приснилась та соблазнительная сцена? Как еще можно было объяснить существование двух женщин в одном теле?

Она взглянула на него, и ему показалось, что он увидел промелькнувший взгляд его полуночной любовницы, мгновенно ставший суровым. Она кивнула:

— Доброе утро.

Маленький песик вылез из-под ее юбок и сердито посмотрел на него. Джаспер ответил пристальным взглядом, и терьер забрался обратно под ее стул. Собака явно ненавидела его, но все же удалось установить, кто из них хозяин в этом доме.

— Вы хорошо спали? — осведомился Джаспер, подходя к столу у стены, где стояла еда.

— Да, — ответила она за его спиной. — А вы?

Джаспер невидящим взглядом уставился на тарелку с рыбой, которая, в свою очередь, уставилась на него, и подумал о своем жестком тюфяке на полу гардеробной.

— Как убитый.

И это было правдой, если бы убитые спали с кинжалом под подушкой и всю ночь ворочались с боку на бок. Джаспер поддел рыбу на вилку и переложил на свою тарелку. Подходя к столу, он улыбнулся Мелисанде:

— У вас есть планы на сегодняшний день?

Она прищурилась.

— Да, но ничего интересного для вас.

Эти слова, естественно, возбудили его интерес. Он сел напротив нее.

— Неужели?

Она кивнула, наливая ему чашку чаю.

— Хочу немного походить с горничной по магазинам.

— Прекрасно!

Она недоверчиво посмотрела на него: возможно, с проявлением энтузиазма он перестарался.

— Вы же не собираетесь сопровождать меня? — Это было утверждение, и она крепко сжала губы.

Если бы она знала, как ее строгий вид возбуждает его, то наверняка ужаснулась бы. Но тут Джаспер вспомнил соблазнявшую его прошлой ночью женщину, которая, пристально глядя ему в глаза, шептала вызывающе смелые и страстные слова, и задумался. Которая же из них была его настоящей женой? Строгая леди в дневное время или авантюрная искусительница по ночам?

Но она ждала его ответа. Он улыбнулся:

— Не представляю, что может быть интереснее, чем делать покупки по утрам.

— Не представляю ни одного мужчины, который бы сказал то же самое.

— Значит, вам повезло, что вы вышли замуж за меня, не правда ли?

Мелисанда не ответила и только налила себе еще чашку шоколада.

Он разломал булочку и намазал ее маслом.

— Вчера на балу вы были восхитительны. — Она напряглась. Уж не пытается ли он обсуждать ее поведение? Интересно.

— До вчерашнего дня я не встречала вашего друга Мэтью Хорна, — сказала она. — Вы близкие друзья?

А, так вот какая это будет игра.

— Я знал его, когда служил в армии, — сказал он. — Тогда он был хорошим другом. С тех пор наши пути разошлись.

— Вы никогда не говорили о том времени, когда были в армии.

Джаспер пожал плечами:

— Это было шесть лет назад.

Она пристально посмотрела на него:

— И как давно вы оставили службу?

— Семь лет назад.

— И тогда вы были в чине капитана?

— Да.

— И участвовали в боевых действиях.

Это не было вопросом, и он не знал, следует ли ему отвечать. «Боевые действия». В этих словах было все: и кровь, и пот, и стоны. Грохот канонады, дым и пепел, а потом поле, покрытое телами убитых. Боевые действия. О да, он участвовал в боевых действиях.

Он отхлебнул чая, чтобы избавиться от горечи во рту.

— Я находился в Квебеке, когда мы брали этот город. История, которую я надеюсь когда-нибудь рассказывать нашим внукам.

Она отвела взгляд.

— Но лорд Сент-Обин умер не там.

— Нет, не там. — Джаспер натянуто улыбнулся. — Вы находите, что этот приятный разговор подходит для завтрака?

Она не смутилась.

— А разве жене не следует знать что-нибудь о своем муже?

— Время, проведенное в армии, — это еще не вся моя жизнь.

— Но думаю, значительная ее часть.

Что он мог ей ответить? Она была права. Каким-то образом она поняла это, хотя он не думал, что чем-то выдал себя. Она поняла, что он изменился, навеки раненный и униженный тем, что произошло в северных лесах Америки. Не носил ли он это на себе как клеймо дьявола? Могла ли она разглядеть, кем он был? Знала ли всю глубину его позора?

Нет, она не должна знать. Если бы она знала, то сейчас смотрела бы на него с презрением. Он опустил глаза, разламывая остаток булочки.

— Может быть, вам больше не хочется ехать со мной? — осторожно спросила его жена.

Он поднял глаза. Хитрое создание.

— Меня не так-то легко напугать.

Она с удивлением посмотрела на него. Может быть, улыбаясь, он показал слишком много зубов. Может быть, она увидела то, что крылось за его улыбкой. Но его жена была храброй.

— Так расскажите мне об армии, — попросила она.

— Мне почти нечего рассказывать, — солгал он. — Я был капитаном Двадцать восьмого полка.

— В таком же чине был и лорд Сент-Обин, — сказала Мелисанда. — Вы получали ваш чин вместе?

Да. Они были такими молодыми, такими тупоголовыми. Его больше всего привлекала красивая военная форма.

— Я не знала брата Эмелин, — проговорила Мелисанда. — Или, вернее, плохо его знала. Видела только раз или два. Каким он был?

Стараясь выиграть время, Джаспер медленно дожевывал булку. Он думал о насмешливой улыбке Рено, его темных смеющихся глазах.

— Рено всегда знал, что когда-нибудь унаследует графский титул, и всю жизнь готовился к этому дню.

— Что вы хотите этим сказать?

Он пожал плечами:

— Для мальчика он был слишком серьезен. Бремя ответственности сказывается на человеке, даже когда он еще ребенок. То же было и с Ричардом.

— Это ваш старший брат, — тихо заметила она.

— Да, они с Рено были похожи. — У него дрогнули губы. — Рено следовало выбрать его в свои друзья, а не меня.

— Но возможно, Рено видел в вас что-то, чего не хватало ему самому.

Он склонил набок голову и улыбнулся. Смешно думать, что он обладал каким-то качеством, которого не хватало Ричарду, его идеальному старшему брату.

— Интересно, что же это могло быть?

Она подняла брови:

— Может быть, ваша способность радоваться жизни?

Он удивился. Неужели можно разглядеть радость жизни в той оболочке, которая только и осталась от него? Вероятно.

— Я так думаю. Вы были другом, восторженным и жизнерадостным, — сказала она и затем почти про себя добавила: — Как он мог устоять перед вами?

— Вы этого не знаете. — Он скрипнул зубами. — Вы меня не знаете.

— Не знаю? — Она встала из-за стола. — Думаю, вы удивитесь, насколько хорошо я вас знаю. Так через десять минут?

— Что? — растерялся он, глядя на жену и чувствуя себя дурак дураком.

Мелисанда улыбнулась. Может быть, у нее особая любовь к дуракам.

— Я буду готова через десять минут.

И она выскользнула из комнаты, оставив его смущенным и озадаченным.

Мелисанда стояла у кареты, советуясь о чем-то с Салли, когда спустя несколько минут из дома вышел Вейл. Он сбежал со ступеней и подошел к ним.

— Вы готовы? — спросила Мелисанда.

Он развел руками:

— Я в вашем распоряжении, возлюбленная жена моя. — Он кивнул Салли: — Можешь идти.

Маленькая горничная вспыхнула и с беспокойством посмотрела на Мелисанду. Обычно в таких случаях Салли ездила с хозяйкой, помогала ей выбирать одежду и несла покупки. Вейл тоже смотрел на свою жену, не станет ли она возражать.

Мелисанда сдержанно улыбнулась и кивнула горничной:

— Может быть, ты займешься починкой?

Салли присела и направилась к дому.

Когда Мелисанда повернулась к Вейлу, то оказалось, он смотрел на Мауса, который стоял, прижавшись к ее юбкам.

Опережая его — вдруг он собирается отослать и ее собачку, — она сказала:

— Сэр Маус всегда сопровождает меня.

— А...

Она кивнула, обрадовавшись, что решен хотя бы этот вопрос, и забралась в карету. Она села на плюшевое сиденье, лицом к лошадям, и Маус устроился рядом с ней. Вейл сидел напротив нее, вытянув по диагонали свои длинные ноги. До его появления карета казалась большой, даже огромной, а сейчас все место заполнили его локти и колени.

Он стукнул в крышу и, взглянув на Мелисанду, заметил, что она неодобрительно смотрит на его ноги.

— Что-то не так?

— Нет, все в порядке.

Мелисанда выглянула в окно. Странно было находиться вместе с ним в таком тесном замкнутом пространстве. В этом было что-то слишком интимное. И странной казалась сама эта мысль. У нее была интимная связь с этим мужчиной, и она имела наглость снять с него рубашку и побрить его и всего лишь прошлой ночью танцевала с ним. Но все это происходило ночью, при свете одной свечи. Почему-то она чувствовала себя свободнее по ночам. Возможно, она действительно была владычицей ночи, как он называл ее. А если так, то не делало ли это его владыкой дня?

Пораженная этой мыслью, она наблюдала за мужем. Он встречался с ней в основном в дневные часы. Смотрел на нее при солнечном свете. Возможно, ему и нравилось ездить на балы и в игорные притоны по ночам, но только днем он пытался раскрыть ее тайны. Может, он чувствовал, что при солнечном свете она становится более слабой? Или потому, что он был сильнее днем?

А может, и то и другое?

— Вы всюду берете его с собой?

Она взглянула на Джаспера — он перебил ее мысли.

— Что?

— Вашу собачку. — Он показал подбородком на Мауса, свернувшегося калачиком возле нее. — Она везде ездит с вами?

— Сэр Маус — он, а не она, — твердо заявила Мелисанда. — И — да, я люблю брать его в такие места, где он может получить удовольствие.

У Вейла взлетели брови.

— Собака любит делать покупки?

— Он любит ездить в карете. — Она погладила Мауса по мягкому носику. — А у вас были какие-нибудь домашние животные?

— Нет. Ну, когда я был мальчишкой, был кот, но он никогда не появлялся, когда я приезжал, и у него была дурная привычка царапаться, когда он был чем-то недоволен. И боюсь, недоволен он бывал часто.

— Как его звали?

— Кот.

Она взглянула на Вейла. Он был серьезен, но дьявольские искорки поблескивали в его синих глазах.

— А вы? — спросил он. — У вас в детстве были любимцы, моя прекрасная жена?

— Нет. — Она снова повернулась к окну, не желая вспоминать свое одинокое детство.

Казалось, Джаспер почувствовал ее нежелание говорить о том времени и не настаивал. Он помолчал немного, затем тихо сказал:

— По правде говоря, кот принадлежал Ричарду.

Она с любопытством взглянула на него.

На его лице была широкая насмешливая улыбка, как будто он смеялся над собой.

— Мать не очень любила кошек, но Ричард был болезненным ребенком, и, когда ему на конюшне нравился котенок, — он пожал плечами, — она, полагаю, делала исключение.

— Насколько старше вас был ваш брат? — осторожно спросила она.

— На два года.

— А когда он умер?

— Ему не было и тридцати. — Джаспер больше не улыбался. — У него всегда было слабое здоровье, он был худым, и у него часто были приступы удушья, а когда я был в американских колониях, он заболел лихорадкой и так никогда и не поправился. Целый год после моего возвращения мать не улыбалась.

— Как жаль!

Он предупреждающе поднял руку:

— Это было давно.

— А ваш отец к этому времени уже умер, не так ли?

— Да.

Мелисанда смотрела, как он, небрежно откинувшись на сиденье, рассказывает о преждевременной смерти брата и отца.

— Вам, должно быть, трудно пришлось.

— Я никогда не думал, что стану виконтом, хотя Ричард все время болел. Почему-то все в моей семье полагали, что он проживет достаточно долго, чтобы оставить наследника. — Неожиданно Джаспер взглянул на нее с чуть заметной улыбкой. — Мой брат обладал слабым телом, но был силен духом. Он вел себя как виконт. Он умел командовать людьми.

— Как и вы, — осторожно напомнила ему Мелисанда.

Он покачал головой:

— Но не так, как он. И надо сказать, не так, как Рено. Они оба были лучшими командирами, чем я.

Ей трудно было в это поверить. Вейл мог смеяться над собой, любил пошутить и иногда валял дурака, но люди слушались его. Когда он входил в комнату, воздух в ней накалялся. И мужчины и женщины тянулись к нему, как к маленькому солнцу. Ей хотелось сказать ему об этом, хотелось сказать, как она сама восхищается им, но страх выдать слишком много своих собственных чувств останавливал ее.

Карета замедлила ход, и Мелисанда, выглянув в окошко, увидела, что они приехали на Бонд-стрит.

Дверца открылась, и Вейл, спрыгнув на землю, протянул ей руку, чтобы помочь выйти из кареты. Мелисанда встала, вложила в его ладонь руку и почувствовала силу его пальцев. Она вышла из кареты, и вместе с ней выпрыгнул Маус. По обе стороны улицы располагались модные магазины, и дамы и джентльмены расхаживали вдоль по улице, разглядывая выставленные в витринах товары.

— Куда вы желаете пойти, моя милая жена? — спросил Вейл, предлагая ей руку. — Показывайте дорогу, а я пойду за вами.

— Чуть дальше, думаю, — ответила Мелисанда. — Сначала я хочу зайти в табачную лавку, купить немного нюхательного табаку.

Она почувствовала на себе его взгляд.

— Вы тоже следуете моде нюхать табак, как наша королева?

— О нет. — Мелисанда наморщила нос, но тут же опомнилась и смягчилась. — Это для Гарольда. Я всегда на его день рождения дарю ему его любимый табак.

— А, везет же Гарольду.

Она взглянула на него:

— А вы любите нюхать табак?

— Нет. — Его бирюзовые глаза тепло улыбались ей. — Я сказал о его везении, думая, как ему повезло с такой заботливой сестрой. Если бы я знал...

Но его слова прервал звонкий лай Мауса. Мелисанда оглянулась и только успела заметить, что сбежавший от нее терьер пересекает многолюдную улицу.

— Маус! — Не спуская глаз с песика, она рванулась за ним.

— Подождите! — схватил ее за руку Вейл.

— Пустите меня! Он погибнет.

Вейл оттащил ее от проезжей части улицы как раз вовремя — мимо проезжала тяжелая телега пивовара.

— Уж лучше он, чем вы.

Она слышала крики по ту сторону дороги, рычанье и истеричный лай Мауса.

Она повернулась и прижала ладонь к груди Вейла, пытаясь передать ему свое отчаяние.

— Но Маус...

Ее супруг что-то проворчал и сказал ей:

— Я верну для вас этого зверенына, можете не волноваться.

Он пропустил телегу и выбежал на дорогу. Теперь Мелисанда увидела Мауса на другой стороне улицы, и ее сердце сжалось от страха. Терьер сражался с огромным, раза в четыре больше его, мастиффом. На ее глазах мастифф стряхнул с себя Мауса и сомкнул челюсти. Маус пролетел всего в нескольких дюймах от страшных челюстей. Затем, как всегда бесстрашный, он снова бросился вперед. Несколько мальчишек и мужчин остановились посмотреть на драку, и некоторые криками подбадривали мастиффа.

— Маус! — На этот раз она бросилась вслед за Вейлом через дорогу невзирая на кареты, лошадей и телеги. — Маус!

Вейл подбежал к собакам как раз в тот момент, когда мастифф схватил Мауса своими огромными челюстями и, подняв в воздух, начал трясти его. Крик застрял в горле. Если большой пес не отпустит Мауса, тот погибнет.

Вейл обоими кулаками ударил мастиффа по морде. Большой пес отступил на шаг, но не выпустил свою жертву.

— Эй! — закричал Вейл. — Брось его, ты, дьявольское отродье!

Он снова ударил пса, а Маус отчаянно дернулся, вырываясь из его пасти. Видимо, этого оказалось достаточно, потому что мастифф выпустил наконец Мауса. На мгновение показалось, что огромное животное сейчас бросится на Вейла, но он ударил его ногой в бок, и это решило дело. Большая собака, к разочарованию толпы, бросилась бежать. Маус выскочил вперед, готовый пуститься в погоню, но Вейл схватил его за шиворот.

— О нет, не надо, маленький идиот!

К ужасу Мелисанды, Маус извивался в руках Вейла, покусывая его руку.

— Нет, Маус! — Она протянула руку к своему любимцу.

Но Вейл отстранил ее:

— Не надо. Он обезумел и может укусить даже вас.

— Но...

Держа одной рукой терьера, Вейл повернулся и посмотрел на нее. Его синие глаза потемнели, в них были решимость и холодная ярость. Таким суровым она еще никогда не видела его: потемневшее лицо, суровые складки и ни намека на обычную веселость. Она подумала, должно быть, он так выглядел, направляясь в бой.

Его голос был холоден, как Северное море.

— Послушайте меня. Вы моя жена, и я не потерплю, чтобы вы страдали, даже если для этого мне придется стать вашим врагом. Здесь не может быть компромисса.

Она сглотнула и кивнула.

Он еще с минуту смотрел на нее, не замечая, как кровь капает с его руки. Затем коротко кивнул:

— Тогда отойдите и не мешайте мне делать то, что я считаю нужным.

Мелисанда сжала перед собой руки, чтобы не уступить искушению отнять у него Мауса. Она обожала песика, несмотря на его дурной характер, из-за которого его больше никто не любил. Маус принадлежал ей и отвечал на ее обожание тем же. Но Вейл был ее мужем, и она не могла не подчиняться ему, даже если для этого надо пожертвовать Маусом.

Вейл встряхнул песика. Собака зарычала, не выпуская его палец. Вейл хладнокровно сунул свободный большой палец в горло Мауса. Тот захрипел и выпустил его. Вейл мгновенно зажал ладонью мордочку терьера.

— Пойдемте, — сказал Вейл Мелисанде, держа Мауса обеими руками. Толпа рассеялась, поняв, что кровопролития не предвидится. Когда они приблизились к карете, один из лакеев шагнул им навстречу:

— Вы ранены, милорд?

— Ерунда, — сказал Вейл. — Нет ли в карете ящика или мешка?

— Под козлами кучера есть корзина.

— С крышкой?

— Да, сэр, и крепкая к тому же.

— Принеси ее сюда, пожалуйста.

— Что вы будете делать? — спросила Мелисанда.

Он покосился на нее.

— Ничего страшного. Ему надо куда-то спрятаться, пока он немного не успокоится.

Маус перестал рычать. Время от времени он начинал рваться на свободу, но Вейл крепко держал его.

Лакей принес корзину и раскрыл ее.

— Закрой крышку, как только я посажу его туда. — Вейл взглянул на лакея: — Готов?

— Да, милорд.

Все произошло мгновенно: и изумление в глазах лакея, и отчаянные попытки Мауса освободиться, и мрачный Вейл. Ее любимец был заключен в корзину, которая со страшной силой сотрясалась в руках лакея.

— Поставь ее под сиденье, — сказал Вейл лакею. Он тронул Мелисанду за плечо: — Давайте вернемся домой.

Возможно, он пробудил в ней враждебность, даже ненависть, но так уж все получилось и теперь ничего нельзя изменить. В карете Джаспер смотрел на свою жену, сидевшую напротив него. Она сидела выпрямившись, расправив плечи, и, опустив голову, смотрела себе в колени. Выражение ее лица было трудно понять. Она не была красивой женщиной — он с холодным спокойствием признавал это, — одевалась скромно, ее одежда не привлекала внимания, и ничего не делала для того, чтобы ее заметили. У него были женщины намного красивее ее. Она же совсем обычная, даже некрасивая женщина.

И вопреки этому он сидел, погрузившись в мысли и готовясь к следующему нападению на бастион ее души. Вероятно, это было какое-то безумие: он был околдован ею, словно она была сказочной феей, явившейся, чтобы увлечь его в другой мир.

— О чем вы думаете? — спросила она. Ее голос разогнал его мысли, как брошенный в пруд камешек.

— Я думаю, не фея ли вы, — ответил он.

Она изящно приподняла бровь:

— Вы разыгрываете меня?

— Увы, нет, душа моя.

Ее светло-карие непостижимые глаза секунду смотрели на него. Затем она перевела взгляд на его руку. Он перевязал место укуса носовым платком, как только они сели в карету.

Она прикусила губу.

— Все еще болит?

Он покачал головой, хотя чувствовал все усиливающееся подергивание в руке.

— Совсем не больно, поверьте мне.

И все же она с беспокойством смотрела на его руку.

— Я бы хотела, чтобы мистер Пинч перевязал ее как следует, когда мы вернемся. Собачьи укусы могут быть опасны. Пожалуйста, проследите, чтобы он как следует промыл рану.

— Как пожелаете.

Она выглянула в окошко и сложила руки на коленях.

— Я так сожалею, что Маус укусил вас.

— А вас он когда-нибудь кусал?

Она недоумевающе взглянула на него.

— Этот песик когда-нибудь кусал вас, возлюбленная жена моя? — Если животное кусалось, то Джаспер избавился бы от него.

Она посмотрела на него расширившимися глазами:

— Нет. О нет! Маус так привязан ко мне. И он никогда никого не кусал.

Джаспер усмехнулся:

— Значит, я имел честь оказаться первым.

— Что вы с ним сделаете?

— Пусть пока немного остынет.

И снова ее лицо оставалось непроницаемым. Он догадывался, как много значила для нее эта собачонка: возможно, в этом мире она была ее единственным другом, хотя он понимал, что жена ни за что в этом не призналась бы.

— Где вы его достали?

Она долго молчала, он подумал было, что так и не получит ответа.

Мелисанда вздохнула:

— Он был одним из щенков, найденных в конюшне моего брата. Старший конюх хотел утопить их — сказал, что у них тут достаточно крысоловов. Он положил щенков в мешок, а другой конюх пошел за ведром воды. Я вошла в конюшню, когда щенки как раз выбрались из мешка. Они бросились в разные стороны, и люди с криками бегали за ними, стараясь поймать этих несчастных. Маус сразу же подбежал ко мне и зубами ухватился за подол моего платья.

— Так вы его спасли, — подвел итог Джаспер.

Она пожала плечами:

— А что мне оставалось делать. Боюсь, Гарольд был не очень доволен.

Да уж, можно не сомневаться: ее занудливому брату едва ли нравилось иметь собаку в своем доме. Но Мелисанда, надо думать, не обращала внимания на его жалобы и просто делала то, что считала нужным, и бедному Гарольду в конце концов пришлось уступить: его жена была чрезвычайно настойчива, когда принимала какое-нибудь решение.

— Вот мы и приехали, — тихо проговорила она.

В размышлениях он не заметил, как они подъехали к дому.

— Я распоряжусь, чтобы лакей внес Мауса в дом. — Он поймал ее взгляд, чтобы она могла убедиться в его непреклонности в этом деле. — Не выпускайте его и не трогайте, пока я не скажу, что он уже не опасен.

Она кивнула с серьезным и величественным видом королевы. Затем повернулась, не дожидаясь его помощи, вышла из кареты и не спеша стала подниматься по ступеням. С поднятой головой, расправленными плечами и прямой спиной, она, как ни странно, казалась Джасперу очень соблазнительной.

Он нахмурился, неслышно выругался и последовал за женой. Может быть, он и выиграл этот раунд, но почему-то чувствовал, будто потерпел позорное поражение.

Глава 9

Принцесса Отрада стояла на высокой стене замка и смотрела вниз на прибывавших искателей ее руки. Рядом с ней стоял Джек, ее шут. Он так ей нравился, что везде сопровождал ее. Он стоял на куче камней, чтобы лучше видеть, ибо ростом был в два раза меньше принцессы.

— Ах! — вздохнула принцесса.

— Что огорчает тебя, о прекрасная и капризная дева? — спросил Джек.

— О, шут, как бы я хотела, чтобы мой отец позволил мне самой выбрать мужа, который бы мне нравился! — сказала принцесса. — Но этого никогда не будет, правда?

— Скорее уж шут женится на прекрасной принцессе, дочери короля, — ответил Джек...

Из «Веселого Джека»

Маус заливался лаем.

Мелисанда поморщилась, когда Салли воткнула шпильку в ее волосы. Лай звучал приглушенно, потому что доносился из помещения, находившегося тремя этажами ниже. Вейл запер Мауса в небольшой каменной кладовке рядом с погребом. Маус начал лаять сразу, как только его заперли. Вероятно, понял, что его не скоро отсюда выпустят. И с этой минуты лаял беспрерывно до самого вечера. Время от времени он умолкал, как бы прислушиваясь, не спешат ли к нему на помощь, но, разочарованный в своей надежде, снова начинал лаять. И с каждым разом его лай становился громче прежнего.

— Шумный песик, не правда ли? — заметила Салли. Ее не особенно расстраивал этот лай.

Может быть, слуги не так чувствительны, как она, думала Мелисанда.

— Его никогда раньше не запирали.

— Тогда это пойдет ему на пользу. — Салли воткнула еще одну шпильку и отступила, придирчиво осматривая свою работу. — Мистер Пинч говорит, что скоро сойдет с ума от этого лая.

Это прозвучало так, будто ее камеристку радовал этот факт.

— А лорд Вейл вернулся? — спросила Мелисанда.

— Да, миледи. Полчаса назад. — Салли начала прибирать на туалетном столике. Мелисанда встала и прошлась по комнате. Неожиданно Маус перестал лаять, и она затаила дыхание.

Но он залаял снова.

Вейл запретил ей приближаться к терьеру, но она не представляла, как долго еще сможет выдержать страдания Мауса.

В дверь постучали.

— Войдите. — Она повернулась и посмотрела на дверь.

Появился Вейл. Хотя он вернулся совсем недавно, но, судя по влажным волосам, успел умыться и переодеться.

— Добрый вечер, моя возлюбленная жена. Не хотите ли вместе со мной навестить узника?

Она расправила юбки и кивнула:

— Да, пожалуйста.

Он отступил в сторону, и она пошла вниз по лестнице, слыша лай, становившийся по мере их приближения все громче.

— Я беру на себя смелость попросить вас об одном одолжении, миледи, — сказал Вейл.

— О чем именно?

— Я хотел бы, чтобы вы не вмешивались в наши с Маусом отношения и позволили обращаться с ним так, как я считаю нужным.

Она сжала губы. Маус признавал только ее одну. Что, если терьер снова укусит Вейла? Ее муж казался великодушным человеком, но она чувствовала, что его терпение не бесконечно.

— Мелисанда?

Она повернулась к нему. Он стоял на лестнице, ожидая ее ответа. Его бирюзовые глаза блестели.

Она судорожно кивнула:

— Как вы желаете.

Он шагнул с последних ступеней и, взяв ее за руку, направился к кухне.

В коридоре, который вел в помещения для слуг, было довольно темно. Наконец, пройдя этот длинный коридор, они дошли до кухни. Это было просторное помещение, одну сторону которого занимал большой камин с выложенной кирпичом аркой. Два окна, выходившие на задний двор, пропускали достаточно света, чтобы днем в кухне было светло. А сейчас свечи поддерживали угасающий, падавший из окон свет.

Кухарка, три посудомойки, несколько лакеев и дворецкий были заняты приготовлением обеда. Когда они вошли, кухарка уронила ложку в горшок с кипевшим супом, а остальные застыли на месте. Снизу доносился лай Мауса.

— Милорд? — заговорил Оукс.

— Я не хочу мешать вам заниматься своими делами, — сказал Вейл. — Я пришел сюда только из-за собаки моей жены. Пинч, — позвал он.

Камердинер, сидевший у камина, поднялся со своего места.

— Ты нашел мясные обрезки?

— Да, милорд, — ответил мистер Пинч. — Кук была очень добра и дала мне немного говядины, оставшейся после ужина. — Он вынул завязанный в узелок носовой платок.

Мелисанда кашлянула.

— По правде говоря...

Вейл взглянул на нее:

— Да, моя дорогая?

— Если это для Мауса, то он любит сыр, — извиняющимся тоном проговорила она.

— Преклоняюсь перед вашими знаниями. — Вейл повернулся к кухарке, которая хлопотала над своим супом. — У вас найдется кусочек сыра?

Кухарка присела:

— Да, милорд. Энни, принеси из кладовой ту головку сыра.

Посудомойка убежала в соседнюю комнату и вернулась с головкой сыра чуть меньше ее собственной. Она положила ее на кухонный стол и осторожно развернула салфетку, в которую сыр был завернут. Кухарка взяла острый нож и отрезала кусок.

— Столько годится, милорд?

— Вполне, миссис Кук. — Вейл улыбнулся женщине, и ее щеки порозовели. — Я навеки у вас в долгу. Ну а теперь, мистер Оукс, покажите мне подвал.

В сопровождении дворецкого они прошли через кладовую и оказались у двери, которая открывалась на короткую лестницу, ведущую в полуподвал.

— Берегите голову, — предупредил Вейл Мелисанду. Сам же он, спускаясь по этим ступеням, согнулся почти вдвое. — Спасибо, Оукс. А теперь можете нас оставить.

Дворецкий явно почувствовал облегчение.

Подвал был выложен холодным сырым камнем. По его стенам тянулись полки, заставленные всякими видами пищи и вина. В одном углу находилась небольшая деревянная дверка, за которой томился Маус. Услышав их шаги по лестнице, он перестал лаять, и Мелисанда представила, как он стоит за этой дверью, склонив набок голову.

Вейл посмотрел на Мелисанду и приложил к губам палец.

Она кивнула, крепко сжимая губы.

Он усмехнулся и немного приоткрыл дверь. В щель мгновенно высунулся черный носик. Вейл присел на корточки и отщипнул кусочек сыра.

— Ну, сэр Маус, — тихо сказал он, протягивая ему сыр, — вы обдумали ваши прегрешения?

Носик дернулся, Маус очень осторожно взял из руки Вейла сыр и исчез.

Мелисанда ожидала, что Вейл войдет в эту комнатку и заберет собаку, но он сидел на корточках и терпеливо ждал, как будто у него на этом свете не было других дел.

Прошло несколько секунд, и черный беспокойный носик показался вновь. На этот раз Вейл держал сыр так, что песик не мог до него дотянуться.

Затаив дыхание, Мелисанда ждала. Маус был ужасно упрямым, но он обожал сыр. Песик носом толкнул дверь. Теперь человек и собака смотрели друг на друга. Первым сдался Маус, он вышел и взял у Вейла второй кусочек сыра. Но тотчас же попятился на несколько шагов и, отвернувшись, с жадностью съел сыр. Теперь Вейл держал сыр на открытой ладони. Маус осторожно подошел и, поколебавшись, взял следующий кусочек.

Пока он его жевал, Вейл, едва касаясь, погладил собаку по голове. Казалось, Маус отнесся к этому спокойно или просто ничего не заметил. Вейл достал из кармана длинный тонкий кожаный ремень. На одном конце его была петля. Когда Маус подошел за следующей порцией, Вейл ловко накинул петлю ему на шею так, что она надежно, хотя и не туго облегла его шею, и дал ему еще сыра.

К тому времени, когда был съеден весь сыр, Маус позволял Вейлу гладить все его маленькое тельце. Вейл встал и похлопал себя по бедру:

— Тогда пойдем.

Он повернулся и пошел из подвала. Маус бросил озадаченный взгляд на Мелисанду, но поскольку он был на поводке, то был вынужден идти за Вейлом.

Мелисанда удивленно покачала головой и последовала за ними. Вейл прошел через кухню и вышел из дома через черный ход. Здесь он ослабил поводок настолько, чтобы Маус мог сделать свои дела.

Затем смотал поводок и улыбнулся Мелисанде:

— А теперь поужинаем?

Ей оставалось только кивнуть. Благодарность переполняла ее душу. Вейл приручил Мауса, показал свою власть над собакой, и все это, не причиняя боли терьеру. Она знала очень мало мужчин, которые бы снизошли до этого. Для того, что сделал он, требовались ум, терпение и немалая доля сострадания. Сострадание к собаке, которая только что утром укусила его. Если бы она уже не любила его, то полюбила бы сейчас.

Маус лежал под столом у ног Джаспера. Поводок был намотан на его запястье, и он каждый раз натягивался, когда терьер предпринимал бесплодные попытки подойти к своей хозяйке. Сейчас он лежал, положив голову между лап, и время от времени издавал трагические вздохи. Джаспер чувствовал, что больше не может сдержать улыбку. Он понял, почему Мелисанда любила это маленькое существо. Маус обладал неимоверной притягательностью.

— Вы намерены снова отсутствовать этой ночью? — спросила Мелисанда, сидевшая напротив него.

Она смотрела на него поверх бокала своими затуманенными и таинственными глазами.

Он передернул плечами:

— Возможно.

Джаспер уставился на ростбиф, который резал на своей тарелке. Она действительно хочет знать, почему он всегда уходит из дома и не возвращается до раннего утра? Или просто думает, что он где-то пьянствует? Мрачные мысли. Особенно теперь, когда его не привлекают игорные притоны и балы, которые он посещал когда-то каждый вечер. Но еще сильнее он ненавидел черные ночные часы.

— Вы могли бы остаться, — сказала Мелисанда.

Он взглянул на нее. Ее лицо было спокойно, она неторопливыми движениями разламывала и мазала маслом булочку.

— А вы хотели бы, чтобы я остался? — спросил он.

Она подняла брови, не отрывая взгляда от булочки.

— Возможно.

Он почувствовал, как напряглись мышцы его живота только от этого одного, чуть насмешливого слова.

— А что мы будем делать, моя милая жена, если я останусь с вами?

Она пожала плечами:

— О, существует многое, чем бы мы могли заняться.

— Чем же, например?

— Можем играть в карты.

— Вдвоем? Не очень интересная игра.

— Шашки или шахматы?

Он поднял бровь.

— Мы могли бы поговорить, — спокойно продолжала она.

Джаспер отхлебнул вина. Днем он ухаживал за ней, но почему-то мысль о возможности провести вечер в разговорах с ней смущала его. Его демоны бывали особенно свирепы по ночам.

— О чем бы вы желали поговорить?

Лакей внес поднос с сыром и свежей клубникой и поставил перед ними. Мелисанда не пошевелилась, как всегда сидя с выпрямленной спиной, но Джасперу показалось, что она слегка подалась вперед.

— Вы могли бы рассказать мне о вашей юности.

— Увы, довольно скучная тема. — Он рассеянно вертел бокал. — За исключением случая, когда мы с Рено чуть не утонули в пруду Сент-Обинов.

— Я хотела бы услышать об этом. — Она все еще не притронулась к ягодам.

— Это было сумасшедшее время, — начал Джаспер. — Мне было одиннадцать лет, если быть точным. Последнее лето перед тем, как нас отправили в школу.

Она взглянула на него, выбрала ягоду и положила на свою тарелку. Ягода была ни самой большой, ни самой маленькой, но совершенно красной и спелой. Она потрогала ягоду пальцем, как бы наслаждаясь предвкушением ее сладости.

Джаспер снова выпил вина. У него неожиданно пересохло в горле.

— В тот день я сбежал от своего учителя.

— Сбежали от учителя? — Она перевернула ягоду, лежавшую на тарелке.

Он смотрел на ее пальцы, касавшиеся ягоды, и воображал, как эти пальцы касаются чего-то еще.

— Моим учителем был уже немолодой мужчина, и сбежать от него было нетрудно.

— Бедняга, — отозвалась она, откусывая ягоду.

На мгновение у него перехватило дыхание и все мысли перепутались. Затем он прочистил горло, но все равно в его голосе слышалась хрипотца.

— Да, но что было хуже всего — Рено тоже сбежал.

— И?..

— К несчастью, мы решили встретиться у пруда.

— К несчастью?

При этом воспоминании он поморщился.

— Почему-то нам пришло в голову построить плот.

Ее брови поднялись, словно два изящно изогнутых коричневых крыла.

Он покосился на кусочек сыра на ноже и съел его.

— Оказалось, что построить плот из сломанных ветвей и вьющихся растений намного труднее, чем мы сначала думали. Особенно для одиннадцатилетнего мальчишки.

— Я чувствую, дело идет к трагедии. — Она была серьезной, но ее глаза смеялись.

— Так и случилось. — Он взял ягоду и повертел стебелек между пальцами. — К полудню мы покрылись грязью, выбились из сил, но все же соорудили нечто размером примерно в три квадратных фута, но сооружение, естественно, не было квадратным.

Чтобы не рассмеяться, она прикусила губу.

— И потом?..

Не выпуская из рук ягоду, он положил локти на стол, и его лицо приобрело серьезное выражение.

— Оглядываясь назад, я весьма сомневаюсь, что наше сооружение вообще могло держаться на воде. Разумеется, нам в голову не пришло проверить его плавучесть, прежде чем отправиться в плавание.

Она больше не сдерживала смеха, и он почувствовал прилив радости. Заставить эту женщину развеселиться было большим достижением. И самое удивительное то, что он получал от ее смеха огромное удовольствие.

— Боюсь, конец был неизбежен. — Он протянул через стол руку с ягодой и приложил ее к этим улыбающимся губам. Она открыла розовые губы и зубами взяла ее в рот. Он смотрел и чувствовал, как в нем пробуждалось вожделение. — Мы почти сразу ушли под воду, но сама неустойчивость плота спасла нас.

— Как это? — Она проглотила ягоду.

Он отбросил стебелек и сложил руки на столе.

— Мы были всего лишь в ярде от берега, когда начали тонуть. Мы запутались в водорослях, и вода доходила нам только до пояса.

— И это все?

Он чувствовал, что его губы улыбаются.

— Ну, это было бы все, если бы Рено не умудрился свалиться прямо на гусиное гнездо.

— О Боже! — поразилась она.

— Действительно «О Боже!», — согласился он. — Гусак был очень недоволен. Он гнался за нами почти до Вейл-

Мэнора. А там мой учитель поймал нас и так высек меня розгами, что я не мог сидеть целую неделю. С тех пор не люблю жареного гуся.

Джаспер смотрел в ее смеющиеся карие глаза, в комнате было тихо, слуги собрались где-то в холле. Казалось, время остановилось, когда он смотрел в глаза жены. Он находился на пороге чего-то, и это «что-то» могло стать точкой отсчета, от которой человек обретает иные способности чувствовать или мыслить. И ему оставалось сделать к этому только лишь один шаг.

Но первой нарушила тишину Мелисанда. Она оттолкнула стул и встала.

— Благодарю вас, милорд, за очень забавную сказку. — Она направилась к двери.

Джаспер удивился:

— Вы уже покидаете меня?

Не поворачиваясь к нему, она остановилась.

— Я надеялась, что вы проводите меня наверх. — Мелисанда оглянулась и посмотрела на него темным, загадочным, несколько насмешливым взглядом. — Мои месячные кончились.

Она тихо закрыла за собой дверь.

Выходя из столовой, Мелисанда услышала тихое ругательство, а затем лай Мауса. Она улыбнулась. Очевидно, Вейл забыл о поводке, намотанном на его запястье. Она быстро, не оглядываясь, поднималась по лестнице, чувствуя биение своего сердца, — она знала, что он пойдет следом за ней. Эта мысль подгоняла ее до самого верхнего коридора.

Тяжелые шаги, звучавшие позади, когда она поднималась по лестнице, быстро приближались. Должно быть, он решил не медлить. Тяжело дышала при мысли о том, что́ должно вот-вот произойти. Мелисанда распахнула дверь, вбежала в пустую комнату и остановилась у камина.

Вейл вошел спустя минуту.

— Что вы сделали с Маусом? — Она всеми силами старалась говорить спокойно.

— Отдал его лакею. — Джаспер запер дверь.

— Понятно.

Он повернулся к ней и застыл, склонив голову набок и как будто ожидая чего-то от нее.

Она взялась за борта камзола, распахнула их и стянула камзол с его плеч.

— В этой комнате?

— В моей постели, — уточнила она, аккуратно укладывая камзол на кресле.

— А, вот как. — Он свел брови, как будто разгадывая какую-то загадку.

— Вот так, — тихо повторила Мелисанда. Развязав шейный платок, она дрожащими руками положила его на камзол.

— В постели?

— Да. — Она расстегнула его жилет.

Он стряхнул его с себя и бросил на пол. Она покосилась на жилет и, оставив его на полу, принялась за рубашку.

— Я думал... — Он умолк, очевидно, потеряв нить своих мыслей.

Она сняла с него рубашку, стянув ее через голову, и посмотрела на него. Он кашлянул.

— Что?

— Может, нам лучше сесть.

— Почему? — Она не хотела повторения их брачной ночи. Положила руки на его грудь и осторожно провела пальцами вниз по его животу, наслаждаясь ощущением его обнаженной кожи.

Он втянул живот.

— А...

Она нащупала пуговицы на его бриджах.

— Не спешите.

— Вы думаете, не надо спешить? — спросила она, освобождая пуговицы из петель.

— Ну...

Бриджи были расстегнуты.

— А...

— Так «да» или «нет»? — Она пробралась в его нижнее белье и обнаружила, что его плоть уже ждала ее. У нее потеплело внутри. Сегодня он будет принадлежать ей, принадлежать так, как она хочет.

У него перехватило дыхание.

— Нет.

— О, хорошо, — шепотом проговорила она. — Согласна.

И, просунув другую руку в его бриджи, начала ласкать возбужденное естество.

Джаспер слегка покачнулся, но устоял на ногах.

А она была увлечена открытиями. Странно, ее руки перестали трястись, когда коснулись самой интимной части его тела. Жесткие волосы щекотали поверхность ее пальцев, а ладони наполнились горячей тяжестью. Она обхватила его одной рукой и стала исследовать его. Мягкая кожа, под ней твердые, как гранит, мускулы. Слегка пульсирующие вены, выступающая головка. Она провела по ней пальцем — чувствительная кожа коснулась другой чувствительной кожи и нащупала маленькую щелку. Что-то сочилась из этой щелки. Сжимая руку, она кругами растерла эту жидкость.

— О Боже, — простонал Вейл, — возлюбленная жена моя, ты лишаешь меня сил!

Она улыбнулась загадочной женской торжествующей улыбкой и приподнялась на цыпочки, не убирая руки с его члена.

— Поцелуй меня, пожалуйста.

Он раскрыл глаза и посмотрел на нее почти безумным взглядом. Затем схватил ее за плечи и склонился, чтобы поцеловать ее. Его раскрытые губы были именно такими, как она хотела, — влажными и твердыми. Из горла ее вырвался тихий звук удовлетворения, а рука сжалась сильнее. Он застонал, и его язык глубоко проник в ее рот, а она, не выпуская его плоти, языком ласкала его язык. Его большие руки опустились на ее ягодицы и сжали их. Волна безграничного наслаждения пробежала по ее телу.

Неожиданно Джаспер, задыхаясь, оторвался от нее.

— Милая моя, может быть, нам следует...

«Нет», — мысленно проговорила она и спустила с бедер его бриджи, изучающе глядя на его великолепную плоть — мышцы ее ног непроизвольно сжались.

— Мелисанда...

Гордо восставшая от возбуждения, его плоть, казалось, требовала немедленного удовлетворения.

— Ты не?..

Мелисанда взглянула на него. У мужа был потрясенный вид.

— Нет, — твердо заявила она и лизнула его сосок.

Он вздрогнул и притянул ее к себе, сомкнув руки у нее за спиной.

Она выпустила из рук свою добычу и, упершись ладонями в его грудь, подтолкнула к креслу. Он задержался, нетерпеливо срывая с себя бриджи, нижнее белье и чулки с башмаками. Затем сел в кресло в своей великолепной наготе и, кажется, только сейчас сообразил, что она все еще одета.

— Но...

— Тсс... — Она приложила палец к его губам, ощутив их гладкий атлас и влажное дыхание.

Она отступила назад, руками коснулась кружев на лифе своего платья. Он с жадностью смотрел, как она раздевается. В комнате стояла тишина, нарушаемая только треском огня в камине и его громким дыханием. Свет от камина делал его большое тело более выразительным. Широкие плечи едва помещались в кресле — спинка была для него мала. Длинные пальцы крепко сжимали подлокотники, как будто сдерживая возможный порыв его тела. Мышцы на предплечьях вздулись от напряжения. А ниже...

У нее перехватило дыхание, когда она освободилась от своих юбок. У нее задрожали ноги, все ее существо таяло от охватившего ее жара. Она встретила его взгляд. В нем не было удивления — он смотрел на нее пристальным, сосредоточенным взглядом, строго сжав губы.

Мелисанда перевела дыхание и сбросила на пол корсет. Оставшись в одной шелковой прозрачной, как крыло стрекозы, сорочке, она шагнула к нему, и он стал подниматься со своего кресла. Но она положила руку ему на плечо и уперлась коленом в кресло рядом с его бедром.

— Ты не возражаешь? — спросила она.

Он отклонился, перед тем как ответить:

— Нисколько.

Она кивнула и, подняв подол сорочки до бедер, села на его колени и опустила сорочку. Сначала она ощущала нижней частью своего тела лишь тепло его бедер и мягкое щекотание ее самого потайного местечка.

Мелисанда улыбнулась и обняла его за шею.

— Ты поцелуешь меня?

— Боже, конечно... — простонал он. Сильными руками Вейл притянул ее к себе. До чего же это было чудесно — почувствовать наконец, как он вот так обнимает ее! Он прижался губами к ее губам. У него был широкий рот, и, покусывая ее губы, он целовал ее так, будто после долгих дней скитаний по пустыне нашел наконец-то живительный источник и теперь не может оторваться от него. Его руки держали ее с такой силой, что она подумала, не оставит ли он синяков на ее теле.

Она приподнялась, чтобы дотянуться до его соска. Не отрываясь от ее губ, он замер, словно в ожидании. Она немного подвинулась на его коленях, и теперь его мужское естество находилось под ней, крепко зажатое их телами. Она медленно потерлась об него своей тайной плотью и от непередаваемой утонченной остроты этого ощущения закрыла глаза.

Он оторвался от ее губ и попытался просунуть между ними руку.

— Нет. — Она открыла глаза и сурово посмотрела на него. И снова потерлась об него. Его лицо пылало, губы были влажными. Длинные вертикальные складки около его рта становились все глубже, пока его лицо не приобрело странное выражение мрачной решимости.

Она все больше возбуждала его и возбуждалась сама, при этом смотрела ему в глаза, взглядом запрещая мешать ей.

Тогда он поднял руки к ее груди.

Он тоже смотрел на нее, нежно пощипывая ее соски. Задыхаясь, она выгнула спину, но пенис соскользнул в сторону. Она в неистовстве просунула между ними руку, пытаясь удержать скользкий пенис.

Он наклонился и губами втянул ее сосок в свой влажный горячий рот, и она словно упала со скалы. Ее тело содрогнулось, сорочка сползла, а когда он впивался губами в ее сосок, она, дрожа, прильнула к нему еще сильнее и почувствовала, что возносится к небесам, без малейшего желания возвращаться на землю.

Его руки ласково гладили ее по спине. Она дрожала в его объятиях, хотя дышала уже ровнее, но потребность полного слияния с ним становилась неодолимой. Он обхватил ее за талию, легко приподнял и вошел в нее. Она чувствовала, как все глубже входит в нее его плоть, и снова дрожала от наслаждения. Так и должно быть: женщина — мужчине, жена — мужу.

Они по-прежнему не отводили глаз друг от друга, и она подумала: интересно, что он сейчас чувствует? Был ли он удивлен, доволен или недоволен? Или вообще совсем не думал об этом? Его губы были сжаты, а глаза прищурены, капля пота катилась по его щеке. А может, он ничего и не думал. Может, он просто чувствовал.

Как и она.

Мелисанда потянулась и слизнула каплю пота, у нее был вкус соли и мужчины — ее мужчины. Теперь.

Она покрывала поцелуями его лицо, ощущая, как уходит напряжение из его тела — расслабляются мышцы, руки скользят вниз с ее талии, голова откинулась на спинку кресла... А она все целовала его — шею, ухо, плечо. Легкими нежными поцелуями. «Мой муж, мой муж, муж...» Она не могла высказать вслух то, о чем пело ее сердце. Все события ее жизни, ее мира встали на свои места, все пришло в гармонию. Наступил покой.

Она могла бы остаться здесь навсегда.

Но он пошевелился, и его плоть покинула ее. Она сдержала горестный стон потери, потому что он поднял и отнес ее на кровать, положил и, наклонившись, нежно поцеловал ее в губы. Затем повернулся и через дверь гардеробной вышел из комнаты.

Он так и не увидел протянутых к нему ее рук.

Глава 10

В тот день, когда должны были начаться испытания, сотни, а может, тысячи полных надежды мужчин стояли у стен замка. Для короля был сооружен высокий помост, чтобы, когда он говорил, все состязавшиеся могли слышать его. Стоя на помосте, король объяснил, как все будет происходить.

Каждому предстоит пройти три испытания, чтобы хорошенько проверить того, кто получит принцессу. Первое испытание состояло в том, что надо было найти и принести медное кольцо. Это кольцо лежало на дне глубокого и холодного озера. А в озере жил гигантский змей...

Из «Веселого Джека»

Мелисанда проснулась и увидела, что она в постели одна. Видимо, Салли ночью впустила в спальню Мауса, потому что он, свернувшись калачиком, прижимался к ее ногам. Некоторое время она лежала, уставившись в шелковый балдахин и пытаясь разобраться в своих чувствах. Вчерашняя ночь любви была великолепна, по крайней мере она так думала. Только почему Джаспер ушел от нее сразу же после этого? Может, она оттолкнула его своей смелостью? Или для него это был всего лишь физиологический акт, совершив который можно и не оставаться с ней в постели? Не этого ли она прежде хотела? Разделять с Вейлом физическую сторону брака, но так, чтобы это не касалось ее обостренных эмоций? Мелисанда растерянно вздохнула — она уже больше не знала, чего ей хотелось.

Маус, лежавший в ногах, встал, осторожно подобрался к ней и уткнулся носом в ее руку.

— А вы что думаете, сэр Маус? — спросила Мелисанда, поглаживая его шелковистые ушки. — Он окончательно приручил тебя?

Маус встряхнулся, соскочил с кровати и потопал к двери. Он все объяснил, царапая по дереву лапкой.

Мелисанда вздохнула и сбросила с себя одеяло.

— Ну ладно. Лежа в постели, я все равно не получу ответов на мои вопросы.

Она звонком вызвала Салли и, ожидая камеристку, умылась довольно холодной водой из кувшина, стоявшего на столике. Затем с помощью горничной быстро оделась и вместе с Маусом спустилась вниз. Она передала песика Спрату и направилась завтракать, готовясь к встрече с Вейлом.

Но в комнате никого не было. Перед тем как войти, Мелисанда в нерешительности задержалась на пороге. Конечно, стол был вытерт и посуда убрана, но несколько незамеченных крошек свидетельствовало о том, что ее муж уже позавтракал и ушел. Она прикусила губу. Почему он ее не подождал?

— Принести вам шоколад, миледи? — послышался голос Спрата — они с Маусом уже вернулись с прогулки.

— Да, пожалуйста, — машинально ответила она. Затем резко обернулась, испугав лакея. — Нет. Распорядись, пусть подадут карету.

Спрат выглядел смущенным.

— Да, миледи.

— И скажи Салли, чтобы ждала меня в холле.

Лакей поклонился и вышел из комнаты. Мелисанда подошла к столу, на котором были выставлены различные булочки и блюда с мясом. Она завернула несколько булочек в салфетку и вместе с не отстававшим от нее Маусом направилась в холл.

Там ее уже ожидала Салли. Когда Мелисанда вошла, Салли удивленно посмотрела на нее:

— Мы куда-то поедем, миледи?

— Я подумала, что было бы приятно погулять в парке, — небрежно проговорила Мелисанда и взглянула на Мауса, с невинным видом усевшегося у ее ног. — Спрат, думаю, нам потребуется поводок для Мауса.

Лакей сбегал на кухню и принес поводок, и скоро терьер и женщины сидели в карете, направлявшейся к Гайд-парку.

— Чудесный день, не правда ли? — заметила Салли. — Небо синее, и солнце светит. Мистер Пинч говорит, что надо наслаждаться хорошей погодой, потому что скоро начнутся дожди. — Горничная нахмурилась. — Он всегда предсказывает плохую погоду, этот мистер Пинч.

Мелисанда с интересом посмотрела на горничную:

— Угрюмый человек, да?

— Угрюмый?

— Ну, мрачный и сердитый.

— А... — Лицо горничной прояснилось. — Ну, он мрачный, конечно, но не такой уж сердитый, просто смотрит на людей свысока, если вы понимаете, что я хочу сказать.

— Значит, он высокомерный, — уточнила Мелисанда.

— Да, миледи, это точно! — воскликнула Салли. — Он ведет себя так, будто другие люди не такие умные, как он. Или потому, что человек моложе его и не может знать так много, как он.

Салли помолчала, раздумывая о высокомерном камердинере. Мелисанда с интересом наблюдала за ней. Сачлайк была жизнерадостной девушкой. Мелисанда никогда не видела ее в задумчивости — неужели из-за этого лысого лакея, к тому же на десяток лет старше ее?

— Вот и Гайд-парк, миледи, — сказала Сачлайк.

Мелисанда подняла голову и увидела, что они въехали в парк. Было еще рано, модные экипажи, обычные для этого места, еще не появились. Она увидела лишь несколько всадников, пару карет и в отдалении несколько гуляющих.

Карета остановилась. Дверца открылась, и в карету заглянул лакей:

— Это место вам нравится, миледи?

Они находились около небольшого утиного пруда. Мелисанда кивнула:

— Очень мило. Скажи кучеру, чтобы он ждал, пока мы гуляем.

— Да, миледи. — Лакей помог Мелисанде выйти из кареты, а потом и Салли. Маус спрыгнул на землю и сразу же у кустика поднял лапку.

— Не дойти ли нам до утиного пруда? — спросила Мелисанда.

— Да куда пожелаете, миледи. — Салли следовала за Мелисандой, в нескольких шагах от нее.

Мелисанда вздохнула. Конечно, камеристка и должна идти сзади, а не рядом с хозяйкой, но это препятствовало их доверительной беседе. Впрочем, день был действительно прекрасный и она поступила правильно. Зачем, сидя дома, ждать мужа, у которого своя собственная жизнь? Нет, она будет наслаждаться этим днем, наслаждаться этой прогулкой и не думать о Вейле и о том, почему он завтракал без нее.

Однако Мелисанда обнаружила, что трудно достичь спокойного состояния ума, когда прогуливаешь Мауса. Терьер тянул за поводок, упираясь и цепляясь крепкими лапами за землю, как будто сражался за каждый шаг. Он натягивал поводок с такой силой, что петля на шее чуть не душила его.

— О чем ты только думаешь, глупое создание? — говорила Мелисанда, когда песик задыхался и душераздирающе кашлял. — Если ты перестанешь тянуть, тебе будет гораздо лучше.

Маус даже не оглянулся на ее голос — так он был увлечен борьбой с плетеным кожаным поводком.

Мелисанда вздохнула. Они гуляли в той части парка, где почти никого не было. Только около утиного пруда она заметила женщину и двух детей, но они были еще довольно далеко. Она спустила Мауса с поводка, он немедленно ткнулся носом в землю и начал кругами носиться вокруг них.

— Маус, — позвала Мелисанда.

Он остановился, навострил ушки и посмотрел на нее.

— Очень хорошо, — улыбнулась она.

Терьер замахал хвостом и подбежал к дереву — изучать его ствол.

— А ему, кажется, нравится бегать, правда, миледи? — сказала, подходя, Салли.

— Да, ему давненько не позволяли так бегать.

Теперь, когда Маус не тянул ее, Мелисанде было легче идти. Она развернула салфетку с булочками и предложила одну Сачлайк.

— Спасибо, миледи.

Мелисанда шла и жевала по пути. Маус подбежал к ней, ухватил с ее руки кусок булки и снова убежал исследовать окрестности. Теперь уже совсем близко она услышала детский смех и голос женщины, что-то говорившей детям. Дети сидели у пруда, а женщина чуть в стороне недалеко от них. У одного ребенка была длинная палка, и он тыкал ею в грязь, а второй наблюдал за ним.

Маус увидел утку с селезнем, вразвалку вышедших на берег, и с радостным лаем бросился к ним. Птицы взлетели. Глупый терьер высоко подпрыгнул и щелкнул зубами, как будто и вправду мог поймать летящую утку.

Дети наблюдали за этой сценой и что-то кричали. Маус принял их голоса за приглашение поиграть и направился к ним. Когда Мелисанда подошла ближе, она увидела, что новые знакомые Мауса — мальчик и девочка. Мальчику было лет пять-шесть, а девочке, вероятно, восемь. Мальчик был красиво одет, но сейчас он тискал Мауса, и Мелисанда с досадой подумала, что песик перепачкает мальчика грязью. Девочка не проявляла такого энтузиазма, что было весьма кстати, поскольку на ней было белое платье.

— Мэм! Мэм, как его зовут? — закричал мальчик, увидев Мелисанду. — Какой замечательный песик!

— Не надо кричать, — строго одернула его сестра.

Мелисанда улыбнулась девочке:

— Его зовут Маус, и он действительно замечательный пес.

Маус, как казалось, улыбнулся и сунул нос в грязь на краю пруда. Мальчик и собака снова занялись исследованием воды.

Мелисанда помолчала. Ей редко приходилось разговаривать с детьми, но некоторые вещи наверняка были общепринятыми. Она обратилась к девочке:

— А как тебя зовут?

Девочка покраснела и опустила глаза.

— Абигайль Фицуильям, — шепотом сказала она, не поднимая глаз.

— А... — Мелисанда переводила взгляд с ребенка на ее мать, которую она видела недавно на маскараде. Хелен Фицуильям была любовницей герцога Листера. Герцог — могущественный человек, но как он ни могуществен, в таких обстоятельствах женщина становилась отверженной. Мелисанда улыбнулась дочери Хелен Фицуильям:

— Я леди Вейл. Здравствуй.

Девочка по-прежнему смотрела на носки своих туфель.

— Абигайль, — раздался низкий женский голос, — пожалуйста, сделай реверанс перед леди.

Девочка присела в неловком, но красивом реверансе. Заговорившая женщина была красива: блестящие золотые волосы, огромные синие глаза и губы в форме лука Купидона. Трудно было определить ее возраст: она затмила бы женщин и старше и моложе ее. Неудивительно, что герцог Листер выбрал себе в любовницы эту ослепительно красивую женщину.

Мелисанде следовало бы уйти, не удостоив куртизанку ни взглядом, ни словом. Но по тому, как напряглись плечи миссис Фицуильям, было видно, что именно этого она и ожидала. Мелисанда посмотрела на маленькую девочку, которая так и стояла, глядя в землю. Сколько раз приходилось ей видеть, как ее мать просто не замечали?

Мелисанда наклонилась к ней:

— Здравствуй. Я Мелисанда Реншо, виконтесса Вейл.

Она увидела, как вспыхнуло лицо миссис Фицуильям — сначала от удивления, затем от благодарности.

— О, для меня честь — познакомиться с вами, миледи! Я Хелен Фицуильям.

Мелисанда в ответ сделала реверанс и, выпрямившись, заметила, что девочка смотрит на нее. Она улыбнулась:

— А как зовут твоего брата?

Девочка взглянула в сторону, где ее брат что-то выкапывал палкой. Маус обнюхивал все, что они находили, и Мелисанда надеялась, что ему не придет в голову вываляться в чем-нибудь ядовитом.

— Его зовут Джейми, — сказала Абигайль. — Он любит всякие вонючие предметы.

— М-м-м... — Мелисанда понимающе кивнула. — И Маус тоже.

— Можно, я пойду посмотрю, мама? — спросила девочка.

— Можно, но постарайся не вымазаться в грязи, как твой брат, — ответила миссис Фицуильям.

— Конечно, не вымажусь, — оскорбилась Абигайль.

Осторожно ступая, она направилась к месту, где играли мальчик и собака.

— Прелестный ребенок, — заметила Мелисанда. Обычно она не любила заводить разговоры с незнакомцами, но она знала: ее молчание эта женщина примет за снобизм.

— Мила, не правда ли? — отозвалась миссис Фицуильям. — Я знаю, матери не следует так говорить, но все-таки она довольно мила, не правда ли?.. Знаете, они свет моей жизни.

Мелисанда кивнула. Она не знала, как давно миссис Фицуильям стала любовницей Листера, но была почти уверена, что это его дети. Какой странной, наверное, была эта разделенная надвое жизнь наложницы! Листер имел законную жену, полдюжины сыновей и дочерей, которые уже выросли. Признавал ли он Джейми и Абигайль своими законными детьми?

— Они любят парк, — продолжала миссис Фицуильям. — Я привожу их сюда так часто, как могу, но, боюсь, все-таки недостаточно часто. Я не люблю приходить, когда вокруг слишком много людей.

Она сказала это спокойно, без всякой жалости к себе.

— Как вы думаете, почему маленькие мальчики и собаки так любят грязь? — задумчиво спросила Мелисанда. Абигайль держалась в стороне, но Джейми стоял в грязи и что-то топтал. Грязь разлеталась крупными брызгами. Маус лаял.

— Запах? — догадалась миссис Фицуильям.

Абигайль вскрикнула и отскочила, когда брат снова затопал ногами.

— А у девочек это все вызывает отвращение.

Мелисанда улыбнулась:

— Это объясняет увлечение Джейми, но не Мауса.

Ей хотелось бы пригласить эту женщину на чашку чаю. Миссис Фицуильям оказалась совсем не такой, как можно было бы ожидать. Она не искала сочувствия, казалось, не была угнетена своей судьбой и обладала чувством юмора. Она могла бы стать очень хорошим другом.

Но увы, куртизанок не приглашают на чашку чаю.

— Как я поняла, вы недавно замужем, — сказала миссис Фицуильям. — Могу я принести мои поздравления?

— Спасибо. — Мелисанда невольно помрачнела, вспомнив, как быстро сегодняшней ночью Джаспер ушел от нее.

— Я часто думаю, как, должно быть, трудно постоянно жить с мужчиной, — задумчиво проговорила миссис Фицуильям.

Мелисанда взглянула на нее.

Щеки миссис Фицуильям вспыхнули.

— Надеюсь, я не оскорбила вас.

— О нет!

— Просто мужчина может иногда отдаляться, — тихо продолжала эта женщина. — Ему кажется, будто кто-то начинает вторгаться в его жизнь. Но может быть, не все мужчины такие?

— Не знаю, — сказала Мелисанда. — У меня только один муж.

— Конечно. — Миссис Фицуильям опустила глаза. — Но я думаю иногда, возможно ли вообще, чтобы мужчина и женщина были по-настоящему близки. Я имею в виду духовно. Мужчины и женщины такие разные, правда?

Мелисанда сжала руки. Взгляды миссис Фицуильям на брак были довольно циничны, но ее рассудительность и прагматизм заставляли в некоторой степени согласиться с ней. Но какая-то часть Мелисанды бурно протестовала.

— Я не думаю, что так происходит всегда. Я встречала супружеские пары, которые были влюблены друг в друга и так близки, что, казалось, читали мысли друг друга.

— И у вас такая же близость с вашим мужем? — спросила миссис Фицуильям. Если бы этот вопрос задала какая-то другая женщина, он прозвучал бы грубо, но миссис Фицуильям это искренне интересовало.

— Нет, — ответила Мелисанда. — У нас с лордом Вейлом не такой брак.

А такого брака она и хотела, разве не так? Она уже любила однажды, и ее душе была нанесена глубокая рана. Она просто не могла бы снова пережить такую боль. Мелисанда чувствовала, как ощущение потери, грусть охватывают ее — у нее уже никогда не будет такого счастливого брака, основанного на любви и взаимопонимании.

— Ах! — вздохнула миссис Фицуильям, когда они обе молча смотрели на детей и Мауса.

Наконец миссис Фицуильям повернулась к ней и улыбнулась удивительной, прелестной улыбкой, от которой у Мелисанды просто перехватило дыхание.

— Спасибо вам за то, что позволили им поиграть с вашей собачкой.

Мелисанда не успела открыть рот, чтобы ответить, когда услышала позади себя возглас:

— Возлюбленная жена моя! Какая радость найти тебя здесь!

Она обернулась и увидела Вейла, направлявшегося к ней вместе с другим всадником.

Мелисанда так была увлечена разговором с этой женщиной, что не замечала Джаспера, пока он не окликнул ее. Когда он и лорд Хасселторп подъехали ближе, ее собеседница повернулась и неторопливо пошла к пруду. Джаспер узнал эту женщину. Она называла себя миссис Фицуильям и почти десять лет была любовницей герцога Листера.

Зачем Мелисанда разговаривала с этой дамой полусвета?

— Ваша жена в дурной компании, — заметил лорд Хасселторп. — Иногда молодые дамы полагают, что они будут казаться более модными, если не побоятся рисковать своей респектабельностью. Лучше предупредите ее, Вейл.

Резкий ответ был уже готов сорваться с губ Джаспера, но он сдержался: весь предыдущий час он пытался снискать расположение Хасселторпа. А потому, скрипнув зубами, сказал:

— Приму это к сведению, сэр.

— Хорошо, — ответил Хасселторп, останавливая лошадь на некотором расстоянии от Мелисанды. — Не сомневаюсь, вы желаете поговорить об этом с вашей женой, поэтому расстанемся здесь. Вы рассказали мне многое, над чем стоит подумать.

— А это значит, что вы поможете мне в поисках предателя? — настойчиво спросил Джаспер.

Хасселторп колебался.

— Ваши предположения кажутся мне убедительными. Но я не люблю спешить. Если мой брат Томас действительно был убит из-за какого-то трусливого предателя, вы получите мою помощь. Но я бы хотел глубже вникнуть в это дело.

— Очень хорошо, — сказал Джаспер. — Могу я заехать к вам завтра?

— Лучше пусть это будет послезавтра, — ответил Хасселторп.

Джаспер кивнул, хотя ему совсем не нравилась эта задержка. Они пожали друг другу руки, и он направился к Мелисанде. Она, сложив руки на талии и, как всегда, выпрямив спину, смотрела, как он приближался. Сейчас она ничем не напоминала женщину, которая так умело соблазняла его прошлой ночью. На мгновение ему захотелось схватить ее за плечи и встряхнуть, чтобы она потеряла свой непроницаемый вид и согнула спину.

Но он, конечно, не сделал ничего подобного — никто не станет упрекать жену, застав ее утром в городском парке, даже если она и разговаривала с женщиной, имеющей дурную репутацию.

Он лишь улыбнулся и снова обратился к ней:

— Выехала на прогулку, дорогая?

Маус заметил его и, бросив маленького грязнулю, залился радостным лаем и устремился к лошади Вейла. Действительно, у песика куриные мозги. К счастью, Белл только фыркала на терьера, путавшегося у ее копыт.

— Маус, — строго сказал Джаспер, — сидеть.

Произошло чудо: песик сел на траву.

Джаспер соскочил с лошади и посмотрел на Мауса. Тот вильнул хвостиком. Джаспер продолжал смотреть на него, пока Маус не опустил голову и не завилял хвостиком так, что его задняя половина тоже завиляла. Опустил голову почти до земли, он пополз к Джасперу с выражением покорности на морде.

— О, ради Бога, — пробормотал Джаспер. Судя по поведению собаки, можно было подумать, что он бил животное.

Маус, приняв его слова за разрешение вскочить на ноги, подбежал к нему и в ожидании сел у ног Джаспера, который в замешательстве смотрел на него.

Послышался приглушенный смех. Искоса взглянув на Мелисанду, Джаспер увидел, как она зажимает рот рукой.

— Я думаю, он тебя любит.

— Да, но люблю ли я его?

— Любишь ты его или не любишь — не имеет значения. — Она подошла ближе. — Он любит тебя, и это главное.

— Гм... — Джаспер обернулся и посмотрел на терьера. Маус склонил набок голову, как будто ожидая указаний. — Можешь побегать.

Маус гавкнул и, сделав большой круг, обежал Джаспера, Мелисанду и лошадь.

— Можно было предположить, что он не возлюбит меня после того, как я запер его в погребе, — сказал Джаспер.

Мелисанда изящно пожала плечом:

— Они иногда странно ведут себя, эти собаки. — Она наклонилась и двумя пальцами подобрала с земли палку. — Вот.

Джаспер посмотрел на палку. Она была грязной.

— Я потрясен твоей заботливостью, моя дорогая жена.

Она удивленно раскрыла глаза:

— Это не для тебя, глупый ты человек. Брось ее Маусу.

— Зачем?

— Затем, что он любит бегать за палками, — терпеливо, как будто разговаривая с неразумным ребенком, объяснила Мелисанда.

— Ха! — Он взял свой стек, и Маус тотчас же остановился, настороженно глядя на него. Джаспер как можно дальше забросил стек, понимая, что, как это ни абсурдно, он рисуется перед ней.

Маус бросился за стеком, схватил его и яростно начал терзать. А потом обежал вокруг пруда.

Джаспер удивился:

— Я думал, он должен принести стек мне.

— Я никогда не говорила, что он хорошо знает, как приносить палки.

Джаспер посмотрел на жену. Ее обычно бледные щеки разрумянились от утреннего воздуха, глаза блестели, и она выглядела... очень мило. Очень, очень хорошенькой.

Он не сразу смог заговорить.

— Ты хочешь сказать, что я лишился превосходного стека?

За прудом послышался приглушенный хруст: Маус грыз стек. Мелисанда усмехнулась:

— Не уверена, что ты захочешь взять его обратно.

— Но он не съест его?

— Раньше не ел.

— А... — Он не знал, что сказать еще, — нечасто с ним случалось подобное. Ему хотелось спросить ее, о чем она говорила с миссис Фицуильям, но ни за что в жизни он не сумел бы задать этот вопрос. «Не брала ли ты у куртизанки уроки, как соблазнять мужчин?» — вопрос не очень подходящий. Он заметил, что миссис Фицуильям и ее дети, вероятно, покинули парк. Их больше не было видно.

— Почему ты не подождал меня к завтраку? — нарушила молчание Мелисанда.

Они проходили по берегу пруда, Джаспер вел лошадь в поводу.

— Даже не знаю. Я подумал, после прошлой ночи...

Что? Что ей хотелось некоторое время побыть одной? Нет, не так. Возможно, ему нужно было одиночество. И о чем это говорит?

— Я вызвала у тебя отвращение? — спросила она.

Потрясенный, он остановился и посмотрел на нее. Как ей только пришло такое в голову? Сам этот вопрос говорил о ее ранимости.

— Нет. Нет, моя дорогая. Ты никогда не вызовешь моего отвращения, даже если будешь тысячу лет стараться.

Сдвинув брови, она вглядывалась в его лицо. Казалось, она хотела понять, не лжет ли он.

Он наклонился к ней и прошептал:

— Ты интересуешь меня, ты иссушаешь меня, ты воспламеняешь меня, но отвращение?.. Никогда, моя милая жена, никогда.

От его тихого голоса у нее перехватило дыхание. Она спросила:

— Но ты не этого ожидал?

Он вспомнил, как она уверенно, с полным самообладанием держала в руке его мужское достоинство. Ощущение ее холодных пальцев, сосредоточенное выражение ее лица чуть не взорвали его тогда, да и сейчас.

— Нет, — сказал он несколько хрипловатым голосом. — Не этого я ожидал, Мелисанда...

Вдалеке прогремел выстрел. Джаспер инстинктивно прижал к себе Мелисанду. Истеричным лаем залился Маус. Они слышали стрельбу, испуганное ржание лошади, но деревья загораживали от них произошедшее.

— Что это? — спросила Мелисанда.

— Не знаю, — тихо ответил Джаспер.

С той стороны, откуда слышался шум, на огромной черной лошади галопом мчался человек без шляпы.

Джаспер заслонил собой Мелисанду.

— Эй! Послушайте! Что случилось?

Человек резко осадил лошадь.

— Еду за доктором. Я тороплюсь.

— Кого-то застрелили?

— Покушение на убийство! — крикнул человек, пришпоривая лошадь. — Кто-то пытался убить лорда Хасселторпа!

Позднее, вечером, Мелисанда спросила:

— Почему кто-то стрелял в лорда Хасселторпа?

Утром Вейл затолкал ее в карету и приказал ехать домой, а сам поспешил на место покушения. Он отсутствовал долго и вернулся после обеда, и только тогда она смогла задать ему этот вопрос.

— Я не знаю, — ответил он. Он пришел в ее комнаты и теперь метался, как зверь в клетке. — Может быть, это несчастный случай. Какой-то идиот упражнялся в стрельбе, не имея необходимой для этой цели соломенной мишени.

— В Гайд-парке?

— Не знаю! — выкрикнул Вейл и, извиняясь, взглянул на нее. — Простите меня, возлюбленная жена моя. Но если это был убийца, то он чертовски плохой стрелок. Хасселторп легко ранен в предплечье. Он быстро поправится. На войне я видел много подобных ран, и не стоило бы о них говорить, если бы не инфекция.

— Я рада слышать, что рана легкая, — сказала Мелисанда. Она сидела перед камином в низком кресле, том самом, в котором они накануне занимались любовью, и наблюдала за ним. — Ты почти никогда не говоришь о войне.

— Разве? — рассеянно ответил он. Он стоял у ее туалетного столика, запустив руку в чашу со шпильками. Поверх бриджей и рубашки на нем был красно-черный восточный халат. — Да и нечего о ней рассказывать.

— Нечего? Ты же шесть лет служил в армии, разве не так?

— Семь лет, — проворчал он. Вейл подошел к ее гардеробу, раскрыл дверки и принялся рассматривать его содержимое так, будто надеялся обнаружить там космические тайны.

— Почему ты вступил в армию?

Джаспер повернулся и некоторое время, не понимая, смотрел на нее.

Затем рассмеялся:

— Я вступил в армию, чтобы стать настоящим мужчиной. Или по крайней мере такова была цель моего отца. Он считал меня слишком ленивым, слишком изнеженным. И поскольку в доме от меня не было никакой пользы, — он беспечно пожал плечами, — почему бы и не купить мне офицерский патент?

— И твой друг, Рено Сент-Обин, тогда же тоже купил патент?

— О да! Мы были ужасно горды тем, что вступаем в Двадцать восьмой пехотный полк. Да покоится он с миром. — Джаспер закрыл дверки гардероба и в задумчивости перешел к окну.

Может быть, ей не следовало говорить об этом. Перестать приставать к нему, оставить его и его секреты в покое. Но что-то в ней протестовало против этого. Каждая минута его жизни была ей интересна, а больше всего то, что он хранил в тайне. Вздохнув, она встала с кресла. Сняв тяжелый атласный халат, надетый на сорочку, Мелисанда аккуратно сложила его на стуле.

— Тебе нравилась армейская жизнь? — осторожно спросила она.

В темном стекле окна она видела его отражение.

— Кое-что. Солдаты жаловались на отвратительную еду на марше, на жизнь в палатках. Но временами бывало весело. Сидеть у костра, питаясь вареным горохом и беконом.

Слушая его, она сняла сорочку, и он замолчал. Обнаженная, она подошла к нему и положила руки ему на спину. Его мускулы были тверды, как будто он превратился в гранит.

— А сражения?

— Это все равно как побывать в аду, — шепотом ответил он. Она гладила его широкую спину, ощупывая линию позвоночника и прилежащие мышцы. «Как побывать в аду». Ей было жаль той его части, которая побывала в аду.

— Ты участвовал во многих сражениях?

— В нескольких. — Джаспер вздохнул и опустил голову. А она разминала большими пальцами мышцы чуть выше его бедер.

Потом похлопала по плечу:

— Сними это.

Он стянул с себя халат и рубашку, но когда он хотел повернуться, она вернула его в прежнее положение. Она массировала его, нажимая большими пальцами на мышцы спины. Он стонал, опустив голову и держась обеими руками за подоконник.

— Ты ведь был в Квебеке, — тихо сказала она.

— Это было единственное настоящее сражение. Остальные — так, просто стычки. Некоторые длились всего несколько минут.

— А Спиннерс-Фоллс?

Его плечи дернулись, будто она ударила его. Наступило молчание. Мелисанда знала, что Спиннерс-Фоллс был настоящей бойней. Она тогда успокаивала Эмелин, когда наконец пришло известие, что Рено не выжил в плену. Ей следует быть настойчивее — это явно было его слабым местом. Но она не хотела быть жестокой и снова заставить его страдать, возвращая к событиям прошлого.

Мелисанда взяла его за руку и подвела к постели. Пока она снимала с него оставшуюся одежду, он стоял молча, спокойно, хотя тело его не осталось равнодушным к ее действиям. Она толкнула его на постель, легла рядом с ним и, опершись на локоть, гладила его грудь. Она была благодарна судьбе за то, что этот мужчина принадлежит ей, по крайней мере принадлежит сейчас. Сейчас, здесь, она могла делать с ним все, что ей хотелось.

Это был дар. Божественный дар.

И, склонившись над ним, она покрывала нежными, влажными поцелуями его тело, облизывая и покусывая его кожу. Он бормотал что-то — то ли предупреждение, то ли поощрение. Впрочем, ей было все равно. Перед ней была цель: его плоть, мощная и могущественная. Она провела по ней пальцем, затем осторожно и нежно поцеловала кончик.

Его бедра выгнулись, он схватил ее за волосы и, приподняв голову, посмотрел в лицо.

— Не надо. Ты не должна. Я не заслуживаю этого...

Капельки пота появились над его верхней губой, а расширенные глаза были полны печали.

«Заслужить» — интересное слово он выбрал. Она отложит его в памяти, а потом хорошенько обдумает. А сейчас она намеренно облизывала губы, пробовала на вкус его сперму и говорила: «Я хочу». Заодно она хотела бы дать ему покой, если могла бы.

Он отпустил руки, возможно от удивления, и она, воспользовавшись этим, наклонила голову и взяла в рот то, чем до этого любовалась. И теперь он уже не сможет ее остановить.

Конечно, по незнанию она могла делать что-то не так, но, казалось, ничто не вызвало у его неудовольствия. Он бормотал что-то нечленораздельное и двигал бедрами. А потом... потом он неожиданно изменил положение и теперь возвышался над ней, огромный и угрожающе мрачный.

— Ты думаешь, я твоя игрушка?

Она широко развела ноги, уперлась ступнями и выгнулась на краю кровати. Она терлась об него и смотрела, как в ответ тяжелеют его веки.

— Может быть, я так и думаю, — прошептала она. — Может быть, это моя любимая игрушка. Может быть, я хочу свою игрушку...

Но он быстро и резко вошел в нее, и слова заглушил вздох наслаждения.

— Распутница, — хрипло прошептал он. — Моя распутница.

А она только смеялась, погружаясь в чисто эротическое безумие. Она приподняла бедра, заставляя его все глубже проникать в нее, громко смеялась, прижимаясь и ворочаясь под ним и глядя, как его пот капает на ее голую грудь. Он схватил ее бедра и крепко держал ее, пока этот галоп не достиг предельной быстроты. Звезды вспыхивали перед ее глазами, и она, откинув назад голову, самозабвенно предавалась наслаждению. Она держалась за его скользкие от пота плечи, чувствуя жар, исходящий от ее собственного тела, и почти не сознавая, что, уже достигнув вершины экстаза, продолжает громко смеяться.

А потом он содрогнулся в ее объятиях, их дыхание слилось, в глазах у нее прояснилось, и она увидела над собой не милое его лицо, а трагическую маску.

Глава 11

Все участники испытаний отправились за кольцом, принцесса Отрада вздохнула и вернулась в замок. А Джек нашел укромный уголок и открыл свою маленькую оловянную табакерку. В ней было — что бы вы думали? — все, что ему нужно: латы, сделанные из ночи и ветра, и самый острый на свете меч. Джек надел латы на свое коротенькое тельце и схватил меч. И тут — бах! бух! — он очутился у озера. Джек только подумал, то ли это озеро, как из воды поднялся громадный змей. Ну и жаркая же началась битва! Змей был очень большим, а Джек очень маленьким, но у него был самый острый на свете меч, да и латы ему помогли. Когда все кончилось, змей лежал мертвый, а Джек крепко сжимал в руке кольцо...

Из «Веселого Джека»

Джаспер, поздно проснувшись на следующее утро, уже не сомневался, что женился на распутнице, бесстыдной, чувственной распутнице, и не мог поверить, что ему так повезло. Тогда, сидя с болевшей с похмелья головой в церковной ризнице и слушая, как она делает ему предложение, он и подумать не мог, что на брачном ложе она окажется такой страстной.

И тем не менее в это утро он снова уезжал из дома, позавтракав без жены. Что-то близкое к трусости. Его тело было околдовано ее чувственностью, а его ум удивлялся, где она всему этому научилась. У нее, должно быть, был по крайней мере один любовник, возможно и больше, раздумывал он, но тут же поймал себя на мысли, что ему не очень хочется особо задумываться над этим предположением. Однако представлять другого мужчину, научившего ее делать то, что делала она...

Он застонал. Проходивший мимо трубочист бросил на него удивленный взгляд и отвернулся.

Джаспер гнал от себя неприятные мысли. Но даже природа не была сейчас его союзницей. Он сгорбился и поднял воротник, защищаясь от туманной измороси. Хорошая погода в конце концов кончилась, и Лондон в это утро был серым и хмурым. Помимо воли его мысли вернулись к прошлой ночи. Он вспоминал, как в оконном стекле отражалась его жена, снимавшая сорочку со своего высокого стройного тела. Она казалась бледной и неземной, с этими светло-каштановыми волосами, падавшими на ее плечи.

Вероятно, она считала его трусом или, еще хуже, слабоумным. Он ушел от нее после того, как они занимались любовью, даже не пожелав ей доброй ночи, и провел всю ночь на своем тюфяке. Перед ним стояли ее глаза, смотревшие на него, когда она целовала его грудь, когда расспрашивала о Спиннерс-Фоллс. Господи! Она даже не представляет, за кого вышла замуж. Может быть, и хорошо, что он опять так бесцеремонно оставил ее. Не стоит вселять в нее надежды на что-то большее, когда в нем не было этого большего.

Но после этих сладостных, безумных ночей он перестал себя понимать. Подняв голову, Джаспер увидел перед собой дом Мэтью Хорна и обрадовался, что может избавиться от угнетающих размышлений.

Джаспер слез с лошади, отдал поводья конюху и взбежал по ступеням. Спустя минуту он уже расхаживал по библиотеке Хорна, ожидая его прихода.

Он только что склонился над большим пыльным томом, когда у двери раздался голос Хорна:

— Ищешь какое-нибудь легкое чтение?

— Просто удивляюсь, кого могла интересовать история медных копей, — улыбнулся Джаспер.

Хорн поморщился:

— Моего отца. Только без всякого толка. Рудник, в который он вложил деньги, не принес удачи. — Он прошел в комнату и бросился в большое кресло, перекинув ноги через подлокотник. — Хорны известны как не очень удачливые финансисты.

Джаспер сочувственно улыбнулся:

— Не повезло.

Хорн пожал плечами.

— Хочешь чаю? Для виски, кажется, рановато.

— Нет, спасибо. — Джаспер подошел к заключенной в раму карте мира и попытался найти на ней Италию.

— Ты опять пришел из-за Спиннерс-Фоллс, не так ли? — спросил Хорн.

— М-м-м... — признался Джаспер не оборачиваясь. Неужели на карте вообще не было Италии? — Ты слышал, что случилось с Хасселторпом?

— В него стреляли в Гайд-парке. Говорят, это было покушение.

— Да. И как раз после того, как Хасселторп согласился помогать мне.

Наступила короткая пауза, затем Хорн недоверчиво рассмеялся:

— И ты предполагаешь, что между этими событиями есть связь?

Джаспер пожал плечами. Точно сказать нельзя, но совпадение очень странное.

— Я по-прежнему считаю, тебе следует забыть о Спиннерс-Фоллс, — тихо проговорил Хорн.

Джаспер не ответил. Если бы он мог забыть об этом, он бы забыл.

Хорн вздохнул:

— Так вот, я думал об этом.

Джаспер обернулся и посмотрел на Хорна:

— В самом деле?

Хорн небрежно махнул рукой:

— Ну так — о том о сем. Я не понимаю, зачем было предавать наш полк. Какой в этом был смысл? Особенно если это был один из нас, из тех, кто попал в плен. Ведь и сам он мог потерять жизнь.

Джаспер тяжело вздохнул:

— Вряд ли этот предатель хотел, чтобы нас взяли в плен, думаю, у него были иные планы. Вероятно, он собирался затаиться и не участвовать в сражении.

— Каждый из нас, из тех, кто попал в плен, сражался, и хорошо сражался.

— Да, ты прав. — Джаспер снова повернулся к карте.

— Так какой был смысл предавать полк? Зачем кому-то было нужно, чтобы всех нас убили? Нет, нет, я не вижу в этом никакого смысла. Думаю, ты не с той стороны смотришь на вещи, старина. Не было никакого предателя. Спиннерс-Фоллс был просто невезением, ясно и понятно.

— Возможно. — Джаспер так близко наклонился над картой, что почти касался носом пергамента. — Но смысл все-таки был. Я его вижу совершенно отчетливо.

— Какой же?

— Деньги. — Джаспер окончательно разочаровался в карте. — Французы объявили большую награду за нужные сведения.

— Значит, все-таки шпион? — Мэтью недоверчиво поднял черные брови.

— А почему бы нет?

— Потому что любой, включая меня, разорвал бы его на куски, вот почему, — ответил Мэтью. Он вскочил на ноги и в волнении зашагал по комнате.

— Он рассчитывал на то, что никто не узнает, — тихо сказал Джаспер.

Мэтью, который стоял теперь у окна, только пожал плечами.

— Послушай, мне эта мысль нравится не больше, чем тебе, — проговорил Джаспер. — Но если нас предали, если все умерли из-за жадности одного человека, если мы шли через тот лес и перенесли... — Он умолк, не в силах продолжать.

Джаспер закрыл глаза, но и в темноте он все еще видел горящий факел, все еще чувствовал запах горящей человеческой плоти. Он открыл глаза. Мэтью с ничего не выражающим лицом наблюдал за ним.

— Мне надо... найти его и отдать в руки правосудия. Пусть он заплатит за свои грехи, — сказал Джаспер.

— А что Хасселторп? Ты виделся с ним после того, как в него стреляли?

— Он отказывается встречаться со мной. Я послал ему записку сегодня утром, просил его о встрече, но он вернул ее с сообщением, что уезжает в свое поместье, чтобы поправить здоровье.

— Черт!

— Именно. — Джаспер снова задумался над картой.

— Тебе надо поговорить с Алистэром Манро, — сказал ему в спину Хорн.

— Ты думаешь, что он предатель? — повернулся к нему Джаспер.

— Нет, — покачал головой Мэтью. — Но он был там. Он может помнить что-то, чего не помним мы.

— Я пытался писать ему, — сказал Джаспер. — Но он не ответил.

Мэтью пристально смотрел на него.

— Значит, тебе придется поехать в Шотландию.

В этот день Мелисанда увидела своего мужа только за обедом. Она уже начинала думать, не избегает ли он ее, не случилось ли с ним что-нибудь, но он вел себя как обычно и, насаживая на вилку горошины, шутил с лакеями.

— Как прошел день? — спросил он как бы между прочим.

Временами он был совершенно несносным человеком.

— Я ездила на ленч к твоей матери.

— В самом деле? — Он жестом попросил лакея налить ему еще вина.

— М-м-м... Она угощала фаршированными артишоками и холодной ветчиной.

Он содрогнулся:

— Артишоки. Никогда не знал, как их едят.

— Ты сдираешь зубами листок, и все. Очень просто.

— Листок... И кто только догадается есть листья? — спросил он, явно не ожидая ответа. — Я бы не догадался, вероятно, эти артишоки обнаружила какая-то женщина.

— Их ели римляне.

— Значит, это была римлянка. Вероятно, она подала мужу тарелку с листьями и сказала: «Вот, дорогой, ешь досыта».

Мелисанда невольно улыбалась, слушая описание воображаемой римлянки и ее несчастного мужа.

— Во всяком случае, артишоки, которыми угощала твоя мать, были очень вкусными.

— Ха, — скептически проворчал Вейл. — Полагаю, она рассказала тебе все о моей бездарно растраченной юности.

Мелисанда съела горошину.

— Правильно полагаешь.

Он поморщился:

— Что-нибудь особенно вопиющее?

— Ты в младенчестве страдал отрыжкой.

— По крайней мере от этого я избавился, — сердито заметил он.

— А когда тебе было шестнадцать, ты флиртовал с молочницей.

— О, об этом я совсем забыл! — воскликнул Вейл. — Да, славная была девушка, Агнесса или это была Элис? А может быть, Арабелл...

— Насчет Арабелл я сомневаюсь, — тихо заметила Мелисанда.

Он пропустил ее слова мимо ушей.

— У нее была приятная, как персик, кожа и очень большие... — Неожиданно на него напал кашель.

— Ноги? — сладким голоском подсказала Мелисанда.

— Поразительно, но действительно ноги. — Его глаза озорно сверкнули.

— Гм... — произнесла Мелисанда, подавив улыбку. — А как ты провел день?

— А, хорошо. — Джаспер набил рот говядиной и добросовестно жевал ее, прежде чем проглотить. — Я заехал к Мэтью Хорну. Помнишь его? Он был в гостях у моей матери, когда она устраивала прием в саду.

— Да.

— Не поверишь, у него есть карта мира, на которой нет Италии.

— Может быть, ты не там ее искал, — доброжелательно предположила она.

— Нет-нет. — Джаспер покачал головой и сделал глоток вина. — Она сбоку от России и выше над Африкой. Я совершенно уверен, что я бы заметил ее.

— Возможно, карту составлял человек, которому не нравился Рим.

— Ты думаешь? — Казалось, его поразила эта мысль. — Вот так просто взял и избавился от Италии?

Она пожала плечами.

— Какова идея! Если бы Италия исчезла, мне бы не пришлось все эти годы учить латынь.

Мелисанда съела немного вареной моркови. Кухарка добавила в нее что-то сладкое, вроде меда. Не забыть бы похвалить эту маленькую женщину.

— Да, Хорн... Мы говорили об одном знакомом, который живет в Шотландии.

— О!

Вейл уже достаточно выпил, и ему было трудно определить, что выражало его лицо. Любопытство Мелисанды возрастало.

— Как его зовут?

— Сэр Алистэр Манро. Он был приписан к моему полку, но не был солдатом. Его направило правительство изучать животный и растительный мир Америки.

— Правда? Должно быть, интереснейший человек.

Вейл нахмурился:

— Только если тебе нравится часами говорить о папоротниках.

Мелисанда отхлебнула вина.

— Мне нравятся папоротники.

Вейл еще больше помрачнел.

— Во всяком случае, я собираюсь совершить поездку в веселую старую Шотландию и повидать его.

Наступило молчание, и Мелисанда задумалась над своими остывающими горошком и морковью. Не хочет ли он сбежать от нее? Ей так нравилось жить в его доме и знать, что он рядом. Даже если он отсутствовал большую часть дня или не возвращался до утра, она знала, что он всегда придет. Просто то, что они находились в одном доме, успокаивало ее душу. А теперь она лишится даже этого.

Вейл кашлянул.

— Дело в том, что он живет к северу от Эдинбурга. Это очень далеко. При плохих дорогах и езде в карете поездка займет неделю или более. Придется останавливаться в плохих холодных гостиницах, есть плохую пищу, и можно, кроме того, подвергнуться нападению разбойников — все это делает путешествие ужасным.

Он перевел мрачный взгляд на свою тарелку и усердно потыкал вилкой в свое мясо.

Мелисанда сидела молча, не притрагиваясь к еде, — казалось, у нее сжалось горло. Он собирается навестить человека, которого, по собственному его признанию, не очень любил и не очень хорошо знал. Зачем?

— Но несмотря на все это, я хотел бы спросить: не пожелаешь ли ты сопровождать меня, возлюбленная жена моя?

Мелисанда была так погружена в свои мысли, что не сразу поняла смысл его слов. Она взглянула на него и увидела, что он пристально смотрит на нее своими сине-зелеными глазами. Она почувствовала благословенное облегчение.

— Когда ты уезжаешь? — спросила она.

— Завтра.

Она изумленно раскрыла глаза:

— Так скоро?

— Мне надо обсудить с Манро нечто очень важное. Это не может ждать. — Он наклонился к ней. — Ты можешь взять Мауса. Конечно, нам надо взять и его поводок и убедиться, что он не испугает лошадей в гостиницах. Но у нас в самом деле не будет никаких удобств, и ты можешь очень утомиться, хотя...

— Да.

Он не понял.

— Что?

— Да. — Мелисанда улыбнулась и вернулась к еде. — Я бы хотела поехать с тобой.

— Они уезжают в Шотландию, — объявил лакей Берни, принесший обратно в кухню блюдо с горошком.

Салли Сачлайк чуть не уронила ложку в тарелку супа. В Шотландию? Эту землю болот и пустошей? Говорили, что мужчины там отращивают такие бороды, что и глаз не видно. И всем хорошо известно, что шотландцы не моются.

Миссис Кук явно разделяла это мнение.

— А они только что поженились, — огорчилась она, ставя на поднос заварной лимонный торт. — Какая жалость, право, какая жалость!

Она указала Берни на торт, чтобы он отнес его, тот взял поднос, но кухарка остановила его:

— А они не сказали, надолго ли уедут?

— Он сказал об этом только миледи. Но ведь это займет недели, не так ли? — Лакей пожал плечами, чуть не уронив поднос. — Даже месяцы. А уезжают они прямо сейчас. Завтра.

Когда Берни вышел из кухни, одна из посудомоек расплакалась.

Салли попыталась сглотнуть, но ее горло сжалось. Ей придется ехать с леди Вейл в Шотландию. Так полагалось камеристкам. Неожиданно ее новое положение, с приятным увеличением жалованья, которое удовлетворило бы любого, уже не казалось таким важным. Салли содрогнулась. Шотландия находилась на краю света.

— Ну перестаньте, не надо так волноваться, — раздался громкий голос мистера Пинча, сидевшего у камина и, как обычно, курившего свою вечернюю трубку.

Сначала Салли подумала, что он обращается к ней, но он явно смотрел на Битси, посудомойку.

— Шотландия не так уж плоха, — заметил камердинер.

— А вы, значит, были в Шотландии, мистер Пинч? — спросила Салли. Возможно, если он ездил туда, и выжил там, и вернулся, то все уж не так ужасно.

— Нет, — сказал мистер Пинч, разрушая ее надежды. — Но в армии я знал шотландцев, и они совершенно такие же, как и мы, но только вот говор у них смешной.

Салли посмотрела на свой мясной суп, сваренный из костей, оставшихся после жаркого, которое готовила миссис Кук для хозяина и хозяйки. Это был очень хороший суп. Всего лишь несколько минут назад Салли с наслаждением ела его. Но сейчас при виде плавающего сверху жира ее желудок неприятно сжался. Знакомство с шотландцем и поездка в Шотландию — совершенно разные вещи, и Салли даже чуть рассердилась на мистера Пинча за то, что он не понимает разницы. Его шотландцы, вероятно, пообтесались за время службы в армии. А кто знает, как ведут себя шотландцы, так сказать, на родной почве. Может, им нравятся маленькие блондинки из Лондона. Может быть, ее похитят прямо из постели и поступят с ней ужасным образом... или еще хуже.

— А теперь послушайте меня, девушка. — Голос мистера Пинча прозвучал совсем рядом.

Салли подняла голову и увидела, что камердинер сидит за столом напротив нее. Пока она была поглощена своими мыслями, слуги разошлись и вернулись к своей работе. Битси возилась с тазом посуды, которую она мыла. Никто не обращал внимания на камердинера и камеристку, сидевших на дальнем конце стола.

Мистер Пинч пристально смотрел на нее заблестевшими глазами. Салли никогда раньше не замечала этого очаровательного оттенка его зеленых глаз.

Камердинер положил локти на стол, держа в руке длинную белую глиняную трубку.

— В Шотландии нет ничего страшного. Такое же место, как любое другое.

Салли помешала остывавший суп.

— Я никогда в жизни не была дальше Гринвича.

— Не были? А где же вы родились?

— В Севен-Дайалс, — сказала она и посмотрела на него: не презирает ли он ее за то, что она выросла в такой дыре?

Но он лишь кивнул и, затянувшись, выпустил ароматный дым, стараясь, чтобы он не попал ей в глаза.

— И у вас есть семья?

— Только мой отец. — Она сморщила нос и призналась: — По крайней мере тогда он там жил. Я не видела его несколько лет, так что, может, он теперь живет где-нибудь в другом месте.

— Ваш отец был плохим человеком?

— Не очень плохим. — Она обвела край суповой миски пальцем. — Он не сильно меня бил и, когда мог, кормил. Но мне пришлось сбежать оттуда. Просто не могла там дышать.

Она посмотрела на него, чтобы убедиться, что он ее понимает.

Он кивнул, снова затягиваясь трубкой.

— А ваша мать?

— Умерла, когда я родилась. — Вкусный запах снова возбудил ее аппетит, и она проглотила ложку супа. — Братьев или сестер тоже нет. Насколько я знаю.

Он опять кивнул и, покуривая трубку, казалось, с удовлетворением смотрел, как она ест. Вокруг них и внизу су-

7-2449и

етились слуги, занимаясь каждый своим делом, но для Салли и мистера Пинча это было время отдыха.

Она съела половину супа и затем взглянула на него:

— А откуда вы родом, мистер Пинч?

— О, издалека! Я родился в Корнуолле.

— Правда? — Она с любопытством уставилась на него. Корнуолл казался ей таким же чужим, как и Шотландия. — Но вы говорите без акцента.

Он пожал плечами:

— Вся моя родня — рыбаки. А мне хотелось посмотреть мир, и, когда пришли солдаты со своими барабанами и лентами в яркой военной форме, я поспешил получить королевский шиллинг. — Его губы слегка скривились в насмешливой полуулыбке. — И довольно скоро я узнал, что армия его величества — это нечто большее, чем красивая форма.

— А сколько вам тогда было?

— Пятнадцать.

Салли смотрела на суп, пытаясь представить большого лысого мистера Пинча долговязым пятнадцатилетним мальчишкой. У нее не получалось. Он был слишком взрослым, чтобы когда-либо быть ребенком.

— И в Корнуолле у вас есть семья?

Он кивнул:

— У меня остались там мать и сводные братья и сестры. Мой отец умер, когда я был в колониях. И узнал я об этом только два года спустя, когда вернулся в Англию. Мать сказала, она заплатила, чтобы мне написали и отослали письмо, но я так и не получил его.

— Видно, очень грустно приехать вот так домой и узнать, что уже два года, как отец умер.

Он пожал плечами:

— Так устроен мир, девушка. Человек ничего не может, кроме как жить дальше.

— Наверное. — Она задумалась о диких шотландских горцах с заросшими бородой лицами.

— Девушка, — мистер Пинч протянул руку и похлопал ее по руке большим, с тупым ногтем, пальцем, — в Шотландии не произойдет ничего страшного. А если произойдет, я буду оберегать вас.

Салли тупо смотрела в проницательные зеленые глаза мистера Пинча, но мысль, что он будет оберегать ее, согревала ее.

Когда к полуночи Вейл все еще не пришел к ней в комнату, Мелисанда отправилась его искать. Возможно, он просто предпочел собственную постель, не желая в эту ночь навещать ее, хотя очень сомнительно. За дверью, ведущей в соседнюю комнату, не слышалось никаких голосов. Интересно, когда этот человек спит, если он все время на ногах, а затем покидает дом еще до того, как она встает? Может быть, он вообще не нуждается во сне?

Во всяком случае, ей надоело ждать, когда он придет. Она вышла из комнаты, где царил ужасный беспорядок — Салли в спешке укладывала вещи, — и направилась на поиски Джаспера. Его не было ни в библиотеке, ни в одной из гостиных, и в конце концов ей пришлось спросить Оукса, не знает ли он, где ее муж. Она надеялась, что ее щеки не покраснели от смущения, когда она узнала, что он уехал, не сказав ей ни слова.

Ей очень захотелось что-нибудь разбить, но она только поблагодарила Оукса и снова поднялась наверх. Почему он так поступает? Сначала просил ее поехать с ним в Шотландию, а затем избегает ее? Он что, не подумал о том, сколько долгих дней придется провести вместе с ней в карете? Или он собирается совершить это путешествие, сидя на крыше экипажа рядом с багажом? Так все странно. Сначала он преследовал ее, а потом неожиданно исчезал, именно тогда, когда она думала, что они стали ближе друг другу.

Мелисанда, тяжело вздохнув, подошла к двери своей спальни и уже собиралась открыть ее, но неожиданно передумала. Дверь в комнату Вейла находилась рядом с ее дверью. Искушение было слишком велико. Она приблизилась и приоткрыла дверь. В комнате никого не было. Мелисанда вошла, тихо закрыла за собой дверь и огляделась. Во всем ощущалась заботливая рука мистера Пинча: рубашки, жилеты и шейные платки были уложены рядами на кровати, приготовленные к путешествию.

Мелисанда подошла к кровати и потрогала пальцем темно-красное покрывало. Он спал здесь, должно быть, широко раскинув свои длинные руки и ноги. Как он спал: на спине или на животе, а может, засунув голову под подушку? Она почему-то представляла его спящим голым, хотя знала, что у него полный комод ночных рубашек. Каким близким становится человек, рядом с которым ты спишь! Во сне спадают все покрывала, оставляя человека беззащитным, почти как ребенок. Ей так отчаянно хотелось, чтобы он разделял с ней ложе. Чтобы оставался на всю ночь и позволял себе быть беззащитным перед ней.

Она вздохнула и отвернулась от постели. На его туалетном столике стоял вставленный в рамку небольшой портрет его матери. Несколько каштановых волосков зацепились за его головную щетку. Один из них был почти рыжим. Она достала из рукава носовой платок и осторожно завернула в него волоски.

Подойдя к столику у кровати, Мелисанда взглянула на лежавшую там книгу — история английских королей, затем перешла к окну и выглянула наружу. Вид из окна был почти такой же, как и из ее комнаты, — сад позади дома. Она рассеянно оглядела комнату. Вокруг находилось много разных вещей: одежда, книги, какие-то куски веревки, сосновая шишка, сломанные перья, перочинный ножик и чернила, но ничего, что рассказало бы ей что-то важное о ее муже. Как глупо было входить сюда, предполагая, что комната сможет что-нибудь рассказать о Джаспере! Она покачала головой, осуждая свою глупость, и ее взгляд упал на дверь гардеробной. Едва ли и там найдется что-нибудь личное, но она уже далеко зашла, отступать было бы глупо.

Мелисанда повернула ручку. В комнатке был еще один туалетный столик, различные вешалки для одежды, узкая раскладная кровать, а в углу у стены тонкий тюфяк и одеяло. Мелисанда была озадачена. Странно... Зачем и раскладная кровать, и тюфяк? Ведь мистеру Пинчу требовалось что-то одно. И почему тюфяк? Вейл производил на нее впечатление щедрого хозяина. Почему верному слуге предназначалась такая жалкая постель?

Она вошла в узкую комнатку, обошла кровать и наклонилась, разглядывая тюфяк. Неподалеку стояла единственная свеча в подсвечнике, залитом расплавленным воском, а под небрежно смятым одеялом виднелась книга. Она перевела взгляд с тюфяка на складную кровать. Непохоже, чтобы на ней кто-то спал — матрац не был застелен. Мелисанда потянула одеяло, лежавшее на тюфяке, чтобы разглядеть название книги. Это был сборник стихов Джона Донна. Какой странный вкус для лакея, подумалось ей, и тут она заметила на подушке волосы. Темно-каштановые, почти рыжие.

За ее спиной кто-то кашлянул. Мелисанда резко обернулась и увидела удивленно поднятые брови мистера Пинча.

— Могу я вам чем-нибудь помочь, миледи?

— Нет. — Мелисанда спрятала дрожащие руки в складках своих юбок — хорошо еще, что ее застал здесь не Вейл. Но быть пойманной лакеем, когда она рылась в вещах мужа, тоже достаточно неприятно. Она вздернула подбородок и двинулась к двери в спальню. Но, не дойдя, остановилась и оглянулась на камердинера.

— Вы давно служите моему мужу, мистер Пинч?

— Да, миледи.

— Он всегда так мало спал?

Этот большой лысый человек поднял один из шейных платков, разложенных на кровати, и аккуратно сложил его.

— Да, насколько я знаю.

— А почему, вы знаете?

— Некоторые люди не нуждаются в долгом сне, — сказал камердинер.

Она молча смотрела на него.

Мистер Пинч положил на место шейный платок и наконец взглянул на нее, вздохнув при этом так, будто разговор вызывал у него физическое напряжение.

— Некоторые солдаты не спят так, как должны бы спать. Лорд Вейл... он любит общество. Особенно в те часы, когда наступает темнота.

— Он боится темноты?

Он выпрямился и нахмурился:

— На войне ядро попало мне в ногу.

Мелисанда растерялась, удивленная резкой сменой темы их разговора.

— Мне очень жаль.

Камердинер отмахнулся от ее сочувствия:

— Это ерунда. Беспокоит только иногда, когда идет дождь. Но когда это случилось, ядро сбило меня с ног. Шло сражение, а я лежал на земле, и надо мной стоял француз, готовый вонзить в меня штык. И тут появился лорд Вейл. А между нами стояли с ружьями французы, но это не остановило его. Они стреляли в него, и я не понимаю, почему он не упал. Больше скажу вам — на его лице все время была улыбка. Расправился он с ними, миледи. Ни один не остался стоять, все полегли.

Мелисанда судорожно вздохнула.

— Понимаю...

— И я решил там и тогда, миледи, — закончил свой рассказ мистер Пинч, — что, если он мне прикажет, я последую за ним даже в ад.

— Спасибо, что вы мне рассказали об этом, мистер Пинч, — проговорила Мелисанда и открыла дверь. — Пожалуйста, скажите лорду Вейлу, что я буду готова к восьми часам утра.

— Да, миледи, — поклонился мистер Пинч.

Мелисанда вышла, но не могла избавиться от мысли, что все время, пока мистер Пинч рассказывал ей свою историю, он стоял, словно на страже, охраняя маленькую гардеробную.

Глава 12

Так вот, когда Джек вернулся в замок, он сделал очень странную вещь. Он снова надел свои шутовские лохмотья и отправился вниз, на кухню. Там готовили королевский ужин, и все страшно суетились. Главный повар кричал, лакеи бегали взад и вперед, посудомойки скребли посуду, а младшие повара рубили, мешали и пекли. Никто не заметил, как Джек пробрался к мальчику, который помешивал суп в горшке, подвешенном над огнем.

— Тсс, — сказал Джек поваренку. — Я дам тебе серебряную монету, если ты позволишь мне помешать суп принцессы.

Ну, мальчишке очень понравился этот обмен. Как только он отвернулся, Джек бросил в горшок с супом медное кольцо...

Из «Веселого Джека»

Карета переехала глубокую колею и покачнулась. Мелисанда покачнулась вместе с ней: уже в первый день их путешествия она сообразила, что намного легче качаться вместе с каретой, чем сидеть выпрямившись и сопротивляясь качке. Сегодня шел уже третий день, и она привыкла покачиваться. Ее плечо слегка коснулось плеча Салли, которая, прижавшись к ней, дремала. Маус расположился на сиденье с другой стороны и тоже спал, временами тихо похрапывая.

Мелисанда выглянула в окно. Казалось, их окружала пустота. Сине-зеленые холмы уходили куда-то вдаль — за изгороди и сложенные из камней стены. Начинало темнеть.

— Не пора ли нам остановиться? — спросила она мужа.

Вейл сидел напротив нее, протянув ноги через всю карету так, что они почти касались ног Мелисанды. Глаза у него были закрыты, но он сразу же ответил ей, подтвердив ее подозрение, что он вообще не спал.

— Ты права. Нам следовало бы остановиться в Беркхеме, но кучер сказал, что гостиница там закрыта. Он съехал с главной дороги, чтобы поискать другую гостиницу, но я подозреваю, что он заблудился.

Вейл приоткрыл один глаз и посмотрел в окно, казалось, его совершенно не беспокоили ни наступление темноты, ни то, что они, очевидно, сбились с пути.

— Определенно съехали с большой дороги, — сказал он. — Если только эта гостиница не стоит посередине коровьего пастбища.

Мелисанда вздохнула и начала убирать волшебную сказку, которую переводила. Она почти закончила перевод, странная волшебная сказка выходила из-под ее пера: о солдате, которого превратили в смешного маленького человечка. Смешной человечек, однако, был очень храбрым. Он совсем не походил на обычных сказочных героев, впрочем, ни одного персонажа сказок из книги Эмелин нельзя было считать обычным. В любом случае с переводом придется подождать до завтра — слишком темно и плохо видно.

— А мы не можем вернуться? — спросила она Вейла, убирая письменные принадлежности. — Заброшенная гостиница все же лучше пустынных холмов.

— Правильно замечено, дорогая жена, но, боюсь, будет уже темно, пока мы доберемся до Беркхема. Лучше ехать дальше.

Он снова закрыл глаза, что было очень обидно.

Кусая губы, Мелисанда некоторое время смотрела в окошко. Затем она взглянула на свою все еще спавшую горничную и, понизив голос, сказала:

— Я обещала Салли, что мы не будем ехать после наступления темноты. Ты знаешь, она никогда не выезжала из Лондона.

— Тогда она много узнает во время этого путешествия, — не открывая глаз, ответил муж. — Не бойся. Кучер и лакеи вооружены.

— Гм... — Мелисанда сложила руки. — А ты хорошо знаешь мистера Манро?

Два предыдущих дня она пыталась узнать, о чем Вейл собирается разговаривать с этим человеком. Но он просто менял тему разговора, когда она заводила этот разговор. Теперь она поменяла тактику.

— Сэра Алистэра Манро, — проворчал он.

Должно быть, почувствовав ее раздражение, он, не открывая глаз, улыбнулся.

— Возведен в рыцари за служение королю. Написал книгу, в которой описаны растения и животные Нового Света. И не только они. Еще рыбы, птицы и насекомые. Это внушительная, большого размера книга, но гравюры в ней хороши. Сделаны по его собственным эскизам и раскрашены от руки. Книга произвела на короля Георга такое впечатление, что он пригласил Манро на чашку чаю... По крайней мере так говорили.

Мелисанда задумалась об этом натуралисте, который пил чай с королем.

— Он, наверное, провел много лет в Америке, чтобы собрать материал для книги. И он все время был с вашим полком?

— Нет. Он переходил из полка в полк в зависимости от места их дислокации. С Двадцать восьмым он пробыл месяца три или около этого. Он присоединился к нам как раз накануне нашего похода в Квебек.

Джаспер говорил сонным голосом, что вызывало у Мелисанды подозрения. Он дважды засыпал в самый удачный момент, чтобы не отвечать на ее вопросы.

— Ты общался с ним, когда он был в вашем полку? Что он за человек?

Вейл, не открывая глаз, изменил положение ног.

— О, настоящий шотландец! Неразговорчивый и не любит длинных речей. Но обладает странным чувством юмора, насколько я помню. Очень острый на язык.

Он замолчал, молчала и Мелисанда, глядя, как угасающий свет окрашивает пурпуром холмы.

Наконец Вейл заговорил словно сквозь сон:

— Я помню, у него был большой сундук, кожаный, обитый медью. Сделанный по специальному заказу. Внутри были десятки отделений, все выложены войлоком — устроено с умом. У него были коробочки и стеклянные чашечки для различных образцов и разные приспособления для хранения листьев и цветов. Однажды он открыл этот сундук, и видели бы вы этих грубых солдат, видели бы вы, как они стояли и таращили глаза на его сундук, будто мальчишки на ярмарке. А ведь некоторые из них служили десятки лет и глазом бы ни моргнули в любой обстановке, но тут...

— Должно быть, это была красивая вещь, — тихо сказала Мелисанда.

— Да, была, была... — словно издалека прозвучал в наступавшей темноте его голос.

— Может быть, он покажет его мне, когда мы приедем.

— Он не покажет, — отозвался голос из темноты. — Сундук сломали индейцы, которые на нас напали. Разломали на куски, образцы вытащили и разбросали. Все погибло.

— Ужасно! Бедняга. Страшно подумать, что он пережил, когда увидел, что сделали с его коллекцией.

В карете наступила тишина.

— Джаспер? — Ей хотелось увидеть его лицо.

— Он этого не увидел, — неожиданно прозвучало из темноты. — Он был ранен... он так никогда и не вернулся на место бойни. Как и я. Я узнал, что случилось с его сундуком, только спустя несколько месяцев.

— Мне так жаль. — Мелисанда смотрела невидящим взглядом в темное окошко. Она не знала точно, о чем она сожалеет — о разломанном сундуке, утраченных артефактах, о самом побоище или о том, что ни один человек, переживший подобное, не остается таким же, как прежде. — А как он выглядит, этот сэр Алистэр? Он молодой или старый?

— Вероятно, чуть старше меня, — неуверенно проговорил Вейл. — Тебе следует понять...

Но она, повернувшись к окну, перебила его:

— Посмотри. — Ей показалось, что она видит какое-то движение за окном.

В ночной тишине прозвучал выстрел. Мелисанда вздрогнула. Салли, вскрикнув, проснулась, а Маус вскочил на ноги и залаял.

— Кошелек или жизнь! — крикнул за окном грубый голос.

Карету тряхнуло, и она остановилась.

— Черт! — сказал Вейл.

Именно об этом беспокоился Джаспер, когда начало темнеть. Они оказались в самом удобном для грабителей-горцев месте. Его не слишком беспокоила утрата кошелька, но будь он проклят, если допустит, чтобы кто-нибудь тронул Мелисанду.

— Что?.. — заговорила она, но он протянул руку и осторожно закрыл ей рот. Она была сообразительной женщиной и сразу же замерла. Взяла Мауса на колени и зажала ему пасть.

Маленькая камеристка сидела с широко раскрытыми от испуга глазами, прижимая ко рту кулачок. Она не издавала ни звука, но Джаспер на всякий случай приложил палец к своим губам. Правда, неизвестно, видит ли его женщина в этой темноте.

«Почему кучер не попытался оторваться от нападавших?» — подумал Джаспер, но быстро нашел этому ответ.

Кучер говорил, что плохо знает эту местность. Вероятно, он боялся, что карета перевернется в темноте и все погибнут.

— Слезай оттуда, — приказал другой человек.

Значит, их по меньшей мере двое, но, возможно, и больше. А у него два лакея и два кучера, и еще двое мужчин верхом на лошадях, один из них — Пинч. Всего шестеро. А сколько грабителей?

— Слышишь меня? Слезай оттуда! — требовал второй голос. Очевидно, один из них держал под прицелом кучера, чтобы тот не тронулся с места. Другой прикрывал нападавших. Третий, предположительно, должен был отбирать у них ценности. Значит, нападавших всего трое. Но если их больше... — Проклятие! Слезай, не то буду стрелять!

Салли тихо застонала от страха, Маус пытался вырваться, но Мелисанда крепко держала терьера и сидела молча. Умный грабитель начал бы со слуг: убил бы их одного за другим, а затем принудил хозяев выйти из кареты. Но этот разбойник, по-видимому, был настолько глуп, что...

Дверца кареты распахнулась, и в карету заглянул человек с пистолетом в руке. Джаспер схватил его за руку и с силой дернул на себя. Пистолет выстрелил, задрожали стекла. Горничная вскрикнула. Грабитель почти ввалился в карету. Джаспер вырвал у него пистолет.

— Не смотрите, — сказал он Мелисанде и ударил грабителя пистолетом в висок так, что хрустнула кость. Потом нанес еще один удар, затем еще и еще и, только убедившись, что человек мертв, отбросил пистолет. Он ненавидел оружие.

Раздался крик, за которым последовал выстрел.

— Черт! Нагнитесь, — приказал он Мелисанде и горничной: пуля могла пробить деревянную стенку кареты. Она не спорила и легла на сиденье вместе с камеристкой и терьером.

К ним приближались торопливые шаги. Джаспер прикрыл собой женщин и приготовился.

— Милорд! — В раскрытой дверце показалось широкое лицо Пинча. — Вы целы, милорд? А женщины?..

— Думаю, что целы. — Джаспер повернулся к Мелисанде и в темноте ощупал ее лицо и волосы. — С тобой все в порядке, дражайшая моя любовь?

— Д-да. — Она, как всегда, выпрямила спину, и ее сердце пронзила внезапная мысль. Если бы он не защитил их, что бы с ними сделали?

Камеристку била дрожь. Мелисанда спустила с рук Мауса и, прижав девушку к себе, успокаивающе гладила ее по спине.

— Все хорошо, лорд Вейл и мистер Пинч защитили нас.

Маус, соскочив на пол кареты, рычал на мертвого разбойника.

Пинч кашлянул.

— Мы поймали одного разбойника, милорд. А другой ускакал.

Джаспер посмотрел на него. Половина его лица потемнела от порохового дыма. Джаспер усмехнулся. Его камердинер всегда был отличным стрелком.

— Помоги мне вытащить этого из кареты, — сказал он Пинчу. — Мелисанда, пожалуйста, оставайтесь здесь, нужно убедиться, что опасность миновала.

— Конечно, — храбро ответила она, гордо подняв голову.

И несмотря на присутствие Пинча и горничной, Джаспер наклонился и крепко поцеловал ее. Все произошло молниеносно. Ведь сложись обстоятельства по-другому, он мог бы потерять ее. Джаспер выбрался из кареты, торопясь увидеть человека, который угрожал его милой жене. Но сначала они с Пинчем вытащили мертвого разбойника из кареты. Он надеялся, что Мелисанда не слишком внимательно смотрела на них — у разбойника была сломана челюсть и проломлен висок.

Маус выпрыгнул из кареты.

Джаспер огляделся:

— Где он?

— Вон там, милорд. — Пинч указал на дерево в стороне от дороги, где несколько лакеев стояли над лежавшим человеком. Маус бегал вокруг, принюхиваясь к земле.

Джаспер подошел к группе лакеев и спросил:

— Кто-нибудь ранен?

— Бобу оцарапало руку, — доложил Пинч. — Больше никто не пострадал.

— Ты проверил? — В темноте в таком возбужденном состоянии раненый человек может иногда не заметить раны.

Но Пинч тоже служил в армии.

— Да, милорд.

— Молодец, — похвалил его Джаспер. — Пусть лакей зажжет больше фонарей. Свет прогоняет всякое зло.

— Да, милорд. — Пинч направился обратно к карете.

— Ну а теперь взглянем — кто это тут у нас? — проговорил Джаспер.

Один из лакеев, по имени Боб, был ранен, однако, замотав тряпкой предплечье правой руки, он не выпустил из руки пистолета и держал пленника под прицелом. Подошел Пинч с фонарем, и они осмотрели разбойника. Он был еще совсем юный — наверное, лет двадцати, не более, — его грудь заливала сочившаяся из раны кровь.

— Он жив? — спросил Джаспер.

— Чуть жив, — бесстрастно ответил Пинч. Должно быть, это его выстрел выбил юношу из седла, но Пинч, видимо, не испытывал к поверженному никакой жалости.

Мысли стремительно неслись в голове Джаспера. Этот мальчишка стрелял в них. Он мог застрелить Мелисанду. Перед ним промелькнуло ужасное видение — Мелисанда, лежащая на месте этого юноши. Мелисанда с зияющей на груди раной. Мелисанда, хватающая воздух пробитыми легкими.

Джаспер отвернулся.

— Пусть тут и лежит.

— Нет.

Он поднял глаза и увидел Мелисанду, стоящую рядом, вопреки его приказанию не покидать карету.

— Мадам?

Она не отступила, несмотря на его ледяной тон.

— Возьмем его с собой, Джаспер.

Он смотрел на нее, в свете фонаря казавшуюся неземной и хрупкой. Слишком хрупкой. Вейл мягко сказал:

— Он мог бы убить тебя, моя милая.

— Но не убил ведь.

Ее хрупкость была обманчива — всего лишь внешняя оболочка, но характер ее выкован из железа, подумал Вейл. Не отрывая от нее взгляда, он кивнул:

— Заверни его в одеяло, Пинч, и положи себе на седло.

Мелисанда хотела возразить:

— Карета...

— Я не позволю положить его около тебя.

Она посмотрела на него и, по-видимому, поняла, что здесь он ей не уступит. Мелисанда кивнула.

Джаспер взглянул на Пинча:

— Можешь перевязать ему рану, когда мы приедем в гостиницу. Я хочу поскорее убраться отсюда.

— Да, милорд, — сказал Пинч.

Затем Джаспер подошел к возлюбленной жене своей и взял ее руку, такую теплую и живую под его пальцами. И, наклонившись, прошептал ей на ухо:

— Я делаю это для тебя, моя дорогая. Только для тебя.

Она посмотрела на него. В темноте ее лицо светилось, словно бледная луна.

— Ты делаешь это и для себя. Это неправильно — бросать его умирать в одиночестве, что бы он ни сделал.

Джасперу не хотелось спорить. Пусть она думает, если желает, что его волнуют такие вещи. Он подвел ее к карете и, усадив, закрыл дверцу. Даже если разбойник проживет еще несколько часов, он уже не сможет навредить Мелисанде, а только это имело для него значение.

Вечером в гостинице, когда закрылась дверь в ее комнату, Мелисанда вздохнула. Вейл всегда в гостиницах, где они останавливались, занимал две комнаты, и в этот вечер было так же. Поэтому, несмотря на то что в маленькой гостинице почти не оставалось свободных комнат, Мелисанда оказалась в уединении.

Она подошла к маленькому камину, наполненному углем, — результат щедрого дара, сделанного жене хозяина гостиницы. Веселое пламя играло в камине, но руки Мелисанды оставались холодными. Болтали ли удивленные слуги о том, что хозяин и хозяйка уже спят в разных комнатах так скоро после свадьбы? Мелисанде было немного стыдно, как будто из нее не получилось хорошей жены. Маус вскочил на кровать и, покрутившись немного, устроился в ногах постели и вздохнул.

Хорошо еще, что Салли в разговорах никогда не упоминала о том, как спят ее хозяева. Маленькая камеристка одевала и раздевала ее с постоянной жизнерадостной улыбкой, которая, однако, в этот вечер, когда их чуть не ограбили, была несколько натянутой. Она все еще не оправилась от потрясения и не щебетала, как обычно. Мелисанде стало жаль девушку, и она отпустила ее пораньше, чтобы та поужинала.

Так Мелисанда осталась совсем одна. Ужин, поданный женой хозяина гостиницы, не вызвал у нее аппетита. Вареная курица выглядела довольно заманчиво, но она не могла заставить себя есть, зная, что в дальней комнате гостиницы умирает юноша. Она извинилась и рано поднялась наверх. Сейчас она жалела, что не осталась в столовой, которую Вейл заказал для них. Она вздохнула. Какой смысл оставаться на ногах — она уже разделась и поэтому не могла спуститься в столовую. Мелисанда откинула простыни с жесткой гостиничной кровати и, увидев, что они чистые, легла. Она натянула одеяло до самого носа, погасила свечи и смотрела, как на потолке играет свет от камина, пока ее веки не отяжелели.

Мысли всплывали и уплывали. Блестящие глаза Вейла и их выражение, когда он втащил разбойника в карету. Вареная курица и пончики, которые пекла кухарка, когда Мелисанда была ребенком. Сколько еще дней они будут трястись в карете по колдобинам местных дорог? Когда же они доберутся до Шотландии? Мысли путались, и она уже засыпала.

Что-то теплое коснулось ее спины. Сильные руки и легкое прикосновение губ, пахнувших виски.

— Джаспер? — прошептала она, еще окончательно не проснувшись.

— Тсс... — шепнул он.

Его губы прижались к ее губам, раздвинули их, впуская его язык. Еще пребывая в состоянии дремы, она подумала: уж не снится ли ей это, и вообще — что это может быть? Но тут же, открывая дорогу реальности, она уловила знакомый, родной запах, и душа ее мгновенно распахнулась навстречу этой реальности. Она ощущала, как он снимает с нее сорочку, как его руки овладели ее грудями, нежно гладили их, пощипывая соски, ощутимо, едва ли не грубо.

— Джаспер, — простонала она.

Мелисанда провела пальцами по его горячей потной спине, ощутила крепость его мышц, когда всей своей тяжестью он опустился между ее раздвинутых ног.

— Тсс... — опять прошептал он.

Она почувствовала, как его плоть вошла в нее.

Ее тело, мягкое, податливое, еще не было готово принять его. И он проникал в нее медленно и осторожно, будто исследуя неизведанные глубины. Он приподнялся на локтях и лежал теперь между ее бедрами, нежно целуя и лаская ее груди. Мучительно возбуждающее ощущение!

Она попыталась приподняться, чтобы ему было удобнее ее держать, но он едва заметным движением остановил ее. Она поняла: теперь он будет любить ее так, как ему хочется. А ей остается только повиноваться.

Она обняла его голову и запустила пальцы в его волосы, отвечая на его поцелуи, подставляя ему свои пухлые покорные губы.

У него вырвался стон. Движение его бедер становилось быстрее, он проникал в нее все глубже и глубже. Она чувствовала его всей своей женской плотью.

Он оторвался от ее губ и отвернулся, тяжело и хрипло дыша. Она не открывала глаза, не желая прерывать эту минуту передышки. Но вдруг она почувствовала, как его руки скользнули вниз и умело нашли самое чувствительное место ее тела.

Она вскрикнула и открыла глаза. Должно быть, он принес в комнату свечу, потому что теперь она видела его широкие плечи с твердыми мускулами, пряди влажных волос, прилипших к лицу, и бирюзовые глаза, призывно устремленные на нее.

— Люби меня, люби... — снова прошептал он в изнеможении.

Его большой палец нажимал на самую чувствительную точку, его плоть заполняла ее тело. Она лежала, распростертая под ним, полностью принадлежащая ему, а он продолжал шептать: «Люби меня, люби...»

Конечно, она любит его. Волна наслаждения накрыла ее с головой и вознесла на свою вершину. Но даже оказавшись на гребне ее, она заметила: он наблюдает за ней. Он хочет узнать то, что она таила от него.

Он наклонился и лизнул ее сосок.

Она выгнулась и жалобно громко застонала. Он зажал ей рот поцелуем. Этот поцелуй — трофей этой битвы. Его тело лежало на ней, пока она содрогалась от каждого нового прилива наслаждения. Никогда раньше она не испытывала ничего подобного. Она еще дрожала, ощущая отступающую волну блаженства, а к нему она подступала. Он приподнялся, опершись на руки, и, глядя на нее, делал выпад за выпадом. Его губы кривились, в глазах сверкала мрачная решимость, искры безумия...

— Боже, — простонал он. — Боже. Боже, Боже...

Она почувствовала острую радость, никогда еще не испытанную ею: она отдавала, и она получала.

Это было почти священнодействие.

— Джаспер... — прошептала она, беря в ладони его мокрое лицо, — Джаспер...

Он отстранился от нее и почти сразу встал с постели. Наклонился, подобрал халат и набросил его на себя.

— Этот юный разбойник умер.

И вышел из комнаты.

Глава 13

В этот вечер королевский замок гудел от слухов, как пчелиный рой. Змей был убит, а медное кольцо исчезло, и никто не принес его. Кто же этот храбрец, завладевший кольцом?

Джек, как обычно, стоял рядом со стулом принцессы, и когда она садилась на свое место, то как-то странно посмотрела на него.

— Послушай, Джек! — воскликнула она. — Где это ты был? Волосы у тебя совсем мокрые.

— Я посещал маленькую серебряную рыбку, — сказал Джек и сделал неуклюжее сальто.

Принцесса улыбнулась и продолжила есть суп, но какой сюрприз ожидал ее на дне миски! Там лежало медное кольцо.

Вот как! Поднялся шум, и немедленно вызвали главного повара. Но несмотря на то что беднягу допрашивали пе-

ред всем королевским двором, он не знал, как кольцо попало в суп принцессы Отрады. Наконец король, не придумав ничего лучшего, уволил повара...

Из «Веселого Джека»

После вчерашней ночи она, наверное, думает о нем как о грубом животном. Не очень приятные мысли за завтраком, и Джаспер сердито смотрел на яйца и хлеб, предложенные женой хозяина гостиницы. Они оказались довольно вкусными, но чай был жидкий и далеко не лучшего качества, кроме того, в это утро Джаспер пользовался малейшим поводом, чтобы оправдать свое плохое настроение.

Поднеся чашку к губам, он смотрел на возлюбленную жену свою. Она не была похожа на женщину, которую насиловали ночью. Напротив, она выглядела свежей и отдохнувшей, была аккуратно причесана, что почему-то вызывало у него еще большее раздражение.

— Ты хорошо спала? — спросил он — вероятно, это было подходящим началом для разговора.

— Да, спасибо. — Она дала кусочек булки сидевшему под столом Маусу. Джаспер знал об этом, хотя она не изменила ни позы, ни выражения лица. Она просто пристально смотрела на него. И что-то в этом ее взгляде подсказывало ему, что она делала.

— Сегодня мы будем в Шотландии, — сказал он. — А к завтрашнему дню — в Эдинбурге.

— Правда?

Он кивнул и намазал булочку маслом, уже третью.

— В Эдинбурге живет моя тетка.

— В самом деле? Ты никогда об этом не говорил. — Она отпила чаю.

— Да, живет.

— Она шотландка?

— Нет. Ее первый муж был шотландцем. По-моему, сейчас она живет с мужем номер три. — Джаспер положил нож на тарелку. — Ее зовут миссис Эстер Уипперинг, мы остановимся у нее на ночь.

— Очень хорошо.

— Она постарела, но ум у нее острый, как нож. Когда я был мальчишкой, она больно драла меня за уши.

Мелисанда опустила чашку.

— Почему? За что?

— Да ни за что. Она говорила, что это для моей же пользы.

— Не сомневаюсь.

Он открыл рот с намерением защитить свою юношескую честь, как вдруг почувствовал: что-то холодное и мокрое прикоснулось к его руке, лежавшей на коленях.

Другой рукой он держал нож для масла и чуть не выронил его.

— Боже мой, что это?

— Думаю, это всего лишь Маус, — невозмутимо сказала Мелисанда.

Он заглянул под стол и увидел пару блестящих глаз. В темноте в них виделось что-то бесовское.

— Что ему надо?

— Твою булочку.

Джаспер с возмущением посмотрел на жену:

— Он ее не получит.

Мелисанда пожала плечами:

— Он будет еще больше приставать к тебе до тех пор, пока ты ему что-нибудь не дашь.

— Какой смысл поощрять плохое поведение?

— Гм... Не сказать ли жене хозяина, чтобы она собрала нам в дорогу ленч? Кажется, она неплохо готовит.

После некоторого движения, что-то теплое уселось на его ногу.

— Прекрасная идея. К полудню мы можем оказаться далеко отсюда.

Она кивнула и пошла к двери в маленькую отдельную столовую, чтобы распорядиться.

Когда она повернулась к нему спиной, Джаспер протянул под стол кусочек яйца. Мокрый язык тут же слизнул его с руки.

Вернувшись в комнату, Мелисанда с подозрением взглянула на него, но не сказала ни слова.

Спустя полчаса лошадей запрягли. Для разнообразия камеристка на этот раз устроилась на козлах рядом с кучером. Мелисанда с Маусом сидели в ожидании в карете, а Джаспер вел последний разговор с хозяином гостиницы. Он поблагодарил его, сел в карету и стукнул в крышу.

Карета тронулась, и Мелисанда подняла глаза от своего вышивания.

— Что ты ему сказал?

Он взглянул в окошко. На холмы опускался туман.

— Кому?

— Хозяину гостиницы.

— Я поблагодарил его за прекрасную ночь и отсутствие блох.

Она продолжала смотреть на него.

Он вздохнул:

— Я дал ему денег, чтобы похоронить мальчика. И еще немного за причиненное беспокойство. Я подумал, ты бы хотела, чтобы я это сделал.

— Спасибо.

Он лениво развалился на сиденье, вытянув в сторону ноги.

— У тебя доброе сердце, возлюбленная моя жена.

Она решительно покачала головой:

— Нет, просто справедливое.

— Справедливое сердце, которое оказывает помощь мальчишке, готовому без всяких угрызений совести застрелить тебя.

— Ты этого не знаешь.

Он смотрел на холмы.

— Я знаю, что прошлой ночью он отправился с заряженным ружьем грабить и убивать. Если бы он не собирался стрелять, он не зарядил бы его.

Он чувствовал на себе ее взгляд.

— Почему прошлой ночью ты не стрелял?

Он пожал плечами:

— Достаточно того, что выстрел все-таки прозвучал.

— Мистер Пинч сегодня утром рассказал мне, что под сиденьем спрятаны пистолеты.

«Черт бы побрал Пинча и его длинный язык!» Он взглянул на Мелисанду. Но увидел на ее лице скорее любопытство, а не презрение.

Он вздохнул:

— Вероятно, мне следовало показать тебе, как ими пользоваться в случае необходимости. Но ради Бога, не бери пистолет, если не намерена стрелять, и всегда держи его дулом вниз.

Она удивленно подняла брови, но ничего не сказала.

Он снял со своего сиденья тонкую подушку. Под ней находилось отделение с откидывавшейся крышкой. Он поднял крышку и указал на два пистолета:

— Вот.

Она смотрела на пистолеты, дремавший Маус проснулся, видимо, чтобы тоже посмотреть на них.

— Очень мило, — сказала Мелисанда и с любопытством взглянула на него: — Почему ты не вынул их прошлой ночью?

Джаспер осторожно оттолкнул песика, опустил крышку, положил на место подушку и сел на нее.

— Я не достал их потому, что питаю необъяснимую неприязнь к оружию, если тебе так хочется это знать.

Она подняла брови.

— Должно быть, во время войны произошло что-то такое, что вселило в тебя такую неприязнь.

— О, когда я служил в армии, мне приходилось часто стрелять из пистолета и ружья. И я неплохой стрелок. Или по крайней мере я не был... я не брал в руки пистолета с тех пор, как вернулся в Англию.

— Тогда почему теперь ты ненавидишь оружие?

Он с силой прижал большой палец к ладони правой руки.

— Мне неприятно чувствовать... может быть, тяжесть... пистолета в руке. — Он смотрел куда-то мимо нее. — Однако я бы достал их, если бы не было другого выхода. Я бы не стал рисковать тобой, радость моя.

— Я знаю, — кивнула она.

И эти простые слова наполнили его чувством, которое он давно не испытывал, — счастьем. Он смотрел на нее, так уверенную в его способностях, уверенную в его храбрости, и думал: «Господи, пожалуйста, сделай так, чтобы она никогда не узнала правды».

В тот вечер Мелисанда пожалела, что не может просто сказать Вейлу: она не хочет спать одна, отдельно от него. Она стояла во дворе уже другой гостиницы, на этот раз довольно большой, и смотрела, как конюхи распрягали лошадей, а Вейл разговаривал с хозяином. Они остановились на ночевку, и он договаривался о комнате. Ее комнате.

Гостиница была почти заполнена, оставалась всего лишь одна комната, но, вместо того чтобы ночевать в ней вместе, Вейл намеревался спать в общем зале. Только Богу известно, что подумал хозяин гостиницы. Она вздохнула и посмотрела на лакея, который вел на поводке Мауса. Или, вернее, Маус, рвавшийся вперед, натягивая повод, тащил за собой лакея. Дотащив беднягу до столбика коновязи, он поднял заднюю ногу и затем потащил его к следующему столбу.

— Ты готова, моя милая?

Мелисанда очнулась от своих размышлений об их странном браке и увидела, что Вейл уже договорился с хозяином.

— Да. — Она кивнула и взяла его под руку.

— Маус открутит руку этому лакею, — заметил Вейл, когда они направились к дому. — Знаешь, они тянут жребий — кому выводить его на вечернюю прогулку.

— И выигравший ведет его? — спросила она, входя в главное помещение.

— Нет, проигравший, — ответил он и недовольно поморщился.

Из общего зала доносились бурные взрывы смеха. Гостиница была построена в давние времена, большие потемневшие балки пересекали низкий потолок. Слева находился общий зал со старыми, выщербленными круглыми столами и ярко горевшим камином, хотя была середина лета. За всеми столами сидели путники, в основном мужчины, которые пили эль и ужинали.

— Вон туда, — сказал Вейл и повел ее направо, в маленькую заднюю комнатку. В отдельной столовой, которую отвели им, была уже расставлена грубая глиняная посуда и лежал каравай свежего ржаного хлеба.

— Спасибо, — поблагодарила его Мелисанда, когда он выдвинул для нее стул. Она села, и как раз в этот момент лакей принес Мауса. Терьер сразу же подошел к ней, ожидая, чтобы его приласкали. — И как вы себя чувствуете, сэр Маус? Хорошо прогулялись?

— Чуть не поймал крысу, миледи, — сообщил лакей. — В конюшне. Ловкий пес.

Мелисанда улыбнулась терьеру и потрепала его за уши:

— Молодец.

В комнату торопливо вошел хозяин гостиницы с бутылкой вина. Следом девушка внесла тушеную баранину, и в комнате сразу стало шумно и тесно. Но минут через пять они с Вейлом снова остались одни.

— Завтра... — заговорил он, но его перебил громкий крик, раздавшийся в общем зале.

Вейл недовольно поморщился и посмотрел на дверь. Хоть они и сидели в отдельной комнате, непрерывный шум общего зала был хорошо слышен.

Из-под насупленных бровей на нее взглянули сине-зеленые глаза.

— Ты должна запереть дверь и ночью не выходить из своей комнаты. Не нравится мне это сборище.

Мелисанда кивнула. Она всегда запирала дверь, если могла, или ставила перед ней стул. Да и Вейл обычно находился в соседней комнате.

— Но вчера твоя дверь не была заперта.

А она еще сомневалась, помнил ли он жаркую любовную сцену, происшедшую прошлой ночью. Значит, помнил.

— Там не было замка.

— Сегодня я прикажу одному из лакеев спать у твоей двери.

Они закончили ужин в дружелюбном молчании. Было уже больше десяти часов, когда Мелисанда с Маусом вошла в свою комнату. Салли, позевывая, раскладывала свежую сорочку. Комната была небольшой, но чисто прибранной. В ней стояли кровать, стол и несколько стульев у камина. Кто-то даже повесил возле двери две картинки с изображением лошадей.

— Как твой обед? — спросила Мелисанда свою камеристку. Она посмотрела в окно и увидела, что ее окна выходят на двор конюшни.

— Очень хороший, миледи, — ответила Салли. — Хотя я никогда особенно не любила баранину.

— Да? — рассеянно проговорила Мелисанда и потрогала кружева на своем платье.

— Позвольте мне, миледи, — сказала Салли, засуетившись. — Дайте мне добрый кусок хорошей говядины, и тогда я буду вполне довольна. А вот мистер Пинч заявляет, что его любимая еда — рыба. Можете себе представить?

— Я думаю, есть много людей, которые любят рыбу, — дипломатично отозвалась Мелисанда, освобождаясь от корсажа.

Салли восприняла это скептически.

— Нет, миледи. Мистер Пинч говорит это потому, что он родился у моря, то есть поэтому любит рыбу.

— Мистер Пинч родился у моря?

— Да, миледи. В Корнуолле. Это так далеко, а он даже не говорит по-ихнему.

Раздеваясь, Мелисанда пристально смотрела на свою камеристку. Она полагала, что камердинер слишком стар и суров для Салли, но девушке, казалось, нравилось болтать о нем. Мелисанда надеялась, что мистер Пинч не будет играть ее чувствами. Она взяла себе на заметку, что утром надо поговорить об этом с Вейлом.

— Вот и все, миледи! — воскликнула Салли, надевая на Мелисанду сорочку. — Вы такая хорошенькая! Вам идут кружева. А теперь я положу в постель нагретую сковородку и принесу кувшин воды. На столе есть еще вино и бокалы, если вам захочется выпить перед сном. Вам заплести волосы в косы?

— Нет, и так хорошо, — сказала Мелисанда. — Я сама расчешу их. Спасибо.

Камеристка присела и направилась к двери. Мелисанда что-то вспомнила.

— О, и еще, Салли!

— Да, миледи?

— Обязательно проверь, смогут ли услышать тебя наши мужчины оттуда, где ты спишь. Лорду Вейлу не нравятся эти люди в общем зале.

— Мистеру Пинчу они тоже не понравились, — ответила камеристка. — Он сказал, что глаз с меня не спустит.

На сердце Мелисанды потеплело — каким же надежным был камердинер! Можно не сомневаться, он защитит Салли.

— Рада это слышать. Спокойной ночи.

— Спокойной ночи, миледи. Приятных снов. — И Салли вышла из комнаты.

Мелисанда налила себе немного вина из стоявшего на столе графина. Конечно, оно было не такого качества, как то, что держал в своем погребе Вейл, но имело приятный терпкий вкус. Затем она вынула шпильки из волос и аккуратно сложила их на столе.

Распустив волосы, она неторопливо расчесывала их. Неожиданно снизу послышался какой-то грохот. Со щеткой в руке она подошла к двери, но спустя минуту возбужденные голоса и шум, казалось, замолкли. Мелисанда расчесала волосы, допила вино из бокала и легла спать.

Она полежала некоторое время, ожидая, не придет ли к ней Вейл. Впрочем, ему пришлось бы просить у хозяина ключ к ее комнате: она была уверена, что заперла дверь после ухода Салли.

Должно быть, она уснула, потому что ей снилось сражение и Джаспер, вокруг него стреляли пушки, а он только смеялся и отказывался взять пистолет. Во сне она звала его, умоляла его защищаться. Слезы текли по ее лицу. Ее разбудили крики и удары в дверь. Еще не стряхнув с себя ночной кошмар, она села, и в ту же минуту дверь распахнулась и в комнату ворвались четверо пьяных негодяев.

Она застыла от ужаса. Маус соскочил с кровати и залаял.

— Эта леди немножко испугана, — нечленораздельно произнес один из них, и в ту же минуту словно ураган налетел на него.

Вейл схватил пьяного и молча безжалостно стал наносить ему удары. Он был босиком, в одних бриджах. Повалив этого человека на пол, схватил его за волосы и ударил лицом об пол. Брызги крови разлетались по комнате.

Его дружки оторопели — такого яростного отпора они не ожидали, но один из них, придя в себя, стремительно налетел на Вейла. Однако дотронуться до него он не успел, крепкие руки мистера Пинча схватили его и вышвырнули в коридор. Удар был такой силы, что стена затряслась и две картинки с лошадками упали на пол. Оставив неподвижное тело лежать на полу, Вейл бросился на оставшихся двоих пьяниц. Мелисанда сдержала крик. Может быть, они и были пьяны, но двое против одного... Мистер Пинч все еще дрался в холле.

Один из нападавших попытался улыбнуться:

— Что уж... Только немножко пошутили...

Вейл ударил его по лицу так, что человек развернулся и упал, как подпиленное дерево. Последний попытался было улизнуть, но Вейл одним прыжком настиг его и затем повернул лицом к стене и ударил головой об стену. Со стены свалилась еще одна лошадка. За ней последовал и еще один нападавший. Маус с рычанием напал на рамку.

В дверях появился мистер Пинч.

Вейл, тяжело дыша, стоял над последним негодяем.

— Там все в порядке? — спросил он, тяжело дыша.

Пинч кивнул. Его левый глаз покраснел и начал опухать.

— Я разбудил лакеев. Они проведут остаток ночи в коридоре, чтобы предотвратить возможные неприятности.

— А что с Бобом? — спросил Вейл. — Он должен был находиться у двери моей жены.

— Я выясню, что произошло, — сказал мистер Пинч.

— Да уж, постарайся, — резко произнес Вейл. — Скажи остальным, чтобы убрали отсюда этот мусор.

Пинч исчез в коридоре.

Наконец Вейл взглянул на Мелисанду. В его лице была ярость, а из пораненной щеки сочилась кровь.

— С тобой все в порядке, возлюбленная жена моя?

Она кивнула. Но он повернулся и ударил кулаком в стену.

— Я обещал тебе, что такого не случится.

— Джаспер...

— Черт побери! — Он пнул ногой одного из валявшихся пьяниц.

— Джаспер...

В эту минуту вернулся мистер Пинч со слугами. Они вытащили пьяниц из комнаты, при этом никто из мужчин не осмеливался даже взглянуть на нее. Мелисанда по-прежнему сидела на постели, натянув простыню до подбородка. Появился Боб, испуганный, с побледневшим лицом. Он попытался было сказать, что ему неожиданно стало плохо. Но Вейл молча повернулся к нему спиной и сжал кулаки. Мистер Пинч жестом приказал лакею убираться. Бедняга Боб исчез.

В комнате стало свободнее. Слуги ушли, и остался только один Вейл, расхаживавший по комнате, как лев в клетке. У двери Маус в последний раз гавкнул и вскочил на кровать в надежде получить награду. Мелисанда гладила его мягкие гладкие уши и смотрела, как ее муж швырнул стул к двери. Старое дерево дало трещину, и дверь стала плохо закрываться. Мелисанда некоторое время смотрела на него, потом вздохнула и вылезла из постели. Босиком она подошла к столу, налила в бокал вина и протянула ему.

Джаспер взял бокал и отхлебнул половину. Ей хотелось сказать, что в происшествии не было его вины — он ведь приставил охрану к ее двери, а потом, когда все так стремительно завертелось, появился как нельзя вовремя. Но она понимала: что бы она ни говорила, он не перестанет винить себя. Потому лучше поговорить с ним утром, а не сейчас.

Через некоторое время он допил вино и осторожно, словно боясь разбить, поставил бокал на стол.

— Ложись спать, моя дорогая. Я останусь здесь с тобой на всю ночь.

Мелисанда легла, а он устроился на одном из стульев, стоявших перед камином. Этот деревянный стул с прямой спинкой нельзя было назвать местом, пригодным для сна, но Вейл постарался поудобнее на нем устроиться: он вытянул длинные ноги и сложил на груди руки. Мелисанда с грустью смотрела на него, сожалея, что почему-то он не хочет спать с ней в одной кровати, потом закрыла глаза. Она знала: в эту ночь ей ни за что не уснуть, но если она так и будет лежать без сна, то он встревожится, поэтому притворилась спящей. Через некоторое время она услышала тихий голос у двери, его стул скрипнул. Вейл двигался почти бесшумно, и вскоре все снова затихло.

Мелисанда открыла глаза. Ее муж лежал в углу на своего рода тюфяке. Очень похожем на тот, который она видела в гардеробной. Вейл лежал на боку, спиной к стене. Она наблюдала за ним, пока его дыхание не стало спокойным и ровным. Затем подождала еще немного. Наконец ее терпение иссякло: она слезла с кровати и на цыпочках подошла к тюфяку. Постояла над ним, глядя, как он спит на своей жалкой подстилке, и попыталась перешагнуть через него. Она решила протиснуться между ним и стеной и лечь рядом, но не успела поставить ногу рядом с ним, как он резко протянул руку и ухватил ее за лодыжку.

Вейл молча, будто не узнавая, смотрел на нее, и в темноте его сине-зеленые глаза казались черными. Потом он сказал:

— Ложись обратно в постель.

— Нет. — Очень осторожно она опустилась за его спиной на колени.

— Мелисанда... — Он отпустил ее лодыжку.

Не обращая внимания на его умоляющий тон, Мелисанда подняла накрывавшее его одеяло и улеглась у него за спиной.

— Черт побери, — проворчал он.

— Тише. — Она лежала лицом к его сильной, широкой спине и прижималась к нему, медленно и осторожно поглаживая его твердый бок. Она впитывала в себя тепло его тела, его запах. Ей было тепло и уютно, и в знак признательности она уткнулась носом в его плечо. Сначала он был напряжен, но потом расслабился, как будто решил уступить ей. Мелисанда улыбнулась. Всю свою жизнь она спала одна. А теперь она спала не одна.

Наконец она была дома.

Джаспер проснулся от того, что его спину гладили женские руки, и его первой реакцией был стыд: она знает теперь, что он спит на полу, как нищий, что он не может спать в постели, как все мужчины, она узнала его тайну. Ее руки скользнули ниже, к его бедрам, и в нем шевельнулось вожделение.

Он открыл глаза и увидел, что еще темно и камин погас. Обычно он зажигал свечу, но сейчас темнота не мешала ему. Мелисанда просунула руку ему под бок и взяла в руку его плоть. Он застонал. Ощущение, которое дарили прикосновения этих прохладных тонких пальцев, изучающих его тело, было именно тем, о чем мечтает мужчина, находящийся поздней ночью вдали от дома. Он чувствовал, как к его спине прижимаются ее твердые маленькие груди. Это было уже слишком. Раннее утро и такое физическое, сладостное до боли ощущение.

Он перевернулся.

— Ложись на меня.

Ее распущенные волосы падали ей на лицо, и в слабом мерцании камина она казалась каким-то неземным созданием, явившимся, чтобы увлечь его куда-то далеко от земного существования. Она перекинула длинную изящную ногу через его бедро. И так сидела, улавливая своей возбужденной плотью его пульсирующую плоть.

— Впусти меня, возлюбленная жена моя, — прошептал он. — Впусти в свое чудесное гнездышко.

Ему показалось, что он разглядел в темноте недовольное выражение на ее лице, как будто она осуждала его за неподходящую тему разговора за чаем. Нет-нет, это ему только кажется. Она могла выглядеть строгой и важной за чаем после полудня, но ночью с ним она была просто чувственным созданием.

— Скачи же на мне, сердце мое, — говорил он. — Скачи, пока можешь удержаться.

Он чувствовал, как ее руки обнимают его, как она опускается на него, и подавил стон, стон блаженства. Тепло женского тела. Это тело удерживает его. Сдается ему. Он выгнулся, обхватил ее за ягодицы и крепко прижал к себе.

Она положила руки ему на грудь, длинные волосы рассыпались по его лицу. Прикусив губу, она прижималась к нему всем телом. Он же, сдерживая себя, следил за выражением ее лица. Ее глаза были закрыты, голова откинута назад. Он положил руку на грудь Мелисанды, и она выгнула спину. Он дразнил ее, тревожа маленький сосок, пока она не стала задыхаться.

— Джаспер, — прошептала она, — Джаспер...

— Да, любимая?

— Ласкай меня.

— Да, — сказал он, хотя лицо его блестело от пота.

Она прильнула к нему, извиваясь всем телом, и на минуту он утратил способность ясно мыслить.

Тогда она сказала:

— Не так... Ты же знаешь...

Он покачал головой:

— Тебе придется это сказать, дорогая.

Она зарыдала.

Ему бы следовало пожалеть ее, но, увы, он был жестоким похотливым мужчиной и ему хотелось услышать из сладких строгих губ эти слова.

— Скажи их...

— О Боже, ласкай меня!

Он приподнялся, упираясь в пол, и, заглушая свой мучительно-радостный крик, прижался к ее губам. И взорвался внутри ее, отдавая ей всего себя и свою душу.

Глава 14

На следующий день король объявил второе испытание: добыть серебряное кольцо, спрятанное на вершине горы, которую стережет тролль. И снова Джек дождался, когда все разойдутся, и открыл свою маленькую оловянную табакерку. Затем достал из нее одежду ночи и ветра и самый острый на свете меч, и — ух! тсс! — полюбуйтесь, он уже стоит перед злобным троллем и его саблей. Ну, на этот раз битва продолжалась дольше, чем в первый раз, но результат был такой же. Джек добыл серебряное кольцо...

Из «Веселого Джека»

На следующее утро, когда Мелисанда проснулась, Вейла в комнате уже не было. Она провела рукой по его подушке. Она все еще была теплой, и на ней сохранилась вмятина от его головы. Она опять была в одиночестве, как и каждое утро своего короткого брака, но на этот раз одиночество было совершенно другим и ощущалось по-иному. Этой ночью она лежала в его объятиях, слушала его дыхание, слышала медленные удары его сердца и чувствовала его горячую оголенную кожу, согревавшую ее.

Она еще немного полежала и потом позвала Салли. Спустя полчаса она уже была внизу, готовая к завтраку, но ее мужа нигде не было видно.

— Лорд Вейл уехал кататься верхом, миледи, — смущенно проговорил лакей. — Он сказал, что вернется к отъезду.

— Спасибо, — сказала Мелисанда и отправилась завтракать в маленькую столовую. Какой смысл разыскивать его? К тому же он в конце концов вернется.

В этот день Вейл предпочел ехать на лошади рядом с каретой, и Мелисанда качалась из стороны в сторону в карете в обществе одной Салли.

В конце дня они добрались до Эдинбурга и уже после пяти вечера подъехали к элегантному дому тетушки Вейла. Вейл открыл дверцу кареты, и Мелисанда только успела опереться на его руку, как его тетя уже приветствовала их. Миссис Уипперинг была маленькой, толстенькой дамой в желтом, как солнце, платье. У нее были розовые щеки, постоянная улыбка и довольно громкий голос, которым она активно пользовалась.

— Это Мелисанда, моя жена, — сообщил Вейл своей тетке, как только она перевела дыхание от своего бурного приветствия.

— Как я рада видеть вас, моя дорогая! — пропела миссис Уипперинг. — Называйте меня тетей Эстер.

Мелисанда так и сделала.

Тетя Эстер ввела их в дом, который, очевидно, был подновлен по случаю заключения брака с третьим мужем.

— Новый муж — новый дом, — весело сказала она Мелисанде.

Джаспер только улыбнулся.

Это был приятный дом. Построенный из белого камня в строгом классическом стиле, он возвышался на одном из эдинбургских холмов. В доме тетя Эстер предпочитала белый мрамор и полы в черно-белую клетку.

— Сюда, — позвала она, вводя их в холл. — Мистер Уипперинг сгорает от нетерпения познакомиться с вами обоими.

Они вошли в красную гостиную, где над камином, покрытым черной эмалью и позолотой, висела картина с изображением огромных корзин с фруктами. Мужчина, настолько высокий и худой, что походил на сучковатую трость, сидел на диване. Когда они вошли, он подносил ко рту сладкую булочку.

Тетя Эстер бросилась к нему, взмахнув желтыми юбками:

— Только не булочки, мистер Уипперинг! Вы знаете, как они вредны для вашего пищеварения.

Бедняга отложил булочку и встал, чтобы познакомиться. Он был даже выше Вейла, и камзол свободно болтался на нем. Но он приятно улыбался, глядя на них поверх полукруглых стекол своих очков.

— Мистер Горацио Уипперинг, мой муж, — с гордостью представила его тетя Эстер.

Мистер Уипперинг поклонился Вейлу и, взяв руку Мелисанды, лукаво посмотрел на нее.

Представления были сделаны, тетя Эстер плюхнулась на диван.

— Садитесь, садитесь и расскажите мне все о вашем путешествии.

— На нас напали разбойники, — любезно сообщил Вейл.

Мелисанда подняла бровь, и он подмигнул.

— Не может быть! — Глаза тети Эстер округлились, и она повернулась к своему супругу: — Вы слышали, мистер Уипперинг? Разбойники нападают на моего племянника и его жену. Это неслыханно! — Она покачала головой и разлила чай. — Ну, я думаю, вы отпугнули их.

— Пришлось, — со скромной улыбкой отозвался Вейл.

— Вам повезло, у вас такой сильный и храбрый муж, — сказала Мелисанде тетя Эстер.

Мелисанда улыбнулась, избегая взгляда Джаспера, чтобы не рассмеяться.

— Я думаю, их надо повесить. Правда-правда, я так думаю, — продолжала маленькая женщина. Она подала чашки Вейлу и Мелисанде и одну своему мужу с наставлением: — Не забывайте, сливки добавлять не надо. Помните, как они действуют на ваше пищеварение, дорогой.

Она снова села, поставив на колени блюдо с булочками, и заявила:

— Я хочу обсудить с тобой один вопрос, дорогой племянник.

— И какой же это вопрос, дорогая тетушка? — спросил Вейл. Он засунул в рот самую большую булочку и жевал, рассыпая крошки по рубашке.

— Вот эта ваша поспешная свадьба... Не вижу причины, для чего бы так торопиться, если, — она пристально посмотрела на них обоих, — нет какой-то особой причины.

Мелисанда смутилась и покачала головой.

— Нет? Тогда зачем спешить? Едва я успела получить письмо о том, что вы поменяли невесту, и следующей почтой — это была следующая почта, не так ли, мистер Уиппеpинг? — обратилась она за поддержкой к супругу. Он кивнул, явно привыкнув участвовать в ее монологах. — Я так и думала, — продолжала тетя Эстер. — Вот я и говорю: со следующей почтой пришло письмо от твоей матери, она написала, что вы уже поженились. У меня даже не было времени подумать о подходящем свадебном подарке, не говоря уже о поездке в Лондон, и вот теперь я хочу знать, почему вы женились так поспешно. Мистер Уипперинг ухаживал за мной три года, правда, мистер Уипперинг?

Он послушно кивнул в знак согласия.

— Я даже заставила его продлить нашу помолвку — ну, на то время, что положено, — и потом мы поженились. Не могу понять, почему надо было так спешить. — Она перевела дух, отпила немного чаю и, насупившись, посмотрела на племянника.

— Видишь ли, тетя Эстер, я был вынужден жениться на Мелисанде как можно скорее, — сказал Вейл, изображая оскорбленную невинность. — Я боялся, что она передумает. Ее окружало столько женихов, что мне приходилось разгонять их палкой. Как только я получил ее согласие, я сразу же повел ее к алтарю.

И, покончив с объяснением, он с любезной улыбкой взглянул на тетку.

Леди в восторге захлопала в ладоши:

— Как и должно было быть! Славно, славно! Я рада, что вам удалось взять в жены такую прекрасную леди. Похоже, у нее есть голова на плечах — это уравновесит вашу глупость.

Вейл схватился за грудь и, изображая обморок, трагически свалился на стул.

— Вы меня раните, дорогая леди.

— Фи! — сказала его тетка. — Глупенький ты дурачок, но таковы все мужчины, когда дело касается женщин, даже мой дорогой мистер Уипперинг.

Все посмотрели на мистера Уипперинга, который, пытаясь соответствовать обстановке, отвечал им плутоватым взглядом. Ему несколько мешала стоявшая на его узловатом колене чашка.

— Желаю вам обоим долгого и счастливого брака, — провозгласила тетя Эстер, заталкивая в рот кусок булки. — И плодовитого.

Мелисанда сглотнула при упоминании о детях и, опустив глаза, уставилась в свою чашку. Она представила, как держит в руках маленькую частицу себя и Джаспера, как поглаживает детские тонкие рыжевато-каштановые волосики... О, как чудесно было бы иметь ребенка!

— Спасибо, тетя, — очень серьезно ответил ей Вейл. — Я постараюсь стать отцом не менее дюжины потомков.

— Я знаю, вы смеетесь надо мной, но семья — самое важное. Самое важное. Мы с мистером Уипперингом по многим причинам много раз обсуждали это, и оба пришли к выводу, что дети заставляют молодого человека остепениться. И тебе, дорогой племянник, не мешало бы немного остепениться. Вот я помню время... — Тетя Эстер внезапно замолчала и, взглянув на часы на каминной полке, вскрикнула: — Мистер Уипперинг! Посмотрите, который час! Посмотрите, который час! Почему вы не сказали мне, что уже так поздно, ужасный вы человек?

Мистер Уипперинг выглядел испуганным.

Тетя Эстер бурно завозилась на диване, пытаясь встать. Ей мешали ее пышные юбки, чашка чаю и блюдо с булочками.

— Сегодня у нас к ужину гости, и мне нужно подготовиться. Да помогите же мне!

Мистер Уипперинг встал и стащил супругу с дивана.

Она развернулась и побежала вызвать звонком горничную.

— У нас будет сэр Ангус, а он ужасно навязчивый, но пусть это вас не смущает, — доверительно поделилась она с Мелисандой. — После второго бокала вина он рассказывает прелестные истории. А теперь Мэг проводит вас в вашу комнату, поможет умыться, если желаете, но к семи часам обязательно спуститесь вниз, ибо сэр Ангус появится в дверях точно в это время. Мы займем его разговором, пока подойдут остальные гости. О, я пригласила очень милых людей.

Она захлопала в ладоши, как взволнованная маленькая девочка; мистер Уипперинг весь светился, с любовью глядя на нее. Мелисанда отодвинула свою тарелку и встала, но тетя Эстер продолжала по пальцам пересчитывать своих гостей:

— Мистер и миссис Фаулер, я посажу вас рядом с мистером Фаулером — очень приятный джентльмен и умеет угодить даме. Мисс Шарлотта Стюарт — ей известны самые свежие сплетни. Капитан Пикеринг с женой — он, знаете ли, служил на флоте и видел самые необыкновенные вещи, и... О! Вот и Мэг.

В комнату вошла горничная, очевидно, это и была Мэг. Тетя Эстер бросилась к ней:

— Проводи моего племянника и его жену в их комнату — голубую, а не зеленую. Зеленая, может быть, и больше, но голубой — более теплый цвет. К тому же в зеленой — сквозняк, — пояснила она Мелисанде. — Да не забудьте: семь часов.

Вейл, все это время невозмутимо уничтожавший булочки, встал.

— Не беспокойтесь, тетя Эстер, мы будем точно в семь и при всем параде.

— Прекрасно! — воскликнула тетя.

Мелисанда улыбнулась — было совершенно невозможно прервать ее и что-нибудь сказать. И они молча пошли следом за горничной.

— О, я забыла! — остановила их тетя Эстер. — Будет еще одна пара.

Мелисанда и Вейл вежливо обернулись, чтобы узнать имена новых гостей.

— Мистер Тимоти Холден и его жена, леди Каролина. — Тетя Эстер просто сияла. — Раньше, до того как они приехали в Эдинбург, они жили в Лондоне, и я подумала, может быть, вам обоим будет приятно встретиться с ними. Мистер Холден — великолепный джентльмен. Возможно, вы его даже знаете?

И впервые в жизни Мелисанда не нашлась что сказать.

* * *

Что-то произошло с Мелисандой, думал потом Джаспер. За ужином она сидела на дальнем конце стола, далеко от него, между приятным мистером Фаулером и церемонным сэром Ангусом. У последнего после третьего бокала уже развязался язык. На Мелисанде было темно-коричневое платье с мелкими зелеными листочками и цветочками, вышитыми на корсаже и на рукавах. Она выглядела очень мило, со свободно зачесанными назад волосами и серьезным выражением на бледном лице. Джаспер подумал, вряд ли кто-нибудь еще, кроме него самого, заметил ее смущение. Он пил вино, размышлял о своей возлюбленной жене и с рассеянной улыбкой слушал, что говорила, наклонившись к нему, миссис Фаулер. Возможно, незнакомое общество пугает Мелисанду. Ведь она застенчива, как все неземные создания. Не любит толпу, не любит долгие светские развлечения. У него совершенно другая натура, но он понимал ее, даже если и не разделял ее чувств. Он привык к ее холодной сдержанности, когда они выезжали в свет.

Но сейчас в ней ощущалось нечто большее, чем смущение. Определенно что-то произошло, но он не знал что, и его это беспокоило.

Вечер был приятный. Повар тети Эстер приготовил простой, но хороший ужин, который всем очень понравился. Столовую освещал мягкий неяркий свет. Лакеи щедро предлагали гостям вина. Рядом с Вейлом сидела мисс Стюарт, женщина зрелого возраста с нарумяненными щеками, в огромном пудреном парике. Когда она наклонялась к Джасперу, он улавливал сильный запах пачулей.

— Я слышала, вы только что из Лондона, не так ли? — спросила леди.

— Да, мэм, — ответил Джаспер. — «Через холмы и долины ехали мы, чтобы увидеть солнечный Эдинбург», — процитировал он известного поэта.

— Хорошо, что вы не приехали зимой, — почему-то мрачно заметила она. — После того как выпадет первый снег, путешествие становится ужасным, но и тогда город достаточно красив — снег скрывает грязь и копоть. Вы уже видели замок?

— Увы, нет.

— Вам следует непременно посмотреть его, непременно, — настойчиво закивала мисс Стюарт, тряся двойным подбородком. — Он великолепен. Не многие англичане могут оценить красоту Шотландии.

Она уставилась на него сверлящим взглядом.

Джаспер поспешил проглотить кусок превосходной телятины, которым угощала его тетя.

— О, вы правы. Мы с моей женой потрясены тем, что успели посмотреть.

— Значит, вы разделяете мое мнение, — сказала мисс Стюарт, разрезая свою телятину. — Вот Холдены приехали сюда из Лондона лет восемь — десять назад и ничуть не жалеют об этом. Правда, мистер Холден? — обратилась она к джентльмену, сидевшему за столом напротив нее.

Тимоти Холден мог бы считаться настоящим красавцем в глазах тех, кому нравятся мужчины с пухлыми щеками и красными губами. Судя по тем взглядам, которые бросали женщины в его сторону, поклонниц у него было немало. На нем были белоснежный парик и красный бархатный камзол с вышитыми золотом и зелеными нитями рукавами.

В ответ на вопрос мисс Стюарт он наклонил голову и сказал:

— Нам с женой нравится Эдинбург.

Он бросил взгляд вдоль стола, но, странно, он смотрел не на свою жену, а на жену Джаспера.

Джаспер, прищурившись, пил вино.

— Здесь собралось очень достойное общество, — вмешалась в разговор Каролина.

Она выглядела намного старше мужа и вдобавок была титулована. Что-то тут было не так. Ее светлые, почти белые, волосы и бледная, чуть розоватая, кожа делали ее бесцветной, как бумага. Только светло-голубые глаза оживляли бедную женщину, но на фоне ее бесцветной кожи они казались покрасневшими и делали ее похожей на белого кролика.

— У нас большой сад, он очень красив в это время года, — сказала она. — Может быть, вы и леди Вейл окажете нам честь и, пока вы здесь, заедете к нам на чашку чаю?

Краем глаза Джаспер заметил, как замерла Мелисанда. Она была так неподвижна, что он испугался, дышит ли она.

Он вежливо улыбнулся:

— К великому моему сожалению, я вынужден отклонить ваше любезное приглашение. Боюсь, мы только переночуем в Эдинбурге, а утром отправимся к моему другу. Он живет к северу от города. У нас к нему дело.

— О, неужели? Кто же это? — заинтересовалась мисс Стюарт.

Мелисанда успокоилась, и Джаспер переключил внимание на свою соседку.

— Сэр Алистэр Манро. Вы его знаете?

Мисс Стюарт решительно затрясла головой:

— Конечно, я знаю о нем, но, как ни жаль, никогда с ним не встречалась.

— Удивительную книгу он написал, — послышался на другом конце стола голос сэра Ангуса. — Просто великолепную. О различных птицах, животных, рыбах и насекомых. Очень поучительно.

— А вы с ним встречались? — спросила тетя Эстер.

— Не могу этого сказать.

— Вот! — торжествующе заявила миссис Уипперинг. — И я не знаю ни одного человека, кроме вас, дорогой племянник, который бы знал его лично, и, думаю, что и вы не видели его уже много лет.

Джаспер печально покачал головой. Наступила и его очередь включиться в разговор или хотя бы со всем вниманием прислушаться к нему.

— А откуда известно, что он еще жив? — спросила тетя Эстер.

— Я слышала, он присылает письма в университет, — сообщила миссис Фаулер, сидевшая слева от него. — У меня есть дядя, который читает лекции в университете. Он говорит, что сэр Алистэр пользуется большим уважением.

— Манро — один из величайших интеллектуалов Шотландии, — заявил сэр Ангус.

— Пусть это так, — сказала тетя Эстер, — но я не понимаю, почему он не показывается здесь, в городе. Я знаю, его не раз приглашали на обеды и балы, но он всегда отказывается. Что он скрывает, спрашиваю я вас?

— Шрамы, — громко провозгласил сэр Ангус.

— О, так, значит, это не просто слухи, — проговорила леди Каролина.

Миссис Фаулер подалась вперед, положив на стол свою пышную грудь в опасной близости от тарелки с соусом.

— Я слышала, его лицо так изуродовано шрамами, полученными на войне в колониях, что он вынужден носить маску, чтобы люди не падали в обморок от ужаса.

— Чушь! — фыркнула мисс Стюарт.

— Нет, это правда, — защищалась миссис Фаулер. — Дочь соседки моей сестры случайно взглянула на сэра Алистэра, когда два года назад он выходил из театра, и упала в обморок. После этого она заболела лихорадкой и очень долго не могла поправиться.

— Очевидно, она очень глупая девушка, — возразила мисс Стюарт. — И я не верю ни одному ее слову.

Миссис Фаулер, явно оскорбленная, поджала губы.

Тут вмешалась тетя Эстер:

— Мой племянник должен лучше знать, так ли ужасно обезображен сэр Алистэр. Ведь он служил вместе с ним. Я права, Джаспер?

Джаспер почувствовал, что у него начали дрожать пальцы — ужасный физический признак разрушительной болезни, таившейся в нем. Он поставил бокал на стол, чтобы не разбить его, и поспешно спрятал руку под столом.

— Джаспер? — окликнула его тетка.

Проклятие, теперь все смотрели на него. У него пересохло в горле, и он боялся поднять бокал с вином.

— Да, — наконец сказал он. — Да, это правда. У сэра Алистэра Манро лицо в шрамах.

К тому времени, когда Джаспер помог своей тетке проводить гостей, он чувствовал страшную усталость. Мелисанда сразу же после ужина извинилась и ушла. Он остановился у двери спальни, которую отвела им тетя Эстер. Вероятно, Мелисанда уже легла. Он осторожно повернул дверную ручку, чтобы не разбудить ее. Но когда он вошел в комнату, то увидел, что она устраивала подстилку на полу у дальней стены. Он остановился, потому что не знал, смеяться ему или сердиться.

Она подняла глаза и увидела его.

— Не можешь ли подать мне одеяло с этой кровати?

Он кивнул и молча, не доверяя собственному голосу, снял одеяло. Что она думала о нем? Он подал ей одеяло.

— Спасибо, — сказала она, подвертывая края одеяла под кипу постельного белья, чтобы сделать тонкий тюфяк.

Неужели ее не беспокоило, что она вышла замуж за сумасшедшего? Он огляделся. Комната была небольшой, но уютной. Серо-голубые стены, на полу выцветший розово-коричневый узорчатый ковер. Он подошел к окну и раздвинул занавеси, но в темноте ночи нельзя было ничего разглядеть. Он опустил занавеску. Должно быть, Салли заходила и уже ушла. На Мелисанде были только хорошенькая, отделанная кружевом сорочка и халат.

Джаспер снял камзол.

— Приятный был обед.

— Да, очень.

— Леди Шарлотта такая забавная.

Он снял шейный платок и держал в руках эту полоску ткани, глядя и не видя ее.

— Это все из-за армии, я думаю.

Мелисанда замерла.

— Что?

— Это. — Избегая ее взгляда, он указал на подстилку. — Мы все имеем странности — мужчины, вернувшиеся с войны. Некоторые испуганно вздрагивают от громких звуков. Некоторые не могут переносить вида крови. Некоторых мучают по ночам кошмары. А некоторые, — он глубоко вздохнул, закрыв глаза, — некоторые не могут спать на открытом месте. Боятся нападения, боятся уснуть и не могут... не могут ничего с собой поделать. Они должны спать спиной к стене и при горящей свече, чтобы увидеть врагов, когда те приблизятся. — Он открыл глаза и сказал: — Боюсь, это мания. Они просто не владеют собой.

— Я понимаю, — сказала Мелисанда.

В ее глазах была нежность, как будто она не слышала его, не слышала, что ее муж безумен, и продолжала укладывать подстилку. Наверное, она все-таки не поняла его. Иначе как она могла смириться с тем, что ее муж лишь наполовину человек? Он сам не мог с этим смириться.

Джаспер налил вина из стоявшего на столе графина. Он пил его стоя, глядя на пламя в камине, пока не вспомнил, о чем он думал, входя в эту комнату.

Он поставил пустой бокал и начал расстегивать жилет.

— Возможно, у меня разыгралось воображение, но, когда нас знакомили с Холденами, я заметил, что Тимоти Холден смотрел на тебя так, словно узнал тебя.

Она не ответила.

Он бросил жилет на стул и посмотрел на Мелисанду. Она разглаживала жесткую постель с излишним старанием.

— Возлюбленная жена моя?

Она распрямилась, вскинула голову, выпрямила спину и смотрела на него так, будто стояла под прицелом целого взвода.

— Я была с ним помолвлена.

Он молча смотрел на нее. Он знал, что у нее что-то было, кто-то был, но она никогда раньше не упоминала о помолвке... А теперь, когда он узнал... Он понимал, что в нем вскипает ревность. Она собиралась выйти замуж за другого человека — Тимоти Холдена. Она действительно любила этого хорошенького Тимоти Холдена с его красными губками?

— Ты любила его?

Мелисанда посмотрела на него и снова занялась подстилкой.

— Это кончилось десять лет назад. Мне было всего восемнадцать.

Он склонил голову набок. Она не ответила на вопрос.

— Где вы познакомились?

— За обедом, таким же, как вчера. — Она взяла подушку и расправила одеяло. — Он сидел рядом со мной и был добр ко мне. Он не отвернулся, как делали многие джентльмены, когда я не сразу вступила с ним в разговор.

Джаспер стянул через голову рубашку. Без сомнения, он был одним из этих негалантных джентльменов.

Мелисанда положила подушку.

— Он ездил со мной кататься, танцевал со мной на балах, делал все, что делает джентльмен, ухаживая за леди. Он ухаживал за мной несколько месяцев, а потом попросил у моего отца моей руки. Естественно, отец сказал «да».

Джаспер снял чулки и башмаки.

— Так почему же ты не вышла за него замуж?

Она пожала плечами:

— Он сделал предложение в октябре, и мы собирались пожениться в июне.

Джаспер вздрогнул. Они поженились именно в июне. Он подошел к ней и осторожно помог ей снять халат. А потом, взяв ее за руку, лег вместе с ней на подстилку. Она повернулась и положила голову ему на плечо. Он гладил ее длинные волосы. Даже смешно, насколько удобнее становилось это ложе, когда она лежала на нем.

— Я купила все необходимое для приданого, — тихо заговорила она, дыша на его обнаженную грудь. — Разослала приглашения, продумала день свадьбы. А затем наступил день, когда Тимоти пришел ко мне и сказал, что полюбил другую леди. Естественно, я отпустила его.

— Естественно! — прорычал Джаспер.

Холден — грязный осел. Завоевать молодую нежную девушку и затем бросить ее почти у алтаря было свинским поступком. Джаспер погладил свою милую жену по волосам, утешая ее за обиды десятилетней давности, и подумал об их браке и брачной постели.

Наконец он вздохнул и решился:

— Он был твоим любовником.

Это был даже не вопрос — это была констатация факта. И все же он почти удивился, когда она не стала отрицать этого.

Он нахмурился и беспокойно зашевелился.

— Он не принуждал тебя?

— Нет.

— Не угрожал чем-нибудь?

— Нет. Он был ласков.

Джаспер закрыл глаза. Боже, то, что он услышал, вызывало у него ненависть. Он перестал гладить ее по волосам и заметил, что зажал в руке ее локон.

Он выдохнул и осторожно разжал руку.

— Так в чем же дело? Осталось ли еще что-нибудь, чего ты не рассказала мне, сердце мое?

Она долго молчала, и он подумал, что вообразил все это в припадке ревности. Возможно, больше ничего и не было.

Но в конце концов она издала долгий печальный вздох и сказала:

— Вскоре после разрыва нашей помолвки я обнаружила, что становлюсь полнее.

Глава 15

Когда Джек вернулся с серебряным кольцом, он быстро переоделся в свои лохмотья и проскользнул в королевскую кухню. Все тот же маленький мальчик помешивал суп принцессы. Джек снова спросил его, нельзя ли купить позволение один раз помешать суп ложкой. Оп! Упало серебряное кольцо в суп, и Джек был уже далеко, и главный повар не заметил его. Он быстро взбежал по лестнице и занял свое место возле принцессы.

— И где же ты был весь день, Джек? — спросила принцесса Отрада, увидев его.

— И там и тут, далеко и близко от вас, прекрасная леди.

— А что ты сделал со своей бедной рукой?

Джек посмотрел и увидел рану от сабли тролля.

— О, принцесса, сегодня я боролся в вашу честь с чудовищной мокрицей.

Джек дурачился, и весь двор покатывался от смеха...

Из «Веселого Джека»

Мелисанда почувствовала, как его пальцы замерли на ее волосах. Отвергнет ли он ее сейчас? Скажет: «Убирайся отсюда»? Или притворится, что не слышал ее самоубийственных слов, и никогда снова не заговорит об этом? Она ждала затаив дыхание.

Но он всего лишь пропустил сквозь пальцы прядь ее волос и сказал:

— Расскажи мне.

Она закрыла глаза и, вспоминая то далекое время, почувствовала такую боль, что у нее почти остановилось сердце.

— Я сразу же поняла причину, когда меня начало тошнить по утрам. Я слышала, что некоторые женщины не понимали и не говорили об этом месяцами, потому что не были уверены. Но я знала.

— Ты испугалась? — ровным, спокойным тоном спросил он, и было трудно понять, что он при этом чувствовал.

— Нет, — сказала она, но тут же поправилась: — Конечно, испугалась, но только когда впервые поняла свое состояние. Но вскоре я осознала, что хочу этого ребенка. Что бы там ни было, он станет моей радостью...

Она не видела лица Джаспера, но видела, как поднимается и опускается его грудь, поросшая короткими волосками. Она бездумно поглаживала их, вспоминая о той давней недолгой радости. Такой сильной, такой мимолетной.

— Ты сказала об этом своей семье?

— Нет. Я не сказала никому, даже Эмелин. Полагаю, я боялась того, что они заставят меня сделать. Они отобрали бы у меня ребенка. — Она перевела дыхание, решив рассказать ему сейчас все до конца, не уверенная, хватит ли у нее смелости заговорить об этом еще раз. — Видите ли, я придумала: я уеду и буду жить у моего старшего брата Эрнеста до тех пор, пока это не станет заметным, и тогда я поселюсь в домике в деревне со своей старой няней. У меня будет ребенок, и мы будем вместе растить его, моя няня и я. Конечно, это была глупость, детские фантазии, но тогда я думала, что это возможно. Но теперь, оглядываясь назад, я понимаю: так я думала от отчаяния.

Она чувствовала, как по щекам ее катятся горячие слезы и падают на его грудь. Ее голос слабел и дрожал. Но он по-прежнему ласково гладил ее по голове, и его рука успокаивала ее.

Она сглотнула и закончила свой печальный рассказ:

— Но я недолго пробыла у моего брата Эрнеста. Однажды я проснулась посреди ночи от того, что мои бедра были в крови. Кровотечение длилось пять дней, очень сильное, и после этого все кончилось. Ребенка больше не было.

Мелисанда замолчала, у нее сжалось горло, и она не могла больше говорить. Она закрыла глаза и зарыдала. Она рыдала долго, потом горькие рыдания прекратились. Она просто лежала и дрожала, заново переживая события тех лет. В какие-то моменты эта старая рана открывалась, обжигая ее острой болью. Когда-то перед ней простиралась вся жизнь, но ее лишили той жизни.

— Мне жаль, — тихо сказал Вейл. — Мне так жаль, что ты потеряла ребенка.

Она не могла говорить — она просто кивнула.

Он приподнял ее голову, заглянул ей в лицо. Бирюзовые глаза пристально смотрели на нее.

— Я дам тебе ребенка, сердце мое. Столько детей, сколько ты пожелаешь, клянусь честью.

Она с удивлением смотрела на него. Она не стыдилась того, что произошло много лет назад, она была рада, что больше не гнетет ее эта мрачная тайна. Но она ожидала, что он встретит ее признание совсем по-другому и она услышит слова гнева, осуждения, но никак не сочувствия.

Он поцеловал ее, нежно коснувшись ее губ, и это было как обет, связавший их, обет священный и честный. Вейл потянул одеяло, заботливо подоткнув его со всех сторон, и крепко обнял ее:

— Спи, возлюбленная жена моя.

Его нежные руки успокоили ее. Мелисанда закрыла глаза, последние слезы были выплаканы, и она слушала, как под ее ухом бьется сердце Джаспера — ровно и сильно. И она уснула под его ритм.

Утро выдалось хмурое, с серого неба сыпался мелкий дождь. Тетя Эстер накормила их сытным завтраком и шумно попрощалась с ними. Когда наконец они завернули за угол и дом тети Эстер пропал из виду, Мелисанда отвернулась от окошка и посмотрела на Вейла:

— Когда мы приедем к сэру Алистэру?

— Полагаю, сегодня, если путешествие будет удачным, — ответил Вейл.

Как всегда, он вытянул ноги наискось по полу кареты и, расслабившись, развалился на сиденье. Что он о ней думал?

В его отношении к ней в это утро не было ничего необычного — они встали, оделись и поели. Но ее вчерашнее признание должно было стать для него потрясением. Вейл не ожидал, что его невеста когда-то имела любовника и, более того, была беременна от этого любовника.

Мелисанда отвела взгляд от Вейла и стала тупо смотреть в окно. Конечно, Вейлу было нелегко пережить это открытие, но пройдет какое-то время, и, может быть, ее прошлое не будет так сильно волновать его? Ведь не исключено, что уже в их первую брачную ночь он смутно подозревал, что она не девственница. Или он все-таки отвернется от нее после ее признания? Она ничего не знала и, погруженная в свои беспокойные мысли, смотрела, как за окном мелькали высокие холмы.

Они остановились у широкого чистого ручья для второго завтрака и ели холодный окорок, хлеб, сыр и пили вино, которое положила им в дорогу кухарка тети Эстер. Маус носился вокруг них, лая на пасшихся неподалеку горных коров, лохматых животных — волосы закрывали даже их глаза, — пока Вейл не прикрикнул на него. Тогда терьер подошел, улегся и начал грызть оставшуюся от окорока кость.

Они ехали весь день, и к ночи Мелисанда начала замечать беспокойство Вейла.

— Мы сбились с дороги? — спросила она его.

— Когда мы останавливались в последний раз, кучер заверил меня, что он знает, где мы находимся.

— Ты никогда больше не видел сэра Алистэра после тех событий у Спиннерс-Фоллс?

— Нет.

Прошло полчаса или около этого. Салли дремала рядом с Мелисандой. Дорога была в ямах и колдобинах, за ней явно плохо следили, так что карета тряслась и подпрыгивала. Наконец, когда почти стемнело, они услышали крик одного из слуг. Мелисанда выглянула в окошко, и ей показалось, что она видит очертания какого-то огромного строения.

— Ваш друг живет в замке?

Вейл тоже взглянул в окошко.

— Кажется, да.

Карета медленно повернула на подъездную аллею и двинулась к замку. Салли проснулась и зевнула. В доме не светилось ни одно окно.

— Сэр Алистэр знает о нашем приезде?

— Я писал ему.

Мелисанда с подозрением взглянула на мужа:

— И он ответил?

Но Вейл притворился, что не слышит вопроса, и вскоре они остановились перед огромным замком. Послышались громкие голоса, какая-то возня, и через несколько минут дверца кареты распахнулась.

Мистер Пинч высоко поднял фонарь, и его свет отбрасывал зловещие тени на его мрачное лицо.

— Никто не подходит к двери, милорд.

— Значит, надо стучать громче, — распорядился Вейл.

Он соскочил с подножки кареты и повернулся, чтобы помочь сойти Мелисанде. Салли осторожно вылезла из кареты, а Маус выскочил и побежал к ближайшим кустам. Ночь была очень темной, холодный ветер свистел над их головами, и Мелисанду охватила дрожь.

— Вот, возьми. — Вейл протянул руку в глубь кареты, вытащил из-под сиденья плащ и набросил на нее. Потом подал ей руку: — Пойдем, возлюбленная жена моя.

Она оперлась на его руку и, наклонившись к нему, прошептала:

— Джаспер, что мы будем делать, если сэра Алистэра нет дома?

— Не беспокойся, кто-нибудь здесь есть.

Он повел ее по каменным ступеням, совершенно стертым множеством прошедших по ним ног. Массивная дверь, не меньше десяти футов высотой, держалась на мощных железных петлях.

Вейл застучал кулаком в дверь:

— Эй! Открывайте! Это путешественники, которым нужен теплый очаг и мягкая постель. Эй! Манро! Впустите нас!

Он колотил в дверь еще добрые пять минут, затем неожиданно остановился с поднятым кулаком.

Мелисанда посмотрела на него:

— Что?..

— Тсс...

И она услышала. В доме послышался глухой скрип, как будто в нем поднималось из глубин какое-то подземное существо.

Вейл с силой ударил кулаком в дверь, заставив Мелисанду вздрогнуть.

— Эй! Впустите нас!

С глухим стуком отодвинулся засов, и дверь медленно, со скрипом отворилась. В дверях стоял низенький, довольно крепкого сложения мужчина. Его седеющие рыжеватые волосы торчали во все стороны, как пух на одуванчике. Сходство с одуванчиком усиливала совершенно голая макушка. На нем были длинная ночная рубашка и сапоги. Мужчина сердито смотрел на них. Потом отрывисто спросил:

— Чего?

Вейл ответил с обаятельнейшей улыбкой:

— Я виконт Вейл, а эта леди — моя жена. Мы приехали в гости к вашему хозяину.

— Это неправда, — отозвался мужчина и начал закрывать дверь.

— Нет, правда. — Вейл протянул руку и остановил дверь.

Коротышка потянул дверь, пытаясь закрыть ее, но она не шелохнулась.

— Никто не говорил мне о гостях. Мы не убрали в комнатах и не запаслись едой. Вы должны уехать.

На этот раз у Вейла уже не нашлось улыбки.

— Впустите нас. О комнатах договоримся позднее.

Мужчина открыл рот, явно намереваясь сражаться дальше, но в эту минуту к ним присоединился Маус. Терьер лишь взглянул на слугу сэра Алистэра и понял: это враг. Он залился громким лаем, таким свирепым, что низкорослый слуга издал пронзительный вопль и отскочил назад. Воспользовавшись этим, Вейл распахнул дверь и, сопровождаемый мистером Пинчем, вошел внутрь.

— Оставайся около кареты, пока мы все не подготовим, — сказала Мелисанда Салли и степенно, вслед за мужчинами, вошла в замок.

— Нельзя! Вам нельзя! Нельзя! — пронзительно кричал маленький слуга.

— Где сэр Алистэр? — спросил Вейл.

— Уехал! Он уехал верхом и вернется не скоро.

— Он ездит в темноте? — удивленно спросила Мелисанда. Местность, через которую они проезжали, была холмистой, неровной и каменистой. Ездить здесь верхом одному по ночам небезопасно, подумала она.

Слуга-коротышка быстро шел впереди них по широкому коридору. У одной из дверей он остановился и сказал:

— Можете подождать меня здесь, если желаете. — С этими словами он распахнул дверь, готовясь исчезнуть за ней.

Но Вейл ухватил его за воротник:

— Подожди. — Он посмотрел на Мелисанду: — Не могла бы ты побыть с Маусом здесь, пока мы с Пинчем найдем спальни и какую-нибудь еду?

В комнате было темно и как-то неприятно, но Мелисанда не колебалась.

— Конечно.

— Моя милая храбрая жена. — Джаспер коснулся губами ее щеки. — Пинч, зажги свечи для ее сиятельства, а потом этот любезный парень проводит нас.

— Да, милорд. — Мистер Пинч зажег от своего фонаря четыре свечи — все, что нашлись в комнате.

Когда их шаги стихли, Мелисанда огляделась. Это была своего рода гостиная, но не очень уютная. Там и тут стояло по нескольку стульев — очень старых и очень безобразных. Резной деревянный потолок был страшно высок, и свет горевших свечей не рассеивал темноту над головой. Мелисанде показалось, что она видит свисающие с потолка обрывки паутины. Стены были тоже резные, из темного дерева, их украшали чучела голов животных — нескольких побитых молью оленей, барсука и лисицы. Их стеклянные глаза зловеще светились в темноте.

Взяв себя в руки, Мелисанда решительно направилась к большому камину из серого камня, находившемуся в дальнем конце комнаты. По-видимому, почерневший внутри камин был еще старше всех этих резных деревянных панелей. Около стены она обнаружила ящик с несколькими поленьями и, стараясь не думать о пауках, аккуратно положила их в камин. Подошел Маус поинтересоваться, что же она делает, но скоро отошел, чтобы узнать, что кроется в темноте.

Мелисанда встала и отряхнула руки. Она осмотрела каминную полку и нашла банку с запылившимися фитилями. Зажгла один из них от своей свечи и поднесла его к поленьям, но поленья не загорались и фитиль сгорел до конца. Мелисанда взяла другой фитиль и собиралась зажечь его, когда залаял Маус.

Она вздрогнула и повернулась. Позади нее стоял мужчина, высокий, темный и худой. Длинные, до плеч, волосы падали ему на лицо. Он смотрел на Мауса, лаявшего у его ног, но, когда Мелисанда пошевелилась, повернул голову к ней. Левая половина его лица была изуродована шрамами, ужасными в мерцающем свете свечи, а правая глазница была пуста.

Мелисанда выронила фитиль.

* * *

Слуга Манро сказал, что во всем доме не найдется и пары чистого постельного белья, и Джаспер, в раздражении, уже собирался вытрясти из этого человечка душу, когда услышал, как залаял Маус. Он взглянул на Пинча, и, не говоря ни слова, они побежали обратно по кривым лестницам вниз, в темноту. Джаспер проклинал себя за то, что оставил Мелисанду одну.

Перед входом в гостиную Джаспер замедлил шаги, чтобы войти неожиданно, без шума. Маус больше не лаял. Джаспер заглянул в комнату. Мелисанда стояла в дальнем конце комнаты спиной к камину. Маус сидел перед ней, напряженный, но молчаливый. А перед ними стоял огромный мужчина в кожаных гетрах и старом охотничьем камзоле.

Джаспер похолодел.

Манро повернулся, и Джаспер невольно вздрогнул. Когда он последний раз видел этого человека, его раны еще не затянулись и кровоточили. Время залечило раны, покрывавшие левую половину его лица, они превратились в шрамы, от чего не стали выглядеть менее страшными.

— Реншо... — прохрипел Манро. У него всегда был хрипловатый голос, но теперь он стал прерывистым, как будто его голосовые связки надорвались от его ужасных криков там, у Спиннерс-Фоллс. — Но теперь вы Вейл, не так ли? Лорд Вейл.

— Да. — Джаспер шагнул в комнату. — А это моя жена, Мелисанда.

Манро кивнул, но не повернулся к ней, чтобы представиться.

— По-моему, я написал вам, чтобы вы не приезжали.

— Я ничего не получал, — честно признался Джаспер.

— Некоторые и сейчас сочли бы мой ответ знаком несогласия, — сухо проговорил Манро.

— В самом деле? — Джаспер глубоко вдохнул, чтобы сдержать гнев, закипевший в его груди. Он был многим обязан Манро — многим, за что ему никогда с ним не расплатиться, но его поиски истины касались и Манро. — Видите ли, дело, которое привело меня к вам, можно назвать безотлагательным. Нам надо поговорить о Спиннерс-Фоллс.

Манро отшатнулся, словно его ударили по лицу. Он из-под полуопущенного века пристально смотрел на Джаспера непроницаемым взглядом светло-карего глаза.

Наконец он коротко кивнул:

— Хорошо. Но уже поздно, и ваша дама, без сомнения, устала. Уиггинс покажет вам комнаты. Особых удобств не обещаю, но в комнатах будет тепло. Поговорим утром. А потом вы уедете.

— Вы даете слово? — спросил Джаспер. Он вполне допускал, что Манро может просто исчезнуть и не появляться, пока они не уедут.

Кривая улыбка мелькнула на губах Манро.

— Даю слово. Я поговорю с вами завтра.

Джаспер кивнул:

— Благодарю вас.

Манро пожал плечами и вышел из комнаты. Все тот же рыжеватый слуга, скрывавшийся за дверью — предположительно, Уиггинс, — проворчал:

— Полагаю, мне надо разжечь камины в ваших комнатах.

С этими словами он повернулся и вышел.

Джаспер облегченно вздохнул и посмотрел на Пинча:

— Может быть, ты попытаешься устроить и слуг? Поищи для них комнаты. Да посмотри, нет ли на кухне какой-нибудь еды.

— Хорошо, милорд, — сказал Пинч, направляясь к двери.

И Джаспер остался наедине со своей возлюбленной женой. Он заставил себя посмотреть на нее. Она по-прежнему стояла перед камином. Другая женщина уже закатила бы истерику. Но не Мелисанда.

Она посмотрела на него и спокойно спросила:

— Так что произошло у Спиннерс-Фоллс?

* * *

Салли ровным слоем разложила кочергой горячие угли и повесила котелок на большой крюк, висевший в камине. Камин был огромный, таких она никогда в жизни не видывала. В него мог войти взрослый человек и даже выпрямиться. Для чего был нужен такой большой камин, она не представляла. Он требовал гораздо больше труда, чем уютный камин нормального размера.

Вскоре над котелком начал подниматься пар, и она бросила в него разрубленного кролика, которого мистер Пинч нашел в кладовке. Камеристка леди была по положению выше других слуг, и в ее обязанности не входило приготовление пищи, но не было больше никого, кто мог бы приготовить для них ужин. Она не сомневалась, что мистер Пинч знал, как готовить тушеного кролика, и сделал бы это лучше, чем она, но он был занят поисками комнат для хозяйки и хозяина.

Салли бросила в котелок порезанную морковь. Она немного завяла, но есть ее было можно. Еще она добавила несколько маленьких круглых луковиц и все размешала. Получилась какая-то мешанина, но, может быть, будет аппетитнее, если ее немного потушить. Она вздохнула и опустилась на ближайший стул, натягивая на плечи шаль. Она мало что знала о приготовлении пищи. Когда она была посудомойкой, то большей частью мыла посуду и следила за чистотой. Мистер Пинч дал ей кролика, морковь и лук и велел сварить их, что она и сделала. Этот противный рыжеволосый человек Уиггинс ничем не помог им. Ну просто тролль из волшебной сказки, очень похож. К тому же он мгновенно исчез, стоило мистеру Пинчу повернуться к нему спиной, и теперь слуги лорда Вейла разбрелись по незнакомому дому.

Салли встала и заглянула в котелок, от которого поднимался пар. Может быть, следует добавить что-то еще. Соль! Вот что! Мистер Пинч счел бы ее дурочкой, если бы ей не хватило ума посолить тушеное мясо. Она подошла к огромному буфету, стоявшему в углу, и начала обыскивать его. Он был почти пуст, но ей все же удалось отыскать соль и немного муки.

Когда спустя минут десять она пыталась замесить в миске тесто из муки, соли, масла и воды, в кухне появился мистер Пинч. Он поставил фонарь и подошел к ней, посмотрел, как она месит тесто, и остался молча стоять рядом с ней, глядя в миску.

Салли рассердилась.

— Это клецки для тушеного мяса. Я стараюсь делать так, как делала миссис Кук, но я не знаю, что у меня получится, только на вкус это похоже на клей. Знаете, я не повар. Я камеристка, и мне не нужно знать, как готовят еду. Вам придется удовольствоваться тем, что я могу сделать, и если получится что-то ужасное, не хочу и слышать об этом.

— Я не жалуюсь, — сдержанно проговорил мистер Пинч.

— И не надо.

— И я люблю клецки.

Салли подула на локон, упавший ей на глаза, и неожиданно засмущалась.

— Правда?

Он кивнул:

— Да, и выглядят они очень аппетитно. Помочь вам поднести миску к огню, чтобы вы положили их в котелок?

Салли расправила плечи и кивнула. Она потерла руки, снимая с них остатки теста, а мистер Пинч взял большую глиняную миску. Они подошли к камину, и он держал миску, пока она осторожно ложку за ложкой опускала тесто в котелок. Она накрыла котелок железной крышкой, чтобы клецки потушились вместе с мясом, и повернулась к мистеру Пинчу. Она понимала, что выглядит не лучшим образом: что лицо покрыто потом от жаркого огня, пряди волос упали и прилипли к лицу, но она посмотрела ему в глаза и сказала:

— Вот. Ну и как?

Мистер Пинч наклонился к ней и ответил:

— Превосходно.

А затем поцеловал ее.

Мелисанда складывала на полу одеяла, следя за мужем, ходившим по комнате. Он был страшно возбужден, казалось, в любую минуту, потеряв самообладание, он выбежит из комнаты и понесется неизвестно куда. Не так ли вел себя и сэр Алистэр, разъезжая в темноте? Не пытается ли и он убежать от своих демонов?

Но Вейл оставался с ней, и она была ему за это благодарна, хотя он и не ответил на ее вопрос о Спиннерс-Фоллс. Он выпил виски и теперь беспокойно ходил по комнате, но не пытался скрыться от нее. Это как-то успокаивало.

— Понимаешь, это произошло после Квебека, — неожиданно начал он. Глядя в окно, Джаспер, возможно, говорил даже не с ней, хотя в комнате, кроме нее, никого не было. — Был сентябрь, и мы получили приказ прибыть в форт Эдуард на зимние квартиры. Мы уже потеряли в сражении более сотни человек и оставили еще человек тридцать тяжелораненых, тех, что не могли идти. Потери были велики, но нам казалось, что самое плохое уже позади. Мы выиграли сражение — Квебек пал, и теперь дело было только во времени — французам все равно придется сдаться окончательно, и тогда войне конец. Но события приняли совсем другой оборот. — Он замолчал, отхлебнул виски и тихо продолжил: — Мы были полны надежд. Война вот-вот закончится, и мы вернемся домой. Это все, чего мы хотели: вернуться домой к нашим семьям. Немного отдохнуть после битвы.

Мелисанда положила простыню на одеяла. От простыни пахло плесенью — видно, ею давно не пользовались, — но другой не было. Занимаясь бельем, Мелисанда живо представляла, как на другом конце света еще молодой Джаспер идет со своими солдатами через осенний лес. Он радуется одержанной победе. Счастлив, что скоро вернется домой.

— Мы шли по узкой тропе, с одной стороны были крутые холмы, а по другую сторону бежала река. Идти можно было только по двое. Рено подъехал ко мне и сказал, что мы слишком растянулись, конец нашей колонны находится примерно в полумиле. Мы решили связаться с полковником Дарби и попросить головные ряды колонны идти медленнее, чтобы хвост подтянулся. В эту минуту нам и нанесли удар. Тут все и началось.

Он говорил бесстрастным тоном, и Мелисанда присела на корточки, слушая его. Он все еще смотрел в окно, и она видела только его широкую прямую спину. Ей хотелось подойти к нему, обнять и прижать к себе, но Мелисанда боялась прервать рассказ. Ведь она понимала: ему необходимо выговориться — как необходимо вскрыть загноившуюся рану, чтобы выпустить гной.

— Во время сражения не думаешь. — Он слегка усмехнулся. — Инстинкт и эмоции берут верх. Ужас при виде Джонни Смита, пронзенного стрелой. Ярость и ненависть к индейцам, с криками обрушившимся на ваших солдат. Убивавшим ваших солдат. Страх, когда под вами убивают лошадь. Паника, охватывающая вас, когда вы понимаете: необходимо мгновенно соскочить с лошади, иначе будете придавлены животным. И чувство беспомощности перед топором.

Джаспер медленно пил вино, а Мелисанда пыталась осознать его слова. Сердце ее сильно билось, будто она чувствовала ту же панику, которую он пережил много лет назад.

— Я полагаю, мы хорошо дрались, — прервал молчание Вейл. — По крайней мере мне так говорили другие. Я сам не могу оценить эту битву. В тот момент для вас существуют только те люди, которые окружают вас, и только тот маленький кусочек земли, который вы защищаете. Лейтенант Клеммонс пал, и лейтенант Найт тоже, но, пока я не увидел, как Дарби, нашего командующего, стаскивают с коня, мне и в голову не приходило, что мы терпим поражение. Что нас всех убьют.

Должно быть, он хотел рассмеяться, но звук получился сухим и резким, совсем не похожим на его обычный смех.

— Вот тогда я и должен был почувствовать страх, но, как ни странно, его не было. Я стоял среди множества мертвых тел и размахивал шпагой. И я убил нескольких из этих воинственных дикарей. Да, убил, но недостаточно. Недостаточно.

И вновь зазвучал тихий, усталый голос ее мужа, и Мелисанда почувствовала, как на глаза ее набегают слезы.

— В конце концов пали все мои солдаты. Меня окружили. Я получил удар по голове и упал. Как оказалось, на тело Томми Пейса. — Джаспер отошел от окна и направился к столу, на котором стоял графин с виски. Наполнил свой стакан и отпил. — Не знаю, почему меня не убили. А должны были убить, убили почти всех. Но когда я очнулся, то увидел, что привязан за шею к Мэтью Хорну и Нейту Гроу. Я огляделся и увидел среди пленников Рено. Ты не поверишь, какое я почувствовал облегчение. Рено по крайней мере был жив.

Он замолчал, глядя на нее и ее не видя. Но через некоторое время продолжил:

— Много дней индейцы вели нас через леса. Дни за днями, давая глоток воды и никакой пищи, а среди нас были раненые. Во время сражения Мэтью Хорн был ранен в мягкую часть руки. Когда раненый Джон Купер больше не мог идти, его увели в лес и убили. После этого, когда Мэтью спотыкался, я подставлял ему плечо, побуждая идти вперед. Я не мог позволить себе потерять еще одного солдата. Не мог позволить себе потерять еще одного человека.

Мелисанда ахнула от ужаса:

— Ты был ранен?

— Нет. — На его лице появилась гримаса, которая, очевидно, должна была означать улыбку. — Если не считать шишки на голове, я чувствовал себя прекрасно. Мы дошли до индейского поселения, находившегося на французской территории.

Джаспер снова отхлебнул виски, почти опустошив стакан, и закрыл глаза. Мелисанда знала, что это не конец истории — ведь от чего-то появились эти страшные шрамы на лице сэра Алистэра. Пытаясь успокоиться, она глубоко вздохнула и спросила:

— Что же произошло в лагере в том индейском поселении?

— Они называли это «пройти сквозь строй» — особое приветствие для пленных, попавших в лагерь. Индейцы выстраивались, и мужчины и женщины, в две длинные шеренги. И между этими шеренгами прогоняли пленных одного за другим. Пленные бежали, а индейцы били их тяжелыми дубинками и пинали. Если человек падал, его иногда забивали до смерти. Но ни один из нас не упал.

— Слава Богу, — выдохнула она.

— Мы тоже так думали. Но теперь я уже не так в этом уверен.

Он пожал плечами и снова поднес стакан к губам.

— Джаспер? — окликнула его Мелисанда. Ей хотелось, чтобы он прервал свой рассказ, — она боялась того, что могло последовать за этим. Ведь он столько уже перенес. К тому же было уже позднее время и он устал. — Джаспер?

Но он, казалось, не слышал ее. Он смотрел в свой стакан, словно погруженный в собственные мысли.

— А потом началось настоящее веселье. Они увели куда-то Рено, а Манро и Хорна привязали к столбам. Затем взяли горящие палки и...

Он закрыл глаза и сглотнул, не в силах произнести слова, которые он решился наконец сказать.

— Не надо, о, не надо, — шептала Мелисанда. — Ты не должен рассказывать мне об этом.

Он смотрел на нее с растерянным, и печальным, и трагичным видом. Смотрел, но не слышал.

— Их пытали. Жгли их. Огненно-красными палками. Этими палками размахивали и женщины. Женщины! И вот тогда-то глаз Манро... Боже! Это было самым ужасным. Я кричал, чтобы они прекратили, а они плевали на меня и отрубали мужчинам пальцы. Я понял: надо молчать, что бы они ни делали, потому что крики были проявлением чувств, а это еще сильнее ожесточало их. И я старался, Мелисанда, я старался, но вопли и кровь...

— О, дорогой мой, о, дорогой мой! — Мелисанда обняла его и прижала к своей груди. Теперь она уже не сдерживала слез — она рыдала над ним.

— На следующий день нас отвели в другую часть лагеря, — шептал Вейл на ее груди. — И там сожгли Рено. Распяли его на кресте, и крест установили на костре. Я думаю, он был уже мертв, потому что он не шевелился. И возблагодарил Бога за то, что мой самый дорогой друг умер и больше не будет чувствовать боли.

— Тсс... — шептала Мелисанда. — Тсс...

Но он не умолкал:

— А когда костер погас, индейцы отвели нас обратно в ту часть лагеря, где мы находились раньше, и там продолжили свое дело. С лицом Манро и грудью Хорна. Еще, и еще, и еще...

— Но в конце концов вас спасли, не так ли? — с отчаянием спросила Мелисанда. Он должен избавиться от этих ужасных образов и вернуться к чему-то жизнеутверждающему. Он выжил. Он жив.

— Спустя две недели мне сказали, что капрал Хартли привел группу спасателей и выкупил нас, но этого я не помню. Я был как во сне.

— Ты был в отчаянии и к тому же ранен, — попыталась успокоить его Мелисанда. — Это вполне понятно.

Он неожиданно вырвался из ее объятий.

— Нет! Я ничуть не пострадал...

Она смотрела на него:

— Но пытки?..

Он рывком распахнул рубашку и показал свою широкую грудь.

— Ты видела меня, моя милая жена. Есть ли на моем теле хоть один шрам?

Озадаченная, она опустила глаза на его гладкую грудь.

— Нет.

— Потому что они не тронули меня. И в течение всех тех дней, когда истязали других, они и пальцем не тронули меня!

Боже милостивый! Мелисанда смотрела на его грудь. Для такого мужчины, как Вейл, остаться единственным здоровым, неискалеченным было тяжелее, чем страдать от ран.

Мелисанда глубоко вздохнула и задала вопрос, которого он, очевидно, так ждал:

— Но почему?..

— Потому что я был свидетелем, самым старшим офицером после убийства Рено, единственным капитаном. Индейцы заставили меня наблюдать за происходящим, и если бы я только пикнул, они бы резали еще глубже и еще сильнее прижигали бы пленников своими палками.

Он смотрел на нее и улыбался страшной улыбкой, и демоны мерцали в его глазах.

— Разве ты не понимаешь? Они истязали других, а я сидел и смотрел.

Глава 16

Принцесса Отрада съела свой суп, и как вы думаете, что могло лежать на дне миски, если не серебряное кольцо? Король потребовал привести главного повара, и беднягу снова приволокли и поставили перед придворными. Но как бы его ни допрашивали, он клялся всем на свете, что не знает, как кольцо попало в суп принцессы. В конце концов король был вынужден отослать его обратно на кухню. А придворные, сдвинув вместе головы, обсуждали, кто же добыл серебряное кольцо.

Но принцесса Отрада ничего не говорила. Она только задумчиво смотрела на своего шута...

Из «Веселого Джека»

На следующее утро Мелисанду разбудил Маус, царапавшийся в дверь. Она обернулась и посмотрела на Вейла. Он лежал, закинув руку за голову, одеяла не закрывали всей его длинной фигуры. За последние пару ночей она обнаружила, что сон его стал беспокойным. Во сне он часто закидывал на нее руку или ногу, а иногда, просыпаясь, она обнаруживала, что он лежит, уткнувшись лицом в ее шею. Еще чаще он перекатывался на бок, таща за собой одеяла. Она не возражала. Стоило лишиться одеяла ради того, чтобы спать с ним.

Но после мучительной исповеди прошлой ночью ему было необходимо как следует отдохнуть. Мелисанда осторожно выбралась из-под одеял и встала. Она надела простой лиф и юбку, завернулась в плащ и вместе с Маусом тихо вышла из комнаты. Они спустились по лестнице и через темные коридоры направились на кухню.

Здесь Мелисанда остановилась и огляделась вокруг. Кухня была огромной, с высоким куполообразным потолком, с облупившейся побелкой, и явно нуждалась в ремонте. В углу Мелисанда увидела пару разложенных тюфяков. На одном крепко спала Салли, а с другого приподнял голову мистер Пинч. Мелисанда молча кивнула камердинеру и выскользнула за дверь.

Они вышли из дома, и Маус в восторге начал носиться по длинной, спускавшейся террасами вниз лужайке, заросшей нестриженой травой, — должно быть, когда-то это была часть великолепного сада. Мелисанда пошла дальше. День выдался приятным, яркое утреннее солнце начинало разгонять туман, лежавший на зеленых холмах. Мелисанда остановилась и оглянулась на замок. При дневном свете он не выглядел столь угрожающим. Над пережившим непогоду розовым камнем поднималась ступенчатая крыша с торчащими тут и там печными трубами. На всех четырех углах выступали круглые башни, придававшие замку внушительный и древний вид. Мелисанда невольно подумала, как, наверное, холодно в этом замке зимой.

— Ему полтысячи лет, — раздался позади нее скрипучий, но звучный голос.

Мелисанда оглянулась. В эту минуту подбежал Маус и залился лаем.

Рядом с сэром Алистэром стояла лохматая собака такого роста, что ее голова находилась выше его пояса. Перед ней носился Маус и яростно лаял. Большая собака не шевелилась. Она только смотрела на него, повернув свою длинную морду, как будто определяя, что это за маленькое тявкающее существо.

Сэр Алистэр недовольно взглянул на терьера. В это утро его волосы были расчесаны и собраны сзади, а поврежденный глаз он прикрыл черной повязкой.

— Тише, парень, — произнес он с сильным шотландским акцентом. — Успокойся.

Он наклонился и протянул Маусу кулак, тот подскочил и обнюхал его. Мелисанда, чуть вздрогнув от ужаса, увидела, что на правой руке сэра Алистэра не было указательного пальца и мизинца.

— А он храбрая кроха, — сказал сэр Алистэр. — Как вы его зовете?

— Маус.

Он кивнул и продолжал стоять, глядя вдаль. Большая собака вздохнула и легла у его ног.

— Вчера я не хотел испугать вас, мэм.

Она посмотрела на него. С этой стороны его шрамы были малозаметны, и его можно было бы назвать красивым — прямой надменный нос, твердый и упрямый подбородок.

— Вы меня не испугали. Просто я вздрогнула от неожиданности, когда вы появились.

Он повернулся, показывая ей все свое лицо, словно желая проверить, не испугается ли она теперь.

— Я уверен, что испугал.

Она не хотела отступать.

— Джаспер думает, вы считаете его виновником этих шрамов. Это правда?

У нее перехватило дыхание от собственной грубости. Она никогда не позволила бы себе спорить с ним, если бы это касалось только ее. Но ей было необходимо знать, не собирается ли этот человек снова причинить Джасперу боль.

Он выдержал ее взгляд, вероятно, удивленный ее прямотой. Она могла бы поспорить, что не многие осмелились бы говорить с ним о его шрамах.

Наконец он отвел взгляд и посмотрел на запущенные, заросшие сады.

— Если желаете, я поговорю с вашим мужем о своих шрамах, миледи.

Джаспер проснулся один — его объятия были пусты. Всего лишь несколько ночей, и ее отсутствие уже вызывало странное ощущение. Неприятное ощущение. Он должен чувствовать свою милую жену рядом, ее мягкие формы рядом с твердыми мускулами его тела и запах ее волос и ее кожи вокруг себя. Сон рядом с ней был как живительный эликсир — никаких метаний и беспокойных движений за всю ночь. Проклятие! Куда она подевалась?

Он встал и торопливо оделся, с сердитым ворчанием застегивая пуговицы на рубашке. Отложил в сторону шейный платок и, набросив на плечи камзол, вышел из комнаты.

— Мелисанда! — выйдя в холл, позвал он, совершенно забыв, где он находится, — замок был так велик, что она никак не могла бы его услышать, если бы только не была совсем рядом. Он снова позвал: — Мелисанда!

Спустившись вниз, он направился на кухню. Там он нашел Пинча, разжигавшего огонь. Позади него на тюфяке спала маленькая камеристка Мелисанды. Тюфяков было все-таки два, машинально отметил Вейл. Пинч лишь молча кивнул в сторону задней двери.

Джаспер вышел и зажмурился от яркого солнца. А потом он увидел Мелисанду. Она стояла и разговаривала с Манро, и даже эта картина вызвала у него укол ревности. Конечно, Манро был искалеченным отшельником, но он умел обращаться с женщинами. А Мелисанда стояла слишком близко к этому человеку.

Джаспер зашагал к ним. Его заметил Маус и оповестил о его появлении громким лаем.

Манро повернулся:

— Встали наконец, Реншо?

— Теперь Вейл, — проворчал Джаспер и положил руку на талию Мелисанды.

Манро проследил взглядом за этим движением, и бровь над его черной повязкой приподнялась.

— Да, конечно.

— Ты уже позавтракала, моя дорогая жена? — обратился Джаспер к Мелисанде.

— Еще нет. Мне надо посмотреть, что есть на кухне.

— Сегодня утром я послал Уиггинса на ближайшую ферму за хлебом и яйцами, — пробормотал Манро. Его щеки чуть порозовели, как будто он осознал наконец свое негостеприимство, и это смутило его. Он угрюмо сказал: — После завтрака я могу показать вам обоим башню. Вид оттуда великолепный.

Джаспер почувствовал, как дрожь пробежала по телу его жены, и вспомнил, как она опиралась о стенки его высокого фаэтона.

— Может быть, в другой раз.

Мелисанда кашлянула и осторожно отстранилась от Джаспера.

— Если мужчины извинят меня, я бы хотела поискать на кухне каких-нибудь обрезков для Мауса.

Джасперу оставалось лишь поклониться, и его возлюбленная жена направилась в замок.

Манро задумчиво посмотрел ей вслед.

— Ваша жена — очаровательная женщина. И к тому же умна.

— М-да, — согласился Джаспер и нашел нужным пояснить: — Она не любит высоты.

— А... — Манро взглянул на Джаспера. — Вот не подумал бы, что она в вашем вкусе.

Джаспер разозлился.

— Вы и понятия не имеете о моем вкусе.

— Имею. Шесть лет назад он ограничивался женщинами с большой грудью и слабой моралью.

— Это было шесть лет назад. С тех пор многое изменилось.

— Да, многое изменилось, — задумчиво проговорил Манро. Он направился к заросшим сорняками террасам, и Джаспер зашагал рядом с ним. — Вы стали виконтом, Сент-Обин умер, а я утратил половину лица. Между прочим, вас я в этом не виню.

— Что? — От удивления Джаспер остановился.

Манро тоже остановился, повернулся к нему и указал на черную повязку на глазу:

— Это. Я не виню вас за это, никогда не винил.

Джаспер отвел глаза.

— Но как вы можете не обвинять меня? Они вырезали вам глаз, когда я сломался. — Тогда он громко застонал от ужаса, увидев, что они делали с пленниками.

Манро немного помолчал. Джаспер не мог заставить себя посмотреть на него. Когда-то шотландец был красавцем. Но и будучи молчаливым, он никогда раньше не был отшельником: любил посидеть у камина вместе со всеми мужчинами и посмеяться над их грубыми шутками. Смеялся ли Манро когда-либо с тех пор, как его изуродовали?

Наконец Манро заговорил:

— Мы побывали в аду, разве не так?

Джаспер сцепил челюсти и кивнул.

— Но это были люди, как вы знаете, а не демоны.

— Что?

Манро стоял, откинув назад голову и закрыв единственный глаз. Можно было подумать, что он наслаждается легким ветерком.

— Индейцы вайандоты, это они пытали нас. Они были людьми. Не зверями, не дикарями, просто людьми. И это они решали выколоть глаз мне, а не вам.

— Если бы я не застонал...

Манро вздохнул:

— Если бы вы не издали ни звука, они бы все равно лишили меня глаза.

Джаспер удивленно посмотрел на него. Манро кивнул:

— Да-да. С тех пор я досконально изучил нравы этого племени. Таков их обычай обращаться с пленниками: они пытают их. — Неповрежденный уголок его рта чуть приподнялся, хотя вид у него был далеко не веселый. — Подобно тому, как мы вешаем за шею мальчишек за вытащенный из чьего-то кармана кошелек. Просто у них такой обычай.

— Не понимаю, как вы можете смотреть на это так бесстрастно, — сказал Джаспер. — Неужели вы не испытываете гнева?

Манро пожал плечами:

— Меня учили быть наблюдателем. Во всяком случае, я не виню вас. Ваша жена упорно настаивала, чтобы я сказал вам об этом.

— Спасибо.

— Думаю, в список добродетелей вашей жены можно прибавить «преданная» и «неукротимая». Не понимаю, как вы нашли ее.

Джаспер усмехнулся.

— Знаете, такой повеса, как вы, не заслуживает ее.

— Именно потому я буду драться, чтобы удержать ее.

Манро кивнул:

— Разумно с вашей стороны.

Они зашагали дальше. Ни одному, ни другому не хотелось разговаривать. Но в их молчании Джаспер, как ни странно, ощущал дружелюбие. Манро никогда по-настоящему не был его другом — у них были слишком разные интересы, да и личности их казались несовместимыми. Но он был там. Он знал людей, которые уже умерли, он шел с веревкой на шее через те адские леса. И он был изувечен, попав в руки врагов. Ему не надо было ничего объяснять, ничего не надо было скрывать. Он был там, и он знал.

Они дошли до второй террасы, где Манро остановился полюбоваться видом. Вдали виднелась река, справа зеленела роща. Это была красивая страна. Шотландская борзая, сопровождавшая их, вздохнула и улеглась у ног Манро.

— Вы за этим приехали сюда? — как бы между прочим поинтересовался Манро. — Просить у меня прощения?

Джаспер на минуту замешкался, думая о своей исповеди прошлой ночью.

— Да, возможно. Но это не единственная причина.

Манро взглянул на него:

— Что вы хотите сказать?

И Джаспер рассказал ему. О Сэмюеле Хартли и проклятом письме. О том, как Дик Торнтон смеялся в Ньюгейтской тюрьме, бросив ему напоследок те слова, что предателем был один из пленных. И наконец, о неудавшемся покушении на лорда Хасселторпа как раз после его разговора с Джаспером.

Манро молча и внимательно выслушал всю историю и, покачав головой, сказал:

— Чистой воды чепуха.

— Вы не верите, что был предатель и что нас предали?

— О, в это я готов поверить! Как иначе можно объяснить, почему индейцы устроили засаду на нашем пути? Но вот тому, что это был один из нас, я не верю. Кто это мог быть? Может быть, вы думаете, что это был я?

— Нет, — сказал Джаспер, и это было правдой. Он никогда не думал, что предателем был Манро.

— Остаетесь вы, Хорн и Гроу, если только вы не думаете, что нас предал кто-то из умерших. И кого же, интересно, вы видите в этой роли?

— Никого. Но черт побери, ведь кто-то же предал нас. Кто-то сообщил французам и их индейским союзникам о нашем маршруте. — Джаспер поднял голову, подставляя лицо солнечным лучам.

— Согласен, но вы имеете только слово полубезумного убийцы о том, что это был один из пленников. Откажитесь от этой идеи. Торнтон разыгрывал вас.

— Не могу, — отозвался Джаспер. — Не могу отказаться, потому что не могу забыть.

Манро вздохнул:

— Взгляните на это с другой стороны. Почему кто-то из нас пошел на это?

— Вы имеете в виду — предал всех нас?

— Да, именно это. Должна быть причина. Симпатии к французам?

Джаспер покачал головой.

— У Рено Сент-Обина была француженка-мать, — бесстрастно проговорил Манро.

— Не будьте идиотом. Рено мертв. Его убили сразу же, как только мы вошли в тот проклятый поселок. Кроме того, он был верным англичанином и самым лучшим человеком из всех, кого я знал.

Манро поднял руку:

— Это вы расследуете дело, а не я.

— Да, я. И я думаю, была очень весомая причина для предательства — деньги. — Джаспер повернулся и многозначительно посмотрел на замок. Он не верил, что Манро мог быть предателем, но слова, сказанные им о Рено, задели его за живое.

Манро проследил за его взглядом и рассмеялся скрипучим смехом:

— Подумайте, если бы я продал нас всех французам, был бы этот замок в таком запустении?

— Вы могли спрятать деньги.

— Если у меня и были какие-то деньги, то я их получил по наследству или заработал. Это мои собственные деньги. Но тот, кто пошел на это, вероятно, был в долгах, а теперь разбогател. А как у вас с деньгами? Вы, помнится, любили играть в карты.

— Я говорил Хартли и говорю вам: я давным-давно заплатил карточные долги.

— Чем?

— Наследством. И у моих поверенных есть бумаги, подтверждающие это, если хотите знать.

Манро пожал плечами и снова зашагал дальше.

— А вы не интересовались финансами Хорна?

Джаспер пошел с ним в ногу.

— Он живет с матерью в городском доме.

— Ходили слухи, что его отец потерял деньги на операциях с акциями.

— В самом деле? — удивился Джаспер. — Его дом находится в «Линкольнз инн».

— Дорогое местечко для человека, не имеющего наследства.

— И тем не менее у него нашлись деньги, чтобы путешествовать по Италии и Греции, — задумчиво проговорил Джаспер.

— И по Франции.

— Что? — Джаспер остановился.

Через минуту Манро заметил, что обогнал его, и обернулся:

— Прошлой осенью Мэтью Хорн был в Париже.

— Откуда вы это знаете?

Манро склонил набок голову, поворачиваясь к Джасперу здоровым глазом.

— Может быть, я и отшельник, но я переписываюсь с натуралистами Англии и Европы. Этой зимой я получил письмо от французского ботаника. Он описывал званый обед в Париже. На нем присутствовал молодой англичанин по имени Хорн, который побывал в американских колониях. Я подумал, что это мог быть наш Мэтью Хорн, вы так не думаете?

— Вполне возможно. — Джаспер покачал головой. — А что он делал в Париже?

— Осматривал достопримечательности.

Джаспер поднял бровь:

— И это когда мы с французами враги?

Манро пожал плечами:

— Возможно, некоторые считают мою переписку с французскими коллегами подрывной деятельностью против нашей страны.

Джаспер устало вздохнул:

— Это только догадки, только предположения, которые, мягко говоря, весьма расплывчаты, но я не могу забыть эту бойню. А вы?

Манро горько улыбнулся:

— Забыть? С воспоминаниями, высеченными на моем лице? Нет, я-то никогда не забуду.

Джаспер подставил лицо легкому ветерку.

— Почему вы не приедете навестить нас, мою жену и меня, в Лондон?

— Дети плачут, когда видят меня, Вейл, — спокойно сообщил Манро.

— Вы хотя бы в Эдинбурге бываете?

— Нет, я никуда не езжу.

— Вы стали узником своего замка.

— Звучит как с театральной сцены, — скривил в усмешке губы Манро. — Это не так. Я смирился со своей судьбой. У меня есть мои книги, мои занятия и моя работа. Я... доволен.

Джаспер недоверчиво посмотрел на него. Доволен жизнью в огромном, продуваемом всеми ветрами замке в обществе лишь собаки и угрюмого слуги?

Манро, очевидно, понял, что Джаспер собирается с ним спорить, и повернул к дому.

— Пойдемте. Мы еще не завтракали. И не сомневаюсь, ваша жена ожидает вас.

Он зашагал к замку.

Джаспер, тихо выругавшись, последовал за ним. Манро не готов покинуть свое безопасное гнездо, и пока упрямый шотландец не будет к этому готов, спорить с ним бесполезно. Хорошо, если это произойдет с Манро еще в этой жизни, подумал Джаспер.

— Этому человеку совершенно необходима экономка, — сказала Мелисанда, сидя в карете, когда они отъезжали от замка сэра Алистэра. В углу уже прикорнула Салли.

Вейл с усмешкой посмотрел на нее:

— Так ты не одобряешь его постельное белье, сердце мое?

Она поджала губы:

— Затхлые простыни. На всем слой пыли, почти пустая кладовка и ужасный, ужасный слуга. Нет, определенно не одобряю.

Вейл рассмеялся:

— Но сегодня у нас будут чистые простыни. Тетя Эстер сказала, что будет очень рада, если мы на обратном пути остановимся у нее. Я думаю, ей очень хочется услышать сплетни о Манро.

— Не сомневаюсь.

Мелисанда достала свое вышивание, разобрала шелковые нитки, отыскивая лимонно-желтый — этот оттенок прекрасно подходил для львиной гривы.

Она взглянула на Салли, чтобы убедиться, что та спит.

— Сэр Алистэр рассказал тебе то, о чем ты хотел узнать?

— Некоторым образом. — Джаспер смотрел в окно, а Мелисанда ждала, аккуратно вдевая нитку в иголку. — Кто-то предал нас там, у Спиннерс-Фоллс, и я пытаюсь найти этого человека.

Слегка нахмурив брови, она сделала первый стежок — непростое дело в качавшейся карете.

— И ты думал, что сэр Алистэр и есть этот человек?

— Нет, но я думал, он мог бы помочь мне вычислить, кто это был.

— А он мог его знать?

— Не знаю.

В этих словах должно было бы слышаться разочарование, но Джаспер казался довольно оживленным. Мелисанда, вышивая львиную гриву, незаметно улыбнулась. Возможно, сэр Алистэр немного успокоил его.

— Бланманже, — сказала она спустя несколько минут.

— Что? — Он удивленно взглянул на нее.

— Ты как-то спросил меня, какое у меня любимое блюдо, помнишь?

Он кивнул.

— Так вот, это бланманже. Когда я была девочкой, мы ели его каждый год на Рождество. Кухарка подкрашивала его розовым кремом и украшала миндалем. Как самой младшей, мне давали самую маленькую тарелку, но все равно в нем было много крема и оно было неописуемо вкусным. Я каждый год с нетерпением ждала бланманже.

— Мы можем есть розовое бланманже каждый вечер за ужином, — сказал Вейл.

Мелисанда покачала головой, скрывая улыбку от его неожиданного предложения:

— Нет, этим мы лишим его исключительности. Только специально на Рождество. — Она будет встречать Рождество вместе с ним, с радостным волнением подумала Мелисанда. И сколько еще рождественских праздников впереди! Ничего не может быть чудеснее этого.

— Значит, только на Рождество, — с серьезным видом сказал он, как будто подписывал деловой контракт. — Но я настаиваю, чтобы у тебя было целое блюдо бланманже.

Она рассмеялась:

— А что я буду делать с целым блюдом бланманже?

— Можешь превратиться в поросенка, — совершенно серьезно ответил он. — Съешь его сразу же, если захочешь.

Или можешь просто смотреть на него и представлять, какое оно вкусное, с кремом, и сладкое...

— Глупости.

— Или ты можешь съедать по одной ложке каждый вечер. А я буду сидеть напротив тебя и завидовать.

— А почему бы тебе тоже не взять целое блюдо бланманже?

— Ни за что. Пусть у тебя будет что-то особое. — Откинувшись на спинку сиденья и скрестив на груди руки, он выглядел весьма довольным собой. — Ладно. Даю обещание, что каждое Рождество у тебя будет целое блюдо розового бланманже. И не говори, что я не щедрый муж.

Мелисанда делала круглые глаза, но улыбалась, глядя, как он дурачится. Она очень ждала своего первого Рождества, которое она проведет с Джаспером.

Этот день прошел спокойно, без всяких приключений. Они подъехали к дому тети Эстер как раз перед ужином.

Когда их карета остановилась, они увидели, что тетя Эстер провожает другую пару, по-видимому, приезжавшую на чашку чаю. Джаспер мгновенно узнал Тимоти и его жену. Мелисанда спокойно наблюдала за ним, своей первой любовью. Было время, когда от одного взгляда на его красивое лицо у нее перехватывало дыхание. Потребовалось несколько лет, чтобы она оправилась после потери жениха. Сейчас боль потери стерлась, ушла из нее, как будто разрыв помолвки случился у какой-то другой, молодой и наивной, девушки. Она смотрела на Тимоти и не думала ничего, кроме «Слава Богу». Слава Богу, что она избежала того брака.

Рядом с ней Вейл бормотал что-то себе под нос, затем он вышел из кареты.

— Тетя Эстер! — закричал он, явно не замечая другую пару. Он зашагал к тете Эстер и каким-то образом натолкнулся на Тимоти Холдена. Тот, будучи меньше ростом, пошатнулся, Вейл хотел помочь ему, но, очевидно, снова натолкнулся на Тимоти, потому что тот свалился задом на грязную дорогу.

— О Боже, — пробормотала Мелисанда, ни к кому конкретно не обращаясь, и успела вылезти из кареты, прежде чем ее муж убил ее прежнего любовника своей «добротой». Маус тоже вскочил и побежал облаять упавшего человека. Она не успела подойти, как Вейл протянул руку, чтобы помочь Тимоти подняться. Тимоти, этот тупой идиот, ухватился за нее, и Мелисанда закрыла глаза. Вейл дернул его за руку с такой силой, что Тимоти вскочил с земли со скоростью пробки, вылетевшей из бутылки, и, пошатываясь, направился к Вейлу. Вейл наклонился совсем близко к Тимоти, и неожиданно лицо последнего покрылось смертельной бледностью. Он отскочил от Вейла и, отклоняя дальнейшую помощь, поспешно усадил жену в карету.

Маус удовлетворенно гавкнул в последний раз, довольный, что прогнал этого человека.

Вейл погладил терьера и сказал ему что-то такое, от чего Маус завилял хвостом.

Мелисанда облегченно вздохнула и подошла к обоим особам мужского пола.

— Что ты сказал Тимоти?

Вейл выпрямился и посмотрел на нее совершенно невинными глазами:

— Что?

— Джаспер!

— Ну ладно — ничего особенного. Я попросил его больше не посещать мою тетю.

— Попросил?

Довольная улыбка играла на его губах.

— Не думаю, что мы снова увидим здесь мистера Тимоти Холдена или его жену.

Она вздохнула, втайне довольная его заботой о ее самочувствии.

— А это было абсолютно необходимо?

Он взял ее под руку и тихо ответил:

— О да, сердце мое, о да. — Затем он подвел ее к тете Эстер и сказал: — Мы вернулись, тетя, и привезли новости об этом отшельнике, сэре Алистэре!

Глава 17

На следующий день король объявил последнее испытание. Золотое кольцо было спрятано в пещере глубоко под землей, и охранял его огнедышащий дракон. Джек надел свою одежду из ночи и ветра, взял самый острый на свете меч, и прошло не так уж много времени, как он уже стоял у входа в пещеру. Дракон взревел, и началась жестокая битва. Могу вас заверить, что дракон был громадный. Они сражались весь день. Была уже ночь, когда наконец дракон свалился мертвым, а в руке Джека лежало золотое кольцо...

Из «Веселого Джека»

Прошла неделя, и Мелисанда с Маусом гуляла в Гайд-парке. Накануне они вернулись в Лондон. Путешествие из Шотландии прошло благополучно, если не считать ужасного блюда из капусты и говядины, которое им подали на третий день. Прошлой ночью Мелисанда устроила постель в углу своей спальни, и Вейл проспал на ней вместе с Мелисандой всю ночь. Она понимала, со стороны это выглядит странным, но она была так рада, что он спит рядом с ней, что остальное ее не заботило. Если бы ей пришлось спать на полу всю оставшуюся жизнь, она бы делала это с удовольствием. Салли с любопытством взглянула на тюфяк, но ничего не сказала. Возможно, мистер Пинч предупредил ее о странных привычках лорда Вейла.

Мелисанда гуляла, и ветерок играл ее юбками. В это утро Вейл поехал поговорить с мистером Хорном, вероятно о Спиннерс-Фоллс. Мелисанда немного помрачнела от этой мысли. Она надеялась, что после разговора с сэром Алистэром он откажется от своей навязчивой мысли и, может быть, обретет покой. Но он, как всегда, был настроен решительно. Большую часть пути в Лондон он высказывал предположения, развивал всевозможные идеи и вновь и вновь рассказывал и пересказывал догадки, кто мог оказаться предателем. Мелисанда сидела и занималась своим вышиванием, но сердце у нее сжималось. Какова вероятность того, что Вейл спустя столько лет найдет предателя? А если он его не найдет, что тогда? Неужели он проведет в бесплодных поисках всю оставшуюся жизнь?

Восторженный крик прервал ее мрачные размышления. Она подняла голову и увидела, как сынишка миссис Фицуильям, Джейми, обнимает Мауса. Терьер с упоением облизывал лицо мальчика. Очевидно, он запомнил Джейми. Его сестра тоже осторожно погладила терьера по голове.

— Добрый день, — поздоровалась миссис Фицуильям, стоявшая немного в стороне от детей. Теперь она подошла к ним. — Прекрасный день, правда?

— Да, — улыбнулась Мелисанда.

Они постояли некоторое время, глядя на детей и терьера.

Миссис Фицуильям вздохнула:

— Мне следовало бы подарить Джейми собачку. Он так настойчиво ее просит. Но его светлость не выносит животных. Он от них чихает и говорит, что они все грязные.

Мелисанду немного удивило, что эта женщина так пренебрежительно говорит о своем покровителя, но она не показала этого.

— Собаки и в самом деле иногда бывают довольно грязными.

— Гм... Вероятно, мальчики так не думают. — Миссис Фицуильям наморщила носик, отчего ее милое личико стало просто очаровательным. — К тому же он теперь нечасто посещает нас. В прошлом году — едва ли даже раз в месяц. Я предполагаю, у него есть другая женщина, как у турецкого султана. Я хочу сказать, они содержат женщин как стадо, как турки, я имею в виду. По-моему, это называется у них «гарем».

Мелисанда почувствовала, что краснеет, и опустила глаза на носки своих туфель.

— О, простите меня, — сказала миссис Фицуильям. — Я смутила вас, не так ли? Я всегда говорю не то, что надо, особенно когда нервничаю. Его светлость обычно говорил, что мне не следует раскрывать рта, иначе, если я его открою, исчезнет иллюзия.

— Какая иллюзия?

— Совершенства.

Мелисанда не поняла.

— Как можно было говорить такие ужасные вещи?

Миссис Фицуильям, словно задумавшись, наклонила набок голову.

— Вы полагаете? В то время, думаю, я не понимала этого. Когда мы встретились, я сначала боялась его. Ведь я тогда была молодой. Мне было всего лишь семнадцать лет.

Мелисанде очень хотелось спросить эту женщину, как она стала любовницей герцога Листера, но она боялась ответа. И только спросила:

— Вы любили его?

Миссис Фицуильям рассмеялась. У нее был звонкий приятный смех, но в нем слышалась грусть.

— Разве любят солнце? Оно здесь, оно дает нам тепло и свет, но можно ли его любить?

Мелисанда молчала, понимая, что любой ответ только еще больше расстроит эту женщину.

— Я думаю, в любви должно быть равенство, основанное на чем-то важном, — задумчиво проговорила миссис Фицуильям. — Я не имею в виду богатство или даже положение. Я знаю женщин, искренне любящих своих покровителей, и мужчин, любящих женщин, которых они содержат. Но они равны на... духовном уровне, если вы меня понимаете.

— Думаю, что понимаю, — медленно ответила Мелисанда. — Если кто-нибудь один — мужчина или женщина — обладает всей духовной властью, то у них не возникнет истинной любви. Полагаю, надо быть открытым, чтобы любить. Позволять себе не скрывать свои слабости.

— Я не думала об этом, но вы, должно быть, правы. Любовь по сути своей есть признание слабости. — Она покачала головой. — Чтобы признаться в этом, нужна смелость.

Мелисанда кивнула, не поднимая головы.

— Я не очень смелая женщина, — тихо сказала миссис Фицуильям. — Во всяком случае, каждый раз в моей жизни, когда я делала выбор, я делала его из страха.

Мелисанда с любопытством взглянула на нее:

— Некоторые сказали бы, что та жизнь, которую вы избрали, требует большой смелости.

— Они не знают меня. — Миссис Фицуильям покачала головой. — Делать все из страха — не та жизнь, которую я бы хотела.

— Простите.

Миссис Фицуильям вздохнула:

— Как бы я хотела быть способной на изменения!

«Как и я», — подумала Мелисанда. В эту минуту между ними возникло странное взаимопонимание — между респектабельной леди и содержанкой-любовницей.

Неожиданно они услышал крик Джейми, и обе посмотрели в его сторону. Он упал в грязь.

— О Боже, — прошептала миссис Фицуильям. — Придется везти его домой. Не знаю, что скажет моя горничная, когда увидит его одежду.

Она хлопнула в ладоши, подзывая детей. У них был разочарованный вид, но перечить матери они не решились.

— Спасибо вам, — сказала миссис Фицуильям.

— За что? — удивилась Мелисанда.

— За то, что поговорили со мной. Я получила удовольствие от разговора.

Мелисанда вдруг подумала, часто ли миссис Фицуильям разговаривает с другими дамами. Она была содержанкой и поэтому не относилась к уважаемым леди, но в то же время она была любовницей герцога, и это ставило ее выше многих. Она отличалась от других и была одинока.

— Я тоже получила удовольствие, — невольно вырвалось у Мелисанды. — Мне хотелось бы поговорить с вами еще.

Миссис Фицуильям робко улыбнулась:

— Может быть, и поговорим.

Она собрала детей и попрощалась. Мелисанда медленно пошла обратно. Карета ожидала — лакей незаметно следовал за своей хозяйкой. Она думала о том, что сказала миссис Фицуильям: истинная любовь не боится слабости. И она размышляла, хватит ли у нее смелости заставить себя еще раз проявить слабость.

— Ну что, Манро рассказал тебе что-нибудь новенькое? Кто, по его мнению, мог оказаться предателем? — спросил Джаспера Мэтью Хорн, когда они встретились в тот же день в парке.

Джаспер пожал плечами. Они ехали через Гайд-парк, и им владело беспокойство. Ему хотелось пустить Белл галопом и скакать, пока и он и лошадь не покроются потом. Он чувствовал себя на грани нервного срыва. Что будет, если он так и не найдет предателя? Наверное, он не сможет жить — не то что спокойно жить, а просто жить, в прямом значении этого слова. А ему теперь так хотелось, чтобы жизнь продолжалась.

Возможно, поэтому так резко прозвучал его голос, когда он сказал:

— Манро посоветовал мне обратить внимание на деньги.

— Что?

— Человек, который предал нас, вероятно, был на службе у французов. Он сделал это или по политическим мотивам, или ему заплатили. Манро считает, нужно проверить денежные дела тех, кто попал в плен.

— Но кто согласится пройти все ужасы плена из-за денег?

Джаспер пожал плечами:

— Может быть, тот человек не рассчитывал попасть в плен. Может быть, что-то нарушило его расчеты.

— Нет. — Хорн покачал головой. — Нет. Это невозможно. Если и был в наших рядах предатель, он постарался бы оказаться подальше от Спиннерс-Фоллс, когда индейцы устроили на нас засаду. Он бы притворился больным, или отстал, или просто сбежал.

— А что, если ему это не удалось? Что, если он был офицером? Видишь ли, только офицерам был известен наш маршрут...

Хорн фыркнул:

— Среди солдат всегда ходят всякие слухи. Ты же знаешь, как в армии хранят секреты.

— И все же, — стоял на своем Джаспер, — если это был офицер, ему было бы трудно скрыться. Не забывай, мы понесли большие потери в Квебеке. Офицеров не хватало.

Хорн остановил лошадь.

— Значит, ты собираешься расследовать финансовое положение каждого, кто там был?

— Нет, я...

— Или только тех, кто побывал в плену?

Джаспер взглянул на Хорна:

— Манро мне сказал кое-что еще.

Хорн удивился:

— Что?

— Он еще рассказал мне, что у него есть друг-француз. Это француз написал ему, что в Париже на званом обеде он встретил человека по имени Хорн.

— Абсурд! — воскликнул Мэтью. Он покраснел и плотно сжал губы. — Хорн — не такое уж редкое имя. Это был какой-то другой человек, не я.

— Значит, ты не был в Париже прошлой осенью?

— Нет. — У Хорна раздувались ноздри. — Нет, я не был в Париже. Я путешествовал по Италии и Греции, как я тебе уже говорил.

Джаспер молчал.

Хорн схватил поводья и в гневе рванулся вперед.

— Ты сомневаешься в моей чести, моей верности своей стране? Как ты смеешь?! Будь на твоем месте кто-то другой, я вызвал бы его сию же минуту.

— Мэтью... — начал Джаспер, но Хорн развернул свою лошадь и пустил ее галопом.

Джаспер смотрел ему вслед, укоряя себя за то, что оскорбил человека, которого считал своим другом. И в самом деле: что заставило его оскорбить человека, который никогда не делал ему ничего плохого? Хорн был прав: друг Манро мог ошибиться относительно того, кого он видел в Париже.

Джаспер вернулся домой в полном смятении и узнал, что Мелисанды еще нет дома. Это окончательно привело его в мрачное расположение духа. Ему хотелось увидеть ее и обсудить с ней неудачную поездку с Мэтью Хорном. Сдержав ругательство, он направился в кабинет.

Джаспер успел только плеснуть в стакан бренди, как в дверь постучали и вошел Пинч.

Джаспер обернулся и сердито посмотрел на камердинера:

— Ты нашел того человека?

— Да, милорд, — сказал Пинч, входя в комнату. — Дворецкий мистера Хорна действительно брат того солдата, с которым я служил.

— Он заговорил наконец?

— Да, милорд, он разговорился. Сегодня он свободен на полдня, и мы встретились в кабачке. Я все время подливал ему в стакан, пока он вспоминал своего брата. Его брат умер в Квебеке.

Джаспер кивнул. Многие солдаты погибли под Квебеком.

— После четвертого стакана дворецкий мистера Хорна стал разговорчивым, милорд, и мне удалось перевести разговор на его хозяина.

Джаспер отхлебнул бренди, не уверенный в том, что ему хочется услышать то, что должен был сказать Пинч. Но он затеял расследование, он послал Пинча разузнать кое-что сразу после возвращения в Лондон. И было бы трусостью все это бросить и отступить.

Он смотрел на Пинча, своего преданного слугу, который выхаживал его в самые тяжелые времена запоев и ночных кошмаров. Пинч верно служил ему. Это был хороший человек.

— Так что он сказал?

Камердинер пристально посмотрел на Вейла своими зелеными глазами, в которых была печаль.

— Дворецкий сказал, что после смерти отца у мистера Мэтью Хорна было очень плохо с деньгами. Его мать даже была вынуждена уволить почти всех слуг. Ходили слухи, что ей придется продать городской дом. Но тут с войны из американских колоний вернулся мистер Хорн. Слуг вернули, купили новую карету, а миссис Хорн стала носить новые платья, впервые за шесть лет.

Джаспер невидящим взглядом смотрел в свой пустой стакан. Не такого ответа ожидал он. То, что он услышал, не облегчило душу, чего ему так хотелось.

— А когда умер отец мистера Хорна?

— Летом тысяча семьсот пятьдесят восьмого года, — ответил Пинч.

Перед тем как пал Квебек. Перед Спиннерс-Фоллс.

— Спасибо, — сказал Джаспер.

Пинч колебался.

— Он мог получить наследство, а может, у него есть другой, совершенно невинный источник денег.

Джаспер скептически поднял бровь:

— Наследство, о котором не слышали слуги? — Это было совершенно невероятно. — Спасибо.

Пинч поклонился и вышел.

Джаспер снова налил виски, выпил и стоял, глядя на огонь в камине. Он этого хотел? Если Хорн был предателем, то может ли он выдать его властям? Он закрыл глаза и снова потянулся к бренди. Колесо раскрутилось, и теперь его не остановить — происходящее уже неподвластно ему.

Когда он поднял глаза, в дверях стояла Мелисанда.

Джаспер опустошил стакан.

— Милая моя жена, где же ты была?

— Я ездила на прогулку в Гайд-парк.

— Правда? — Он взял графин и налил себе еще бренди. — Снова встречалась с дамами полусвета?

Мелисанда холодно взглянула на него:

— Наверное, мне следует оставить тебя одного.

— Нет-нет. — Джаспер улыбнулся и поднял стакан. — Ты знаешь, как я боюсь одиночества. Кроме того, мы должны кое-что отпраздновать. Я близок к тому, чтобы обвинить старого друга в измене.

— Не заметно, чтобы тебя это радовало.

— Нет-нет, я просто в восторге.

— Джаспер... — Мелисанда смотрела на свои руки и искала нужные слова. — Ты просто одержим этими поисками. Тем, что произошло у Спиннерс-Фоллс. Меня пугает, что это вредно для тебя. Не лучше было бы... оставить все как есть?

Он пил свой бренди, не спуская с нее глаз.

— Почему я должен оставить все как есть? Ты ведь знаешь, что там произошло. И знаешь, что это все значит для меня.

— Я знаю, ты в плену того, что там произошло, и не можешь от этого освободиться.

— Я видел, как умирал мой лучший друг.

Она кивнула:

— Знаю. И возможно, пора отпустить с миром душу твоего лучшего друга.

— Будь это я, если бы это я там умер, Рено никогда бы не успокоился, пока не нашел предателя.

Она молча смотрела на него непроницаемым, необъяснимым взглядом.

Он допил бренди, и у него дрогнули губы.

— Рено не отказался бы от поисков.

— Рено мертв.

Джаспер окаменел и затем медленно перевел взгляд на нее. Она стояла подняв голову, с твердо сжатыми губами и почти суровым взглядом. У нее был такой вид, что она могла бы остановить нападение целой орды индейцев.

— Рено мертв, — повторила она. — И кроме того, ты — это не он.

* * *

В тот вечер Мелисанда, расчесывая волосы, думала о муже. Днем, после того как они поспорили, Вейл ушел из кабинета, не сказав ни слова. Она встала и прошлась по комнате. Тюфяк был уже приготовлен, а графин на столике был вновь наполнен вином. Все было готово к приходу мужа. А его все не было.

Шел уже одиннадцатый час, а его все не было.

Неужели он снова ушел, не сказав ей об этом? Такова была его привычка в первые дни их брака, но с тех пор многое изменилось. Разве не так?

Мелисанда завернулась в накидку и приняла решение. Если он не придет к ней, то она придет к нему Она решительно подошла к двери, ведущей в его апартаменты, и повернула ручку.

Дверь не поддалась. Мелисанда с недоумением смотрела на дверную ручку, не совсем понимая, в чем дело. Дверь была заперта. Она растерялась, но затем взяла себя в руки. Возможно, дверь заперли по ошибке — обычно она не ходила в его комнату из своей. Обычно происходило наоборот. Мелисанда вышла в коридор и подошла к двери спальни Вейла. Попробовала повернуть ручку и обнаружила, что и эта дверь заперта. До чего же глупо! Она постучала в дверь и подождала. Затем снова постучала.

И только минут через пять до нее дошло: он не собирается впускать ее.

Глава 18

Было уже поздно, когда Джек вернулся в замок. Он едва успел спрятать свою одежду и оружие и бросился в кухню, где снова подкупил мальчика-поваренка. После чего он побежал в главный зал, где придворные уже сидели за столами и ужинали.

— Ах, Джек — сказала, увидев его, принцесса, — где это ты был и чем это ты обжег ногу?

Джек посмотрел и увидел, что дракон своим пламенем обжег его. Он начал танцевать, выделывая невообразимые фигуры.

— Я легкая неуловимая надежда! — выкрикивал он. — И меня принес ветерок посмотреть на короля саламандр!..

Из «Веселого Джека»

Утром, когда Мелисанда встала, Джаспера по-прежнему не было видно. Не было его и в комнате, где они завтракали. Она поджала губы. Он что, избегает ее? Накануне она была груба с ним, вероятно, слишком груба. Она знала, что он любил Рено, и требовалось время, чтобы прийти в себя после такой горькой потери. Но прошло семь лет. Неужели он не заметил, как охота на предателя поглотила всю его жизнь? И разве она, его жена, не имеет права указать ему на это? Предполагалось, что она поможет ему найти счастье или хотя бы удовлетворение в своей жизни. После того как она столько лет любила его, после того как они поженились, было бы несправедливо отдалиться от нее. Разве он не должен был, хотя бы из вежливости, выслушать ее?

После легкого завтрака, состоявшего из булочек и горячего шоколада, Мелисанда решила, что не может весь день бродить по этому большому дому. Она похлопала себя по бедру, подзывая Мауса, и вышла в холл.

— Я иду с Маусом на прогулку, — сказала она Ouксу.

— Хорошо, миледи. — Дворецкий щелкнул пальцами, давая знак лакею сопровождать их.

Мелисанда поджала губы. Она предпочла бы погулять в одиночестве, но у нее не было выбора. Она кивнула Оуксу, распахнувшему перед ней тяжелую дверь, и вышла. Солнце спряталось за облаками, и утром было темно, как вечером. Но не это заставило ее остановиться. У входа в дом стояла миссис Фицуильям со своими двумя детьми, в руках у нее были два узла.

— Доброе утро, — поздоровалась Мелисанда.

Маус скатился со ступеней и бросился к детям.

— О Боже! — сказала миссис Фицуильям. Она выглядела расстроенной, и ее глаза блестели от едва сдерживаемых слез. — Я... я не должна была беспокоить вас, простите меня. Пожалуйста, простите меня.

Она повернулась, намереваясь уйти, но Мелисанда сбежала со ступеней.

— Пожалуйста, останьтесь. Не желаете ли войти и выпить чаю?

— О! — Слеза скатилась по щеке миссис Фицуильям. Она вытерла ее, как маленькая девочка, тыльной стороной ладони. — О, вы, должно быть, считаете меня глупой.

— Совсем нет. — Мелисанда взяла ее под руку — Помоему, сегодня наша кухарка печет лепешки. Пожалуйста, входите.

Упоминание о лепешках явно заинтересовало детей, и это, видимо, повлияло на решение миссис Фицуильям. Она кивнула в знак согласия и позволила Мелисанде ввести ее в дом. Мелисанда выбрала маленькую комнату в глубине дома с балконными дверями, выходившими в сад.

— Спасибо вам, — сказала миссис Фицуильям, когда они сели. — Представляю, что вы думаете обо мне.

— Приятно быть в компании, — отозвалась Мелисанда.

В комнату вошла горничная и внесла поднос с лепешками и чаем. Мелисанда поблагодарила ее и отпустила.

Затем она посмотрела на Джейми и Абигайль:

— Не хотите ли взять с собой лепешки и Мауса и погулять в саду?

Дети запрыгали от радости. И когда они вышли из дома, Джейми издал воинственный вопль и помчался по дорожке.

Мелисанда улыбнулась:

— Славные они дети.

Она налила чашку чаю и протянула ее миссис Фицуильям.

— Спасибо. — Миссис Фицуильям сделала глоток. Это, казалось, успокоило ее. Она подняла глаза, и их взгляды встретились. — Я уехала от герцога.

Мелисанда налила чаю и себе.

— В самом деле?

— Он вышвырнул меня вон, — уточнила миссис Фицуильям.

— Сожалею. — Как ужасно, когда тебя вышвыривают, будто изношенную рубашку!

Собеседница пожала плечами:

— Это уже не первый раз... и даже не второй. Его светлость подвержен приступам гнева. Он топает ногами и кричит, что я ему больше не нужна и должна покинуть его дом. Нет-нет, он никогда не бьет меня — я не хочу, чтобы вы так думали. Он просто... бесится.

Мелисанда пила чай и думала: сказать человеку, что он больше не нужен, в некотором отношении хуже, чем ударить его.

— А на этот раз?

Миссис Фицуильям расправила плечи.

— На этот раз я решила поймать его на слове и уехала.

Мелисанда коротко кивнула:

— Правильно.

— Но... — Миссис Фицуильям сглотнула. — Он захочет вернуть меня. Я знаю, что захочет.

— Ранее вы говорили, что, возможно, он завел себе новую любовницу, — спокойным тоном сказала Мелисанда.

— Да. Я почти уверена в этом. Но это не имеет значения. Его светлость не любит терять то, что считает своей собственностью. Он хранит людей, как вещи, — независимо от того, нужны они ему или нет. Они принадлежат ему, и это главное. — Говоря это, миссис Фицуильям смотрела в окно, и Мелисанда проследила за ее взглядом.

В саду дети играли с Маусом.

Она глубоко вздохнула, поняв, чего на самом деле опасалась миссис Фицуильям.

— Я понимаю.

Женщина смотрела на своих детей, и в ее глазах было столько любви, что Мелисанда почувствовала себя лишней.

— Он не заботится о них, совсем не заботится. И он не добр к детям. Я должна увезти их. Просто должна. — Она посмотрела на Мелисанду. — У меня есть деньги, но я боюсь, он выследит меня. Может быть, он даже сейчас следит за мной. Мне надо найти место подальше отсюда. Где-то, где ему и в голову не придет искать меня. Я думала об Ирландии. Или даже Франции. Но я не говорю по-французски и никого не знаю в Ирландии.

Мелисанда задумалась, потом встала и подошла к письменному столу в дальнем углу комнаты, что-то поискала в нем.

— Вы не хотели бы поработать?

Миссис Фицуильям удивленно раскрыла глаза.

— Конечно. Но я не знаю, что бы я могла делать. У меня прекрасный почерк, но ни одна семья не возьмет меня в гувернантки, когда у меня на руках двое детей. И кроме того, как я уже сказала, я не знаю французского.

Мелисанда достала бумагу, перо и чернила и с уверенной улыбкой села за стол.

— Как вы думаете, могли бы вы вести домашнее хозяйство?

— Быть экономкой? — Миссис Фицуильям встала и подошла к ней. — Я мало что знаю о ведении хозяйства и не уверена...

— Не беспокойтесь. — Мелисанда закончила писать и вызвала лакея. — Человек, которого я имею в виду, будет счастлив, если вы согласитесь вести его хозяйство, и вам нет необходимости долго оставаться экономкой — только до тех пор, пока герцог не потеряет ваш след.

— Но...

В комнату вошел один из лакеев, и Мелисанда отдала ему сложенную и запечатанную записку.

— Отвезите эту записку к вдовствующей виконтессе. Передайте ей, что это срочно и я буду очень ей признательна за помощь.

— Да, миледи. — Он поклонился и вышел.

— Вы хотите, чтобы я стала экономкой у вдовствующей виконтессы Вейл? — Миссис Фицуильям, казалось, пришла в ужас. — Но я в самом деле не думаю...

Мелисанда взяла ее за руки.

— Я попросила ее одолжить экипаж. Вы сказали, что за вами могут следить. Карета объедет вокруг дома и будет ждать за конюшней. Мы вывезем вас и детей под видом слуг. Ваши преследователи ни за что не догадаются, что вы едете в карете леди Вейл. Доверьтесь мне, миссис Фицуильям.

— О, пожалуйста, называйте меня Хелен, — растерянно сказала миссис Фицуильям. — Я бы хотела... я бы хотела как-то выразить мою благодарность.

Мелисанда на минуту задумалась, а затем спросила:

— Вы сказали, что у вас очень хороший почерк, не так ли?

— Да.

— Тогда вы можете оказать мне одну небольшую любезность. — Мелисанда снова подошла к столу, выдвинула ящик, достала плоскую коробку и поставила ее перед Хелен. — Я только что закончила переводить для подруги детскую книжку, но у меня ужасный почерк. Не могли бы вы сделать для меня копию, чтобы я могла переплести ее в книгу?

— О да, конечно. — Хелен взяла коробку и погладила ее. — Но... но куда вы посылаете меня? Куда поедут мои дети и я?

На лице Мелисанды медленно появилась улыбка, ибо она была очень собой довольна.

— В Шотландию.

Когда после полудня Джаспер вернулся домой, Мелисанды дома не было. Это необъяснимым образом вызвало у него раздражение. Он почти весь день избегал встречи со своей женой, а теперь, когда он захотел увидеть ее, ее не было. Женщина с причудами.

Он пренебрег внутренним голосом, который говорил ему, что он осел, и поднялся по лестнице в свои апартаменты. Он остановился у двери своей комнаты и затем взглянул на дверь ее комнаты. Что-то заставило его войти в комнату своей жены. Почти месяц назад он заходил сюда, чтобы понять, что за человек его жена, и вышел, так и не поняв этого. Теперь он уже побывал с ней в Шотландии, узнал, что у нее был любовник и она ждала ребенка, с наслаждением и самозабвенно занимался с ней любовью, но его все еще не покидало ощущение: она от него что-то скрывает. Боже! Даже спустя столько времени он не знает, почему она вышла за него замуж.

Джаспер осторожно вошел в комнату. Его распирало от самодовольства, когда она сама предложила ему выйти за него замуж. Тогда он считал, не особенно об этом задумываясь, что у нее не было другого выбора. Что она не имела никаких шансов выйти замуж и никто не делал ей предложения. Что он оказался ее последним шансом. Но теперь, живя с ней, развлекаясь с ней, занимаясь с ней любовью, Джаспер понимал: его тогдашние рассеянные размышления были до ужаса ошибочными. Она была остроумной и умной женщиной. Женщиной, разжигавшей в постели пламя страсти. Женщиной, которую мужчина может искать всю свою жизнь, но так и не найти. Но если он нашел ее... тогда он должен постараться удержать ее, чтобы она была рядом и счастлива.

У Мелисанды был выбор. Вопрос был в том, почему она выбрала его.

Джаспер подошел к ее комоду и выдвинул нижний ящик. В нем оказалась маленькая оловянная табакерка. Держа ее в руке, он выпрямился. В коробочке лежали все та же маленькая фарфоровая собачка и серебряная пуговица, но засушенная фиалка исчезла. Он перебрал все вещи: вместо фиалки лежало маленькое саше, крохотная веточка и несколько связанных вместе волос. Он взял веточку и осмотрел ее. Листья были узкие, почти как иголки, и по стволику вились мелкие цветы. Это была веточка вереска. Из Шотландии. А волос вполне мог быть его собственным волосом.

Он задумчиво смотрел на табакерку, когда позади него открылась дверь. Он даже не пытался скрыть свою находку. Странно, но он был рад, что она застала его здесь с этой табакеркой в руках.

Он повернулся и посмотрел Мелисанде в лицо.

— Возлюбленная жена моя.

Она тихо закрыла за собой дверь и перевела взгляд с его лица на табакерку.

— Что ты здесь делаешь?

— Пытаюсь кое-что узнать, — ответил он.

— Что же?

— Почему ты вышла за меня замуж.

Вейл стоял перед Мелисандой, держа в руке самые важные ее тайны, и задал ей наиглупейший вопрос, какой она когда-либо слышала.

Она растерялась, трудно было поверить, что он мог быть таким идиотом, и поэтому переспросила:

— Что?

Он шагнул к ней, по-прежнему сжимая табакерку длинными тонкими пальцами. Его волнистые, цвета красного дерева волосы были зачесаны назад и собраны в уже распушившуюся косицу; черты лица обострились, мешки под глазами свидетельствовали о бессонных ночах. Широкие плечи обтягивал красно-коричневый камзол с пятном на локте, на ногах были потертые башмаки. Еще никогда она так не злилась на человека, одновременно восхищаясь его красотой.

Как же он был совершенен в своем несовершенстве!

— Я хочу узнать, почему ты вышла за меня, моя единственная любовь, — сказал он, не замечая ничего вокруг.

— Ты что, так глуп?

При этих ее словах он наклонил набок голову и как будто с любопытством посмотрел на нее:

— Нет.

— Или безумие в крови вашей семьи? — высказала она предположение.

Он покачал головой, все более приближаясь к ней:

— Нет, насколько мне известно.

— Значит, глупость — твое личное качество.

— Не думаю, что я глупее других мужчин. — Теперь Джаспер стоял прямо перед ней, приблизив лицо к ее лицу, слишком близко, слишком интимно.

— О да! — сказала она и с силой оттолкнула его. — Ты глупее.

Он и не пошевельнулся, черт бы его побрал! Он просто положил в карман табакерку и грубо ухватил Мелисанду за волосы. Откинул назад ее голову и приник горячими и влажными губами к ее шее.

— Скажи мне, почему ты вышла за меня замуж, — прорычал он, и она почувствовала колебания его голоса на своей коже.

— Ты самый глупый, самый тупой мужчина на свете. — Она снова толкнула его и, когда он не сдвинулся с места, забарабанила кулаками по его груди и плечам. — Самый слабоумный человек в истории человечества.

— Не сомневаюсь, — выдохнул он.

Казалось, ее муж даже не чувствовал ударов. Он оторвал кусок кружева от ворота ее платья и припал губами к ее груди.

— Так скажи мне почему, милая моя жена.

— Я следила за тобой, — тяжело дыша, ответила она, — годами. Я видела, как ты смотрел на женщин — пустоголовых хорошеньких женщин. Я видела, как ты выбирал тех, которых хотел. Я видела, как ты преследовал их, ухаживал за ними и соблазнял их. И я видела: когда они тебе надоедали, твои глаза начинали искать новых жертв.

Он оторвал кружево от лифа ее платья и, оттянув лиф и корсет, обнажил ее грудь, дотронулся до ее соска и затем припал к нему губами.

Она вскрикнула.

— Скажи мне...

Она взглянула на него, и в ней закипел гнев, ее губы кривились от боли.

— Я видела тебя, видела, как ты отводишь их в сторонку, видела, как ты шепчешь что-то им на ухо. Видела, как ты уходишь вместе с очередной женщиной, и знала, что ты положишь ее в свою постель.

Слезы струились по ее щекам, а он все еще смотрел на нее. Его взгляд был напряжен, а руки нежно ласкали ее грудь.

Не нужны ей его нежности. Рухнула стена, и все эмоции, которые она подавляла годами, вырвались на свободу. Она ухватилась за его плечи, опираясь на них, чтобы дотянуться и укусить его за ухо. Он отдернул голову и быстрым движением поднял ее. Она вскрикнула и кричала долго и громко, пока он нес ее к постели. Он сбросил Мелисанду на кровать, и она замолчала. Она не успела и шевельнуться, как он уже лежал на ней и сильной рукой сжимал ее запястья.

В дверь постучали.

— Убирайтесь! — закричал он, не отрывая глаз от ее лица.

— Милорд! Миледи!

— Не смейте сюда входить! Слышите?

— Милорд...

— Черт бы вас побрал! Оставьте нас в покое!

Они оба прислушались, шаги лакея затихли. Тогда Джаспер наклонился и поцеловал ее в шею.

— Скажи мне...

Она выгнулась, но его ноги мешали ей подняться — она не могла найти опору.

— Все эти годы...

Он снял шейный платок и связал над головой ее руки.

— Все эти годы — что? Скажи мне, Мелисанда.

— Я видела тебя... — Она подняла глаза на свои связанные руки и подергала за платок. Он не поддавался. — Я следила за тобой...

— Перестань сопротивляться! — приказал он. — Ты себе что-нибудь повредишь, милая.

— «Повредишь»! — почти в истерике засмеялась она.

Он достал из кармана нож и начал резать на ней одежду.

— Скажи мне...

— Ты спал с ними, с одной, потом с другой... — Она хорошо помнила глубокую острую боль ревности. Он снял с нее лиф платья. — Их было так много, что я не могла не сбиться со счета. А ты их считал?

— Нет, — тихо признался он.

Он стянул с нее юбки и бросил их на пол. Сняв с нее туфли, он также отшвырнул их.

— Я даже не помню их имен.

— Будь ты проклят! — Она была почти голой, на ней оставались лишь чулки и подвязки. Руки были связаны над головой, но ноги были свободны, и она ударила его по бедру.

Он тяжело навалился на нее, целуя ее грудь.

— Скажи мне...

— Я годами следила за тобой, — шептала она. Слезы на ее щеках уже высохли, и жар охватывал все тело. — Я следила за тобой, а ты никогда не видел меня.

— А теперь вижу, — сказал он, обводя языком то один, то другой сосок. Осторожно. Нежно.

Черт бы его побрал!

— Ты даже не знал моего имени.

— А теперь знаю. — Он чуть прикусил ее кожу.

Наслаждение и боль пронзили все ее тело.

— Ты... — Она пыталась собраться с мыслями. — Ты даже не знал, что я существую.

— А теперь знаю.

И он скользнул вниз по ее телу, раздвинул ее колени и положил ее ноги на свои плечи.

Она попыталась освободиться от него, но, как и раньше, не могла сдвинуть его с места. Он опустил голову и дотронулся языком до самого ее чувствительного места. В ее животе что-то содрогнулось, связанные руки сжались в кулаки, и она закрыла глаза, отдаваясь своим ощущениям — прикосновениям влажного языка, пальцев, лежавших на ее бедре... Его ласки были медленными и интимными. Она сжала пальцы, чувствуя нараставшую волну желания. Он ласкал ее, и его ласка как будто раскрывала ее и делала совсем беззащитной.

Прикусив губу, она ждала, ждала...

О Боже! Она была во власти наслаждения. Тепло расплылось по всему ее телу, погружая во все расширявшееся море блаженства. Она обмякла от теплого облегчения и почувствовала, как он пошевелился. Лениво приоткрыв глаза, она увидела, что он опускает ее ноги. Но она осталась лежать, широко и бесстыдно раскинув бедра. Внимательно, пристально глядя на нее, он стал снимать одежду.

— Я не могу изменить прошлое, — глухо проговорил он. — Я не могу заставить исчезнуть женщин, с которыми спал до того, как узнал тебя. Узнал, какая ты.

Он посмотрел ей в глаза, и синева его глаз была такой яркой, что почти освещала комнату.

— Но я скажу тебе, что больше никогда в жизни не стану спать ни с одной женщиной, кроме тебя. Ты — все, чего я хочу. Ты — все, что я вижу.

Он разделся, и она увидела всю мощь его восставшей плоти. Джаспер лег в постель и провел руками по всему ее телу.

Она попросила:

— Развяжи меня.

— Нет, — спокойно, хотя и хрипловатым голосом сказал он. Она услышала, как, наклонившись над ней, он скрипнул зубами, и задрожала в эротическом предчувствии.

Он еще шире раздвинул ее ноги и опустился на нее так, что его мужское естество твердо легло на сверхчувствительный кусочек ее плоти.

У нее перехватило дыхание.

— Ты готова для меня, не правда ли?

Она сглотнула.

— Разве нет? — Его возбужденная плоть легко скользнула в ее жаждущее лоно. — Скажи мне, Мелисанда.

— Д-да.

— Что «да»? — Он теснее прижался к ее телу, и невыносимо острое ощущение пронзило ее.

— Да, я готова для тебя, — прошептала она.

Она попробовала пошевелиться, вжаться в него бедрами, но он был слишком тяжел и не выпускал ее из своей власти.

— Сейчас я покажу тебе, как заниматься любовью, — шепотом сказал он. — Я просто вложу в тебя моего воина, и это будем только мы, ты и я, Мелисанда. Все остальное, все эти воспоминания, они больше ничего не значат. — При этих словах она открыла глаза и посмотрела на него. Он возвышался над ней, его грудь блестела от пота — признак того, что он с трудом сдерживает себя, и она улыбнулась.

Он снова посмотрел ей в глаза.

— Но мне все еще кое-что от тебя нужно.

Мелисанда почти теряла сознание от охватившего ее напряжения.

— Что?

— Мне нужна правда.

— Я сказала тебе правду.

Он отстранился от нее, и она почти зарыдала.

Он снова начал дразнить, прикасаясь к самому чувствительному ее месту. Только к нему, оставив без внимания ее грудь.

— Не всю правду. Не всю правду, которая нужна мне. Я хочу владеть тобой, я хочу знать твои секреты.

— У меня нет больше секретов, — шептала она. Ее руки дрожали, все еще связанные над головой, ее соски затвердели.

Он с силой вошел в нее. И она выдохнула. Такая полнота, такое неземное ощущение. Почти как в земном раю. Но он остановился, все еще сдерживая себя.

— Скажи мне.

Она обхватила его ногами, стараясь удержать в себе его плоть.

— Я... я не...

Он сурово посмотрел на нее и намеренно отстранился.

— Ты этого хочешь? Ты хочешь меня?

— Да! — Гордость, притворство, игра — все было позади. Ее плоть требовала его. Она почти обезумела от нетерпеливого желания.

— Тогда скажи, почему ты вышла за меня замуж.

Она с гневом взглянула на него:

— Бери меня.

У него дрогнули губы, и капелька пота побежала по щеке. Он не сможет больше сдерживаться, она это знала.

— Хорошо, я буду заниматься любовью с тобой, моя милая, возлюбленная жена моя.

И, уже не владея собой, вошел в нее. Все мысли покинули ее, она ощущала только, как его тяжелое крепкое тело наслаждается ее телом. Он ласкал ее дрожавшие груди, а она видела поверх закрытых век вспыхивающие звезды, искры от которых пробегали по ее рукам и ногам. Он овладел ее ртом, и она чуть не задохнулась. Его воин вонзался в нее снова и снова, и дрожь пробегала по всему ее телу.

Неожиданно он остановился, и она открыла глаза. Он лежал, откинув голову, с невидящими глазами, с выражением глубочайшего наслаждения на лице.

— Мелисанда!.. — прошептал он.

Его голова упала на подушку рядом с ее головой, и он вздохнул полной грудью. Ее руки были все еще связаны над головой, но это не имело значения. Она с радостью задохнулась бы под ним. Она повернула к нему голову, лизнула ухо, которое ранее целовала, и наконец произнесла это — дала ему то, чего он хотел:

— Я люблю тебя. Я всегда тебя любила. Вот почему я вышла за тебя замуж.

Глава 19

Принцессе Отраде подали ее суп, и когда она весь его съела, что она увидела на дне миски, если не золотое кольцо? И снова главного повара вызвали к королю, и, как ни сердился, ни угрожал ему король, бедняга знал не больше, чем в прошлый раз. Наконец принцесса, вертевшая в руках кольцо, спросила:

— Кто резал овощи для моего супа, добрый человек?

Повар выпятил грудь:

— Я, ваше высочество!

— А кто ставил суп на огонь, чтобы он сварился?

— Я, ваше высочество!

— А кто помешивал суп, пока он варился?

Повар вытаращил глаза от удивления:

— Маленький мальчишка-поваренок.

И какой тут поднялся шум!

— Сейчас же привести сюда поваренка! — закричал король...

Из «Веселого Джека»

На следующее утро, проснувшись, Джаспер сразу понял, что рядом с ним никого нет. Там, где раньше он ощущал тепло Мелисанды, тюфяк был холодным. В комнате чувствовался слабый аромат цветущих апельсиновых деревьев, но ее в комнате не было. Он вздохнул, ощущая боль в утомленных мышцах. Она довела его до изнеможения, но в конце он услышал то, что хотел узнать: она любит его.

Мелисанда любит его.

Он сразу же открыл глаза. Вероятно, он не заслуживает ее любви. Она умная, чувственная, красивая женщина, а он человек, который смотрел, как сжигают на костре его лучшего друга. В какой-то степени его шрамы глубже, чем у тех, кто страдал физически. Его шрамы остались на его душе, и время от времени они все еще кровоточили. Едва ли он вообще достоин любви, не говоря уже о любви Мелисанды. И хуже всего то — это делало его настоящей свиньей, — что он не намеревался когда-нибудь отпустить ее. Может быть, он не совсем был достоин ее любви, но он будет беречь ее до самой своей смерти. Он не допустит, чтобы она разлюбила его. Любовь Мелисанды была для него исцелением, бальзамом для его ран, и это сокровище он будет хранить всю оставшуюся жизнь.

Эти мысли пробудили в нем беспокойство, и он встал. Он не стал вызывать Пинча, а сам и умылся и оделся. Сбежав вниз, он узнал от Оукса, что Мелисанда уехала с визитом к его матери и вернется не ранее чем через час.

Джаспер почувствовал легкое разочарование, но и облегчение.

Еще слишком свежи воспоминания о ее признании в любви, и было страшно тревожить их. Он прошел в комнату, где они обычно завтракали, взял булочку и рассеянно откусил. Но какое-то беспокойство не позволяло ему сесть и спокойно поесть. У него было ощущение, что пчелы проникли в кровь и жужжат в его венах.

Он доел булочку и вышел из дома. Мелисанда могла еще долго отсутствовать, и он не мог просто сидеть и ждать. Кроме того, оставалось еще одно неприятное дело, которым нужно было заняться. Это дело с Мэтью. И если это, как он подозревал, еще один тупик, то его жена права. Может быть, пришло время забыть о Спиннерс-Фоллс, и пусть душа Рено покоится с миром.

— Позовите сюда Пинча, пожалуйста, — сказал Джаспер Оуксу. — И велите оседлать пару лошадей.

В ожидании он нетерпеливо расхаживал по холлу.

Из задней двери вышел Пинч:

— Милорд?

— Я еду к Мэтью Хорну, надо с ним поговорить, — сказал Джаспер, направляясь в сопровождении Пинча к двери. — Я хочу, чтобы ты поехал со мной на случай... — Он сделал неопределенный жест.

Камердинер понял.

— Конечно, милорд.

Они сели на ожидавших их лошадей, и Джаспер пустил свою гнедую рысью.

День был сумрачный, нависшие низкие облака предрекали дождь.

— Мне это не нравится, — проворчал Джаспер. — Хорн — джентльмен из хорошей семьи, и я считаю его другом. Если наши подозрения верны... — Он замолчал, покачав головой. — Это будет плохо. Очень плохо.

Пинч не ответил, и оставшуюся дорогу они ехали молча. Джасперу не доставляло удовольствия предстоящее дело, но оно требовало завершения. Если Хорн предатель, он должен быть осужден каким-то судом.

Спустя полчаса Джаспер остановился перед домом Мэтью Хорна. Он смотрел на старые кирпичные стены и думал о семье, многие поколения которой жили в этом доме. Мать Хорна была инвалидом, теперь она уже не выходила из дома. Господи, какое гнусное дело! Джаспер вздохнул и спешился, затем неохотно поднялся по ступеням. Он постучал в дверь и ждал, зная, что ступенькой ниже стоит Пинч.

Долгое время все было тихо. Из дома не доносилось ни звука. Джаспер отступил назад и посмотрел на окна верхнего этажа. Там ничего не шевельнулось. Он нахмурился и на этот раз громче застучал в дверь. Где же все слуги? Или Хорн приказал им не впускать его?

Он занес руку, чтобы снова постучать, когда дверь со скрипом приоткрылась и выглянул разбойничьего вида молодой лакей.

— Твой хозяин дома? — спросил Джаспер.

— Думаю, что да, сэр.

Джаспер наклонил набок голову.

— Значит, ты нас впустишь и я его увижу?

Лакей покраснел.

— Конечно, сэр. — Он распахнул дверь. — Не подождете ли в библиотеке, сэр? Я схожу за мистером Хорном.

— Спасибо. — Джаспер вместе с Пинчем вошел в комнату и огляделся.

Все было так, как и во время его последнего посещения Хорна. На каминной полке тикали часы, а с улицы доносился приглушенный стук колес экипажей. Ожидая Хорна, Джаспер подошел к карте, на которой не хватало Италии, чтобы получше ее рассмотреть. Карта висела рядом с двумя большими креслами и стоявшим в углу столом. Подойдя ближе, он услышал чьи-то слабые всхлипывания. Пинч бросился к нему, как только Джаспер перегнулся через кресло и посмотрел в угол.

За креслами на полу он увидел двух людей: женщина укачивала на своих коленях мужчину. Она непрерывно раскачивалась взад и вперед, и тихие рыдания срывались с ее губ. Камзол мужчины был залит кровью, и кинжал все еще торчал в его груди. С первого взгляда было ясно, что он мертв.

— Что здесь произошло? — спросил Джаспер.

Женщина подняла глаза. Она была хорошенькой, с красивыми голубыми глазами, но ее лицо покрывала смертельная бледность, и даже в губах не было ни кровинки.

— Он говорил, мы будем богаты, — проговорила она сквозь слезы. — Мы поедем куда-нибудь в провинцию и откроем там собственную таверну. Он говорил, что женится на мне и мы будем богаты.

Она снова опустила глаза, тихо раскачиваясь.

— Это дворецкий, милорд, — сказал Пинч за его спиной. — Дворецкий мистера Хорна, тот самый, с которым я разговаривал.

— Пинч, иди, поищи кого-нибудь в помощь, — приказал Джаспер. — И проверь, в порядке ли мистер Хорн.

— В порядке ли? — рассмеялась женщина, когда Пинч выбежал из комнаты. — Да все это он сделал. Зарезал моего мужа и забросил его сюда, как какой-то мусор.

Джаспер в изумлении уставился на нее:

— Что?

— Мой муж нашел письмо, — шепотом рассказывала женщина. — Письмо какому-то французскому джентльмену. Муж сказал, что мистер Хорн во время войны в американских колониях продавал французам военные секреты. Он сказал, мы разбогатеем, если продадим это письмо обратно хозяину. И тогда откроем в деревне таверну.

Джаспер присел на корточки рядом с ней.

— Он пытался шантажировать Хорна?

Она кивнула:

— «Мы будем богаты», — сказал он. Я спряталась за занавеской, когда он хотел поговорить с мистером Хорном, рассказать ему о письме. Но мистер Хорн...

Ее слова перешли в тихий плач.

— Это сделал Мэтью? — Наконец до Джаспера дошел ужас произошедшего.

— Милорд, — окликнул его подошедший Пинч.

— Что?

— Слуги говорят, что мистера Хорна не могут нигде найти.

— Он уехал, чтобы забрать письмо, — сказала женщина.

Джаспер с тревогой посмотрел на нее:

— Я думал, что письмо было у вашего мужа, дворецкого.

— Нет, — покачала головой женщина. — Он был умным человеком и не стал держать его у себя.

— Так где же оно?

— Хозяин его нс найдет. Я хорошо его спрятала. Отправила своей сестре в деревню.

— Боже милостивый! — воскликнул Джаспер. — Где живет ваша сестра? Она может оказаться в опасности.

— Он не станет там искать, — прошептала женщина. — Мой муж никогда не упоминал ее имени. Он сказал только, кто его научил просмотреть бумаги в столе мистера Хорна.

— И кто это был? — прошептал Джаспер с нараставшим ужасом.

Женщина посмотрела на него и слегка улыбнулась:

— Мистер Пинч.

— Милорд, мистер Хорн знает, что я ваш камердинер. — Пинч побледнел как полотно. — Если он это знает...

Джаспер был уже на ногах и бросился к двери, но последние слова Пинча успели догнать его:

— ...то он думает, что письмо у вас.

«Письмо...» Письмо, которого у него не было. Письмо, которое, как, естественно, полагает Хорн, находится в его доме. В его доме, куда, без сомнения, уже вернулась его дорогая жена. Она там одна, беззащитна и думает, что Мэтью его друг. Господи Боже! Мелисанда.

— Моя мать — инвалид, — сообщил Мэтью Хорн Мелисанде, и она кивнула, не зная, что еще сделать. — Она совсем не может двигаться, не говоря уже о том, чтобы бежать во Францию.

Мелисанда осторожно сказала:

— Мне очень жаль.

И это была ошибка. Мистер Хорн выхватил пистолет и приставил к ее боку, Мелисанда вздрогнула. Она действительно не знала, что делать. Она никогда не любила оружия, ненавидела гром выстрелов, и ее тело сжималось, когда она представляла, как в него впивается пуля. Это больно. Очень. Она понимала, что она трусиха, но ничего не могла с этим поделать.

Ее сковал ужас.

Мистер Хорн, когда пришел, показался ей несколько странным. А когда его провели в ее гостиную, она подумала, не выпил ли он, хотя время еще не подошло даже к полудню.

Ему нужен Вейл, заявил он, а когда она сказала, что мужа нет дома, настойчиво потребовал, чтобы она показала ему кабинет Вейла. Мелисанде это не понравилось, и она начала подозревать недоброе. Когда Хорн стал рыться в столе Джаспера, она направилась к двери, собираясь позвать Оукса и силой вывести Хорна из кабинета. Вот тогда-то он и вынул из кармана пистолет. И только теперь, глядя на оружие в его руке, она заметила темное пятно на его рукаве. А когда он копался в бумагах, она увидела, что этот его рукав оставляет на бумаге темно-красный след.

Казалось, он обмакнул рукав камзола в кровь.

Мелисанда содрогнулась и попыталась успокоиться. Она не знает, было ли это пятно кровью, поэтому ни к чему впадать в панику — возможно, она ошибается. Скоро вернется Вейл и возьмет все в свои руки. Только ведь он не знает, что у Хорна есть пистолет. Он может подойти к двери и будет захвачен врасплох. Что, если Хорн намерен напасть на него?

Мелисанда вздохнула.

— Что вы ищете?

Мистер Хорн сбросил со стола все бумаги. Они рассыпались по полу и, падая, трепетали, как крылья опускавшихся на землю птиц.

— Письмо. Мое письмо. Вейл украл его у меня. Где оно?

— Я... я не...

Он подошел к ней вплотную, теперь только пистолет разделял их. Он обхватил свободной рукой ее лицо и до боли сжал его. В его глазах блеснули слезы.

— Он вор и шантажист. А я думал, что он мой друг. Я думал... — Он зажмурил глаза, затем раскрыл их и, с яростью глядя на нее, сказал: — Я не позволю ему разорить меня, слышите? Скажите мне, где эта бумага, где он мог ее спрятать, или я безжалостно убью вас.

Мелисанду била дрожь. Он собирается убить ее. Она не питала иллюзий, что останется в живых. Но если сейчас вернется Джаспер, его он тоже может убить. Сознание этого заставляло ее думать. Чем дальше окажется мистер Хорн от двери, тем больше будет у Джаспера времени, когда он вернется, чтобы оценить опасность.

Она облизнула губы.

— Его спальня... Я... думаю, в его спальне.

Не говоря ни слова, мистер Хорн схватил ее сзади за шею и, прикрываясь ею, по-прежнему прижимая к ее боку пистолет, вытолкнул в холл. В холле как будто никого не было, и Мелисанда возблагодарила Бога. Она не знала, как мистер Хорн прореагирует на появление слуг. Чего доброго перестреляет всех, кто попадется ему на глаза.

Так они поднялись по ступеням, его рука до боли сжимала ее шею. Наверху Мелисанда повернулась, и у нее чуть не остановилось сердце. Из своей комнаты только что вышла Салли.

— Миледи? — смутилась она. Салли посмотрела на Мелисанду, потом перевела взгляд на Хорна.

Мелисанда поспешила заговорить раньше, чем ее враг успеет что-то сказать:

— Что ты здесь делаешь, девушка? Я велела тебе к полудню почистить и отгладить мою амазонку.

Салли изумленно раскрыла глаза. Никогда раньше Мелисанда так грубо не говорила с ней. Дальше ситуация обострилась. Из двери высунул нос Маус и мгновенно появился в холле. Бросившись к Мелисанде и Хорну, он залился безудержным лаем.

Мелисанде показалось, что она почувствовала какое-то движение за своей спиной — возможно, мистер Хорн поднимал пистолет. Маус был уже около ног Мелисанды, и она отреагировала мгновенно — чтобы спасти Мауса, с силой отшвырнула ногой несчастного терьера. Маус взвизгнул от боли и растерянности и перевернулся на спину.

Мелисанда взглянула на Салли:

— Забери собаку на кухню. Сейчас же. И не забудь приготовить мою амазонку, или я сегодня же уволю тебя.

Салли никогда не любила Мауса, но сейчас она поспешно схватила его, прижала к груди и с глазами, полными слез, пробежала мимо Мелисанды и мистера Хорна. Когда камеристка скрылась из виду, Мелисанда облегченно вздохнула.

— Очень мило, — сказал Хорн. — Так где же спальня Вейла?

Мелисанда указала на комнату, и Хорн потащил ее к двери. Когда он открыл дверь, страх снова охватил ее. А что, если в комнате мистер Пинч? Она и понятия не имела, где бы мог находиться камердинер.

Но комната была пуста.

Хорн поволок ее к туалетному столику и начал выбрасывать из ящика на пол аккуратно сложенные шейные платки Вейла.

— Он был там, когда индейцы истязали меня. Они привязали его к столбу и держали его голову так, чтобы он все видел. Мне было жаль его почти так же, как себя. — Он замолчал и вздохнул. — Я до сих пор вижу эти синие глаза, полные скорби, когда индейцы жгли мне грудь. Он знает, что это такое. Он знает, что они делали со мной. Он знает, что британской армии потребовались целые две проклятые недели, чтобы соизволить заплатить за нас выкуп.

— Вы вините Джаспера в своих ранах? — прошептала Мелисанда.

— Не будьте дурой, — огрызнулся он. — Вейл не мог избежать того, что было сделано с ним, так же как мы не могли избежать того, что делали с нами. В чем я обвиняю его, так это в предательстве. Он единственный, кто должен был понять, почему я сделал то, что сделал.

Выбросив все из ящиков, Хорн потащил ее к гардеробу.

— Он знает, как это было. Он там был. Как он смеет осуждать меня?! Как он смеет?!

Мелисанда увидела ледяной холод и решительность в его глазах и застыла от ужаса. Хорна загнали в угол, и теперь только дело времени, когда он поймет, что она солгала ему.

К тому времени, когда Джаспер добрался до дома, его сердце так билось, что готово было вырваться из груди. Он бросил поводья конюху и взбежал по ступеням, не дожидаясь Пинча. Распахнул дверь и вошел, но тут же замер на месте.

Камеристка Мелисанды рыдала, прижимая к себе Мауса. Около нее стояли Оукс и два лакея. Оукс повернул к Джасперу осунувшееся, мрачное лицо.

— Милорд! Мы думаем, леди Вейл попала в беду.

— Где она? — выкрикнул он.

— Наверху, — прошептала камеристка. Маус извивался в ее руках, пытаясь освободиться. — С ней какой-то мужчина, и, ох, милорд, по-моему, у него пистолет.

У Джаспера кровь застыла в жилах, превращаясь в лед. Нет, Господи, нет!

— Где ты их видела, Салли? — спросил догнавший Джаспера Пинч.

— На верхней лестнице, — сказала Салли. — Около вашей комнаты, милорд.

Маус наконец сделал такой отчаянный рывок, что она не смогла его удержать. Терьер подбежал к Джасперу и, тявкнув, понесся к лестнице. Он вскочил на первую ступеньку и снова тявкнул.

— Оставайтесь здесь, — сказал Джаспер слугам. — Если он увидит, что нас слишком много... — Он умолк, не желая высказывать свои предположения, и направился к лестнице.

— Милорд! — окликнул его Пинч. Джаспер оглянулся.

Камердинер протягивал ему два пистолета. Пинч смотрел ему в глаза — он хорошо знал, как относится к оружию Джаспер, и все же предлагал ему пистолеты.

— Не ходите туда безоружным.

Джаспер молча схватил оружие и бросился к лестнице. Маус лаял и, задыхаясь от возбуждения, бежал впереди него. Поднявшись по первой лестнице, он взлетел на третий этаж, где располагались его апартаменты. Здесь Джаспер остановился и прислушался. Маус стоял у его ноги и терпеливо следил за ним. Джаспер слышал, как внизу все еще рыдает камеристка и как мужской голос, очевидно Пинча, успокаивает ее. И больше ничто не нарушало тишины. Он отказывался думать, что бы это могло означать.

Осторожно ступая, Джаспер подкрался к двери, Маус тихо следовал за ним. Дверь была полуоткрыта. Он присел на корточки, чтобы не оказаться мишенью, и толкнул дверь.

Ничего не произошло.

Джаспер перевел дыхание и взглянул на терьера. Маус следил за ним, как будто его совершенно не интересовало, что могло происходить в комнате. Джаспер неслышно выругался и вошел в комнату. Мэтью явно здесь побывал. Одежда Джаспера валялась на полу, постельное белье сорвано с кровати, на которой он никогда не спал. Он заглянул в тесную гардеробную, но и там никого не было. Вернулся в свою спальню. Маус обнюхивал одну из подушек, валявшихся на полу. Джаспер взглянул на нее и едва устоял на ногах.

На подушке было маленькое пятнышко крови.

Он закрыл глаза. Нет. Нет, она не пострадала. Она не погибла. Иначе можно потерять рассудок. Он открыл глаза и, подняв пистолеты, приготовился. Затем обошел все комнаты на этом этаже. Минут через пятнадцать он пришел в отчаяние. Маус следовал за ним по всем комнатам, нюхал под кроватями и во всех углах, но, казалось, ничто не вызывало у него интереса.

Джаспер поднялся на следующий этаж, где под крышей находились спальни для прислуги. Зачем Мэтью вести сюда Мелисанду? Возможно, он спустился по черной лестнице и сбежал, минуя кухню, где находились лакеи. Но тогда кто-то должен был услышать его. Должен был быть какой-то шум. Проклятие! Где Хорн? Куда он увлек Мелисанду?

Он добрался до самого верха, когда Маус вдруг насторожился и залаял. Он бросился в конец узкого, без ковра, коридора и, добежав до двери, начал царапать ее. Джаспер подошел и осторожно приоткрыл дверь. Несколько деревянных ступеней вели на крышу, которую обрамлял узкий парапет — чисто декоративная деталь. Джаспер никогда не поднимался так высоко.

Маус проскользнул мимо него и побежал вверх, его маленькое мускулистое тельце подпрыгивало на каждой ступеньке. Он добежал до верха и, просунув нос в щель под створкой небольшой дверки, заскулил.

Джаспер, держа в руках пистолеты, крадучись, поднялся по ступеням. Наверху он оттолкнул ногой маленького терьера и строго посмотрел на него:

— Оставайся здесь.

Маус прижал уши, повинуясь ему, но остался стоять рядом.

— Оставайся здесь, — повторил Джаспер. — Не то я запру тебя в одной из этих комнат.

Терьер не мог понять слов, но очень хорошо понимал тон, которым они были сказаны. Он поджал задние лапы и сел. Джаспер повернулся к двери, открыл ее и вышел наружу.

Небо выполнило свое обещание — шел дождь, серый и холодный, он уныло стучал по крыше. Очевидно, эта дверь представляла выход на крышу для уборки и ремонта. Перед ней была ровная квадратная, выложенная плиткой площадка, достаточно большая, чтобы на ней мог поместиться человек, а вокруг нее поднималась крутая гладкая крыша. Джаспер медленно выпрямился, чувствуя, как ветер бросает на него капли дождя. Он стоял над садом. Слева от него был округлый скат крыши, и точно такой же скат справа. Джаспер заглянул за гребень, где сходилась крыша.

Боже! Мэтью держал Мелисанду, перегнув ее через узкий каменный парапет, украшавший фасад дома. Парапет доходил ей только до колен и не мог бы помешать ее падению. Только рука Мэтью не давала ей упасть и разбить голову о булыжник внизу. Джаспер сразу вспомнил, что она боится высоты, и живо представил себе, какой ужас переживала сейчас его дорогая жена.

— Ни шагу дальше! — крикнул Мэтью. На нем не было ни шляпы, ни парика, его светлые рыжеватые волосы прилипли к черепу. А в голубых глазах стояло отчаяние. — Еще шаг, и я сброшу ее вниз!

Джаспер встретил взгляд прекрасных карих глаз Мелисанды. Ее волосы растрепались, и длинные мокрые пряди прилипли к щекам. Она держалась обеими руками за предплечье Мэтью, ибо у нее не было другой опоры. Она посмотрела ему в глаза, и тут произошла ужасная вещь.

Она улыбнулась.

Милая, храбрая девочка. Джаспер отвел от нее глаза и посмотрел на Мэтью. Затем поднял пистолет и прицелился.

— Сбросишь ее, и я вышибу твои проклятые мозги.

Мэтью тихо усмехнулся, и Мелисанда покачнулась в его руках.

— Отойди, Вейл. Сейчас же.

— И что тогда?

Мэтью не спускал с него застывшего взгляда.

— Ты погубил меня. У меня не осталось ни жизни, ни будущего, ни надежды. Я не могу бежать во Францию и бросить здесь мать, а если я останусь, меня повесят за то, что я продал несколько военных секретов французам. Мое имущество отберут, моя мать будет опозорена и выброшена на улицу.

— Так это самоубийство?

— Ну и что?

— Отпусти Мелисанду, — ровным тоном сказал Джаспер. — Она не имеет никакого отношения к тому, что случилось. Я положу пистолет, если ты ее отпустишь.

— Нет! — закричала Мелисанда, но ни один из мужчин не обратил на нее внимания.

— Моя жизнь кончена, — продолжал Мэтью. — Так почему я не могу разрушить твою жизнь, как ты разрушил мою?

Он чуть двинулся в сторону, и Джаспер бросился к краю крыши.

— Не надо! Я отдам тебе письмо.

Мэтью заколебался.

— Я всюду искал. У тебя его нет.

— Оно не в моем доме. Я спрятал его в другом месте. — Все это, конечно, было ложью, но Джаспер старался говорить как можно убедительнее. Если бы только он мог выиграть время и отвести Мелисанду от парапета.

— Это правда? — У Мэтью, видимо, мелькнула слабая надежда.

— Да. — Джаспер сел верхом на конек крыши, перенес ногу на другую сторону и теперь сидел на самой ее вершине. Мелисанда и Мэтью были всего лишь в десяти футах от него. — Отойди от края, и я принесу его тебе.

— Нет. Мы останемся здесь, пока ты не принесешь письмо.

Мэтью, казалось, говорил разумно, но он сегодня уже убил человека. Джаспер не мог оставить его наедине с Мелисандой.

— Я принесу письмо, — повторил Джаспер, чуть заметно продвигаясь вперед. — Я отдам тебе письмо и обо всем забуду. Только сначала отпусти мою жену. Она значит для меня больше, чем какая-то там месть за Спиннерс-Фоллс.

Мэтью вздрогнул, и Джаспер испугался: уж не было ли это предвестием какого-то припадка?

Но из горла Мэтью вырвался сухой смешок.

— Спиннерс-Фоллс? Господи, так ты думаешь, это я был тем предателем у Спиннерс-Фоллс? Ты ничего не знаешь? Нет-нет! Я стал предателем потом, когда британская армия бросила нас и обрекла на две проклятых недели мучений. Вот тогда я и продал секреты французам. Почему бы мне было не сделать это? Верность вырезали из моей груди.

— Но ты стрелял в Хасселторпа, это наверняка был ты.

— Нет, не я. В него стрелял кто-то другой.

— Кто?

— Понятия не имею. Очевидно, Хасселторп что-то знает о Спиннерс-Фоллс, и кто-то не хочет, чтобы он рассказал об этом.

Джаспер стряхнул с ресниц капли дождя.

— Но это значит, что ты не имеешь отношения к...

— Господи, Вейл, — прошептал в отчаянии Мэтью, — ты разрушил мою жизнь. Я верил, что только ты один понимаешь меня. Почему ты предал меня? Почему?

Джаспер с ужасом смотрел, как Мэтью приставил пистолет к голове Мелисанды. А он находится слишком далеко и не успеет вовремя добраться до нее. Господи! У него не оставалось выбора. Джаспер выстрелил и прострелил Мэтью руку. Он видел, как Мелисанда сморщилась от забрызгавшей ее волосы крови, видел, как Мэтью, закричав от боли, выронил пистолет.

Видел, как Мэтью сбросил Мелисанду за парапет.

Джаспер выстрелил еще раз, голова Мэтью дернулась и откинулась назад.

Джаспер карабкался по скользким плиткам. И в его голове все еще звучал крик. Он оттолкнул в сторону труп Мэтью и перегнулся через парапет, ожидая увидеть внизу тело Мелисанды. Но вместо этого всего лишь в трех футах от себя, внизу, он увидел обращенное к нему ее лицо.

Он ахнул, и крик прекратился. Только сейчас он понял, что тот крик был реальностью и что кричал он сам. Мелисанда держалась за резной край камня. Джаспер опустил руку.

— Хватайся за мою руку, — с трудом прохрипел он — горло у него сжалось.

Ошеломленная произошедшим, она как будто не понимала его. Он вспомнил тот далекий день, когда они еще не были женаты и, остановившись перед домом леди Эддингс, он хотел помочь ей выйти из кареты, но она отказалась подать ему руку.

Он потянулся к ней:

— Мелисанда, доверься мне. Возьми мою руку.

Она вздохнула, ее губы полуоткрылись, и она оторвала руку от камня. Он рванулся к ней и схватил ее за запястье. Затем откинулся назад, перевешивая ее своим весом. И втащил вверх, к себе, где она была в безопасности.

Мелисанда бессильно свалилась в его объятия. Он прижал ее к себе и держал, вдыхая апельсиновый аромат ее волос, чувствуя на щеке ее дыхание. Он не скоро заметил, что его бьет дрожь.

Наконец она шевельнулась.

— А я думала, что ты ненавидишь оружие.

Он отстранился и посмотрел ей в лицо. На одной щеке у нее был синяк, в волосах запеклась кровь, но она была самой красивой женщиной из всех, кого он когда-либо видел.

Прежде чем заговорить, ему пришлось прокашляться.

— Я ненавижу оружие, оно вызывает у меня отвращение.

Она изящно свела брови:

— Тогда как?..

— Я люблю тебя, — сказал он. — Разве ты не знаешь? Ради тебя я бы на коленях прополз через пламя ада. Что значит какой-то выстрел, если тебе грозила смертельная опасность, моя дражайшая жена. — Он коснулся ее лица, глядя, как широко раскрылись ее глаза, и, наклонившись, чтобы поцеловать ее, повторил: — Я люблю тебя, Мелисанда.

Глава 20

Итак, дрожащего маленького поваренка привели к королю. И прошло не так уж много времени, как он признался. Три раза Джек, шут принцессы, подкупал его, чтобы он разрешил ему помешать горшок с супом, последний раз это было в тот самый вечер. «Ну и ну!» — ахали придворные. Принцесса Отрада была задумчива, а король рычал от гнева. Стража поставила Джека перед королем на колени, и один из стражников приставил нож к горлу шута.

— Говори! — потребовал король. — Говори и расскажи нам, у кого ты украл эти кольца! — Естественно, никто не мог поверить, что низкорослый лживый шут мог сам завоевать кольца. — Говори! Или я прикажу отрубить тебе голову!

Из «Веселого Джека»

Месяц спустя

Салли Сачлайк в нерешительности остановилась перед спальней своей хозяйки. Время уже позднее, но кто знает?.. Она не любила по утрам входить к хозяйке, когда та была не одна. Салли, решая, как ей поступить, стояла в нерешительности и смотрела на статуэтку, изображавшую этого мерзкого козла и голую леди, но статуэтка, конечно, изменила ход ее мыслей. Этот человекокозел был похож на мистера Пинча, и она, как всегда, подумала о его почти гигантском...

За ее спиной кашлянул мужчина.

Салли взвизгнула и резко обернулась. Мистер Пинч стоял так близко, что она ощущала тепло, исходящее от его груди.

Камердинер медленно поднял бровь и стал еще больше похож на этого козла.

— Что это вы здесь делаете, слоняясь по коридору, мисс Сачлайк?

Она тряхнула головой.

— Я думала, надо ли мне заходить в комнату хозяйки или нет.

— А почему нет?

Она притворилась удивленной.

— Может быть, она не одна, вот почему.

Мистер Пинч с легким презрением поднял верхнюю губу:

— Мне трудно в это поверить. Лорд Вейл всегда спит один.

— Разве? — Она положила руки на бедра, чувствуя волнение в нижней части живота. — Так почему бы вам просто не войти и не убедиться, что ваш хозяин один в своей постели, хотя, могу поспорить, его вообще нет в его комнате.

Камердинер не снизошел до ответа. Смерив ее взглядом с головы до ног, он вошел в спальню лорда Вейла.

Салли в ожидании затаила дыхание и обмахивала пылавшие щеки, чтобы охладить их.

Ей не пришлось долго ждать. Мистер Пинч вышел из спальни хозяина и тихо закрыл за собой дверь. Он подошел к Салли так близко, что она попятилась, и пятилась до тех пор, пока не уперлась в стену.

Тогда мистер Пинч наклонился и сказал ей на ухо:

— В комнате никого нет. Вы примете обычный выигрыш?

Салли чуть не задохнулась — корсет неожиданно стал ей тесен.

— Д-да.

Мистер Пинч прижался к ее губам.

Тишина, царившая в коридоре, нарушалась лишь тяжелым дыханием мистера Пинча и вздохами Салли.

Наконец мистер Пинч оторвался от ее губ.

— Чем вас так заинтересовала эта статуэтка? Каждый раз, когда я застаю вас в этом холле, вы смотрите на нее.

Салли покраснела, ибо мистер Пинч покусывал ее шею.

— Я думаю, он похож на вас, этот маленький сатир.

Мистер Пинч поднял голову и оглядел статуэтку. Затем, гордо приподняв бровь, снова посмотрел на Салли:

— Действительно.

— М-м-м... — произнесла Салли. — И мне интересно...

— Что?

Он покусывал ее плечо, что мешало ей сосредоточиться. И все же она набралась храбрости:

— Мне интересно: вы весь такой же, как этот сатир?

Мистер Пинч застыл у ее плеча, и на мгновение Салли подумала, что была слишком нахальной.

Но он поднял голову, и она увидела, как блеснули его глаза.

— Так в чем дело, мисс Сачлайк? Я был бы счастлив ответить на ваш вопрос, но думаю, сначала нам надо сделать одно дело.

— Какое дело? — спросила она затаив дыхание.

По его лицу было видно, что он не шутит. Неожиданно он стал очень серьезным, в его голубых глазах появилась неуверенность.

Он кашлянул.

— Я думаю, вы должны выйти за меня замуж, мисс Сачлайк, и тогда мы продолжим этот разговор.

В полной растерянности, не находя слов, она слегка отстранилась от него.

Он насупился:

— Ну?

— Помните, вы говорили, что слишком стары для меня?

— Говорил...

— И что я слишком молода, чтобы понимать, чего мне надо.

— Говорил...

— И что я должна посмотреть и на других мужчин, мужчин моего возраста, таких, как этот лакей Спрат.

Выражение его лица изменилось.

— Не помню, чтобы я советовал вам смотреть на молодого Спрата.

— Ладно, не было этого, — согласилась она.

Он чуть не разбил ее сердце, когда сказал насчет Спрата, потому что она не хотела смотреть на кого-то другого, кроме него. Единственное, что спасало ее, — это то, что, вопреки своим глупым словам, он продолжал по утрам незаметно следовать за ней. Казалось, мистер Пинч не мог заставить себя отказаться от флирта с ней, и она, конечно, тоже не могла. Да и не хотела.

— Ладно, — проворчал он.

Сияя от радости, она смотрела на него. Он же взглянул на нее и сразу тряхнул головой, как будто хотел прочистить мозги.

— Так что — ладно? — Он вздохнул. — Вы выйдете за меня замуж, Салли Сачлайк?

— О! — Салли аккуратно расправила юбку. Конечно, она давно мечтала об этом. Но она была рассудительной девушкой, и ей хотелось быть совершенно уверенной. Брак, в конце концов, очень важный шаг. — Почему вы хотите жениться на мне?

Выражение его лица могло бы отпугнуть большинство девушек, но Салли долго изучала мистера Пинча и разные выражения его лица, достаточно долго, чтобы понять, что с ним она будет в полной безопасности.

— Если вы не заметили, я целовал вас каждый день в этом холле в течение двух, а может и более, недель. И даже если вы слишком молоды и слишком красивы для меня и, без сомнения, будете потом жалеть, что вышли замуж за такого безобразного ублюдка, как я, я все равно хочу жениться на вас.

— Почему?

Он смотрел на нее, и, будь у мистера Пинча на голове волосы, он вырвал бы их от отчаяния.

— Потому что я люблю тебя, глупая ты девчонка!

— О, тогда я выйду за вас, — промурлыкала Салли, обнимая его за крепкую шею. — Но знаете, вы ошибаетесь.

Слова Салли заглушили страстные поцелуи камердинера, и только спустя некоторое время он поднял голову и спросил:

— В чем это я ошибаюсь?

Салли рассмеялась прямо в милое серьезное лицо мистера Пинча.

— Вы ошибаетесь, что я буду жалеть, что вышла за вас замуж. Никогда не пожалею об этом, потому что я тоже люблю вас.

Чем заслужила еще один страстный поцелуй.

Мелисанда с наслаждением потянулась и придвинулась к мужу.

— Доброе утро, — прошептала она.

— В самом деле доброе, — сказал он. В его ленивом голосе слышалась усталость.

Она спрятала улыбку, уткнувшись ему в плечо. Он совершенно обессилел, стараясь сдерживать себя и не спешить, когда занимался с ней любовью.

В дверь ее гардеробной царапался Маус, жалобно подвывая. Мелисанда толкнула Вейла в бок:

— Тебе придется его выпустить.

Он вздохнул:

— Мне?

— Он не перестанет царапаться, а потом начнет лаять, Спрат подойдет к двери и спросит, надо ли вести Мауса на прогулку.

— Боже ты мой, столько шума из-за такого маленького песика, — пробормотал Вейл, но все-таки встал с тюфяка и голым направился к двери.

Мелисанда следила за ним из-под опущенных ресниц. У него действительно самые красивые ягодицы. Она улыбнулась: что бы он подумал, если бы она ему это сказала? Джаспер открыл дверь в гардеробную, и из нее в комнату ворвался Маус, держа в зубах кость. Он вскочил на тюфяк, покрутился и, удобно устроившись, начал грызть свою добычу. За последний месяц к их тюфяку добавились тонкий матрац и множество подушек. Мелисанда убрала из своей спальни кровать, и теперь это ложе занимало почетное место у стены между окнами. Ночью при свете единственной свечи она воображала, что лежит в каком-то турецком дворце.

— Этот терьер должен иметь собственное место, — сказал Вейл.

— Оно у него есть, — возразила Мелисанда. — Только он на нем не спит.

Вейл недовольно посмотрел на Мауса.

— Радуйся, что он больше не спит под одеялом, — заметила Мелисанда.

— Я и радуюсь. Надеюсь, никогда больше этот холодный нос не упрется в мою задницу. — Он недовольно посмотрел на нее. — И что это ты ухмыляешься, дорогая моя жена?

— Прошу прощения, но я не ухмыляюсь.

— О, в самом деле? — Он стал подкрадываться к ней — гибкое мускулистое целеустремленное существо мужского пола. — Тогда как ты объяснишь это выражение на твоем лице?

— Я восхищаюсь тем, что вижу, — сказала она.

— Правда? — Он шагнул к камзолу, небрежно сброшенному накануне. — Может быть, тебе хочется, чтобы я станцевал гавот?

Она подняла голову и увидела, что он что-то ищет в кармане своего камзола.

— Может быть, и не отказалась бы.

— В самом деле, ненасытная ты душа?

Она потянулась, и ее соски показались из-под одеяла.

— Но ты знаешь, как меня можно насытить.

— Как же? — спросил он, не отрывая от нее взгляда. — Я стараюсь и стараюсь, а тебе все мало. Ты можешь до смерти измучить человека.

Ее губы изогнулись в насмешливой улыбке, и она бросила многозначительный взгляд на его возбужденную плоть.

— Ты не выглядишь измученным.

— Ужасно, не правда ли? — продолжил он. — Ты только посмотришь на меня, как я тут же реагирую на твой взгляд.

Она протянула к нему руки:

— Иди же сюда, глупый ты человек.

Он усмехнулся и опустился на колени рядом с ней.

— Что это у тебя? — спросила она, заметив, что он прячет одну руку за спиной.

Он прилег, опершись на локоть, и его улыбка угасла.

— У меня для тебя что-то есть.

— Правда? — удивилась Мелисанда. После тех гранатовых серег он ей больше ничего не дарил.

Он вынул из-за спины руку и разжал ладонь. На ней лежала маленькая оловянная табакерка. Она была похожа на ту табакерку, в которой она хранила свои сокровища, только эта была новой.

Мелисанда вопросительно подняла брови и перевела на него взгляд.

— Открой ее, — тихо проговорил он.

Она взяла табакерку и удивилась, какой тяжелой оказалась эта маленькая вещица. Снова посмотрела на него. Он наблюдал за ней, и его бирюзовые глаза блестели.

Она открыла табакерку.

И ахнула. Снаружи табакерка была оловянной, без всякого орнамента, а внутри — золотой, украшенной драгоценными камнями: жемчугом и рубинами, сапфирами и аметистами — драгоценностями, названий которых она даже не знала. Они сверкали на фоне желтого металла всеми цветами радуги.

Она взглянула на Джаспера полными слез глазами:

— Зачем? Что это значит?

Он взял ее руку с табакеркой и прикоснулся к ней губами.

— Это ты.

Она смотрела на роскошную сверкающую коробочку.

— Что?

Не поднимая головы, он сказал:

— Когда я впервые увидел тебя, я был полным дураком. И долго таким оставался. Я видел только олово, за которым ты пряталась. Я был слишком тщеславен, слишком упрям, слишком глуп, чтобы приглядеться и увидеть твою красоту, моя милая жена.

Он поднял на нее свои прекрасные бирюзовые глаза, и она увидела в них нежность и обожание.

— Я хочу, чтобы ты поняла, какой я вижу тебя сейчас. Я наслаждаюсь чудом твоей красоты и никогда с тобой не расстанусь. Я люблю тебя всей моей исстрадавшейся душой.

Мелисанда еще раз взглянула на прелестную коробочку. Значит, вот какой она представлялась Джасперу. И это ее испугало: будет нелегко всю жизнь соответствовать его представлению о ней. Она осторожно закрыла крышку и отставила шкатулочку в сторону, сознавая, что это самый драгоценный, самый прекрасный подарок, какой он только мог ей сделать.

Она заключила своего мужа в объятия и сказала единственное, что могла сказать:

— Я тебя люблю.

И поцеловала его.

Эпилог

Несмотря на приставленный к горлу нож, мешавший ему говорить, Джек храбро заявил:

— Я бы рассказал вам, сеньоры, кто добыл эти кольца, но, увы, вы все равно мне не поверите.

Король громко возмущался, и Джек повысил голос, чтобы перекричать разгневанного короля:

— Кроме того, не имеет значения, кто добыл эти кольца. Значение имеет только то, у кого они сейчас.

Король замолчал, и глаза всех присутствующих в зале устремились на принцессу Отраду. Она, казалось, была удивлена не меньше остальных, когда, запустив руку в маленький мешочек с драгоценностями, висевший на поясе ее юбки, достала из него медное и серебряное кольца. Она приложила их к золотому кольцу, которое уже держала в руке, и теперь все три кольца лежали вместе.

— Кольца у принцессы Отрады, — сказал Джек. — И мне кажется, это дает ей право самой выбирать себе мужа.

Ну, король мямлил, король увиливал, но в конце концов был вынужден признать, что Джек рассуждает разумно.

— Кого же ты выберешь себе в мужья, дочь моя? — спросил король. — Здесь собрались мужчины со всех сторон света. Богатые мужчины, храбрые мужчины, мужчины, настолько красивые, что при виде их женщины падают в обморок. Так скажи мне: кто из них будет твоим мужем?

— Никто, — улыбнулась принцесса Отрада, помогая Джеку встать на его короткие ножки. — Я выйду замуж за Джека, шута, и ни за кого другого, ибо, может быть, он и дурак, но он умеет рассмешить меня, и я люблю его.

И перед изумленными взглядами всех придворных и своего отца-короля она наклонилась и поцеловала Джека-шута прямо в его длинный крючковатый нос.

И какая же странная вещь тут произошла! Джек начал расти, его руки и ноги удлинились и окрепли, а нос и подбородок приобрели нормальные размеры. Когда все кончилось, Джек снова стал самим собой, высоким и сильным, и поскольку на нем был удивительный костюм ночи и ветра, а в руках он держал самый острый на свете меч, то можете себе представить, каким прекрасным он выглядел.

Но бедной принцессе Отраде не понравился этот красивый незнакомец, возвышавшийся над ней. Она плакала и рыдала: «О, где мой Джек? О, где мой милый шут?» Джек опустился на колени перед принцессой и взял ее маленькие ручки в свои большие ладони. Он наклонился к ее голове и прошептал так тихо, что только она могла его слышать: «Я и есть твой милый шут, прекрасная принцесса. Я тот человек, который танцевал и пел, чтобы рассмешить тебя. Я люблю тебя и с радостью снова стану таким же уродливым и ужасным только ради одной твоей улыбки». И при этих словах принцесса улыбнулась и поцеловала его. Ибо хотя внешность Джека так изменилась, что она больше не узнавала его, его голос не изменился. Это был голос Джека-шута, человека, которого она полюбила.

Человека, которого выбрала себе в мужья.

Литературно-художественное издание

Хойт Элизабет
Обольстить грешника

Редактор Л.П. Серебрякова
Компьютерная верстка: Л.О. Огнева
Технический редактор О.В. Панкрашина

Общероссийский классификатор продукции
ОК-005-93, том 2; 953000 — книги, брошюры

Санитарно-эпидемиологическое заключение
№ 77.99.60.953.Д.012280.10.09 от 20.10.09 г.

ООО «Издательство АСТ»
141100, Россия, Московская обл., г. Щелково, ул. Заречная, д. 96
Наши электронные адреса: WWW.AST.RU E-mail: astpub@aha.ru

ООО «Издательство «Астрель»
129085, г. Москва, пр-д Ольминского, д. 3а

ОАО «Владимирская книжная типография».
600000, г. Владимир, Октябрьский проспект, д. 7.
Качество печати соответствует качеству предоставленных диапозитивов